Sabine Dau

Des Somas Hüter

AF215172

Bibliografische Information der Deutschen Nationalbibliothek:
Die Deutsche Nationalbibliothek verzeichnet diese Publikation in
der Deutschen Nationalbibliografie; detaillierte bibliografische
Daten sind im Internet über dnb.dnb.de abrufbar.

Vierter Teil der Yama-Chroniken

Coverdesign: Sylvia Ludwig/cover-fuer-dich.de
Slava Gerj/shutterstock.com (#70909543)
Kachinadoll/shutterstock.com(#102644213)
Angela Harburn /shutterstock.com (#56077363)

Korrektorat: Susanne Eisele/Volkmar Hache

Herstellung und Verlag: BoD – Books on Demand, Norderstedt.
ISBN: 9783746099620

Sabine Dau

Des Somas Hüter

Hüter des Soma Teil 2

Yamas Zorn

Matali

Das Jalan tänzelte unruhig auf der Stelle, während Matali versuchte dem nervösen Laufvogel ein Geschirr anzulegen. Er gab dabei krächzende Laute von sich und schlug aufgeregt mit seinen Stummelflügeln.

Matali liebte diese Tiere wegen ihrer Wendigkeit bei der Jagd und der Schnelligkeit bei Wettrennen, und auf ihrem Rücken fühlte er sich glücklich und frei.

So wie jeder Deva, sah Matali gut aus. Sein Gesicht wirkte entspannt und die vielen Lachfältchen um die Augen herum zeugten von einem fröhlichen Wesen und einem feinen Humor. Gerade diese Eigenschaften waren es, die Indra so sehr an ihm schätzte, denn Matali war der engste Freund und Vertrauter des Königs.

Hinter ihm öffnete jemand die Stalltür. Er wandte sich daraufhin von dem Tier ab, um zu sehen, wer jetzt mit eiligen Schritten auf ihn zugelaufen kam. Als er Indra erkannte, reichte ihm ein einziger Blick auf seinen Freund bereits aus, um zu erkennen, dass etwas nicht stimmte. Die Haut des gewählten Königs der Devas war vor Aufregung tiefrot und er sah ernst und besorgt aus.

„Was ist denn los?", rief Matali ihm schon von Weitem zu. „Stimmt etwas nicht?"

Außer Atem blieb Indra vor ihm stehen. „Ich bin froh, dass ich dich noch hier im Stall antreffe, Matali, denn ich möchte dich um einen großen Gefallen bitten, weil es niemanden sonst gibt, dem ich so vertraue wie dir."

„Was soll ich tun?", fragte Matali beunruhigt und wandte seine Aufmerksamkeit nun ganz seinem Freund zu.

Indra sah Matali scharf an, bevor er antwortete: „Ich habe gleich eine dringende Besprechung im Rat und ich bin schon jetzt spät dran. Also mache ich es kurz. Es steht für dich ein Dimensionstransporter in Hangar sechs bereit." Bevor er weitersprach, sah er sich rasch um, dann trat er näher an Matali heran, um ihm einen Zettel in die Hand zu drücken, dabei flüsterte er ihm ins Ohr: „Dies sind die Koordinaten zu einem Feld, das nahe am Nagagebiet liegt. Du musst dich sofort dorthin begeben. Auf dem Feld wirst du etwa fünfzig Asura antreffen."

„Was?", rief Matali entsetzt aus, lauter als er es beabsichtigt hatte und sah Indra ungläubig an.

„Sei leise", flüsterte der. „Gestern habe ich davon erfahren, dass ein Transportschiff seine festgelegte Route verlassen musste, um einer Sturmfront auszuweichen, dabei haben sie das Feld überflogen und zufällig die Asura entdeckt. Und genau jetzt, in diesem Moment wird eine Expedition zusammengestellt, um die Sichtung der beiden Piloten zu überprüfen. Wenn sie dort eintreffen, müssen die Dämonen fort sein. Es ist deine Aufgabe, sie so schnell wie möglich in die Unterwelt zurückzubringen."

„Aber warum? Und was hast du damit zu tun?", erkundigte sich Matali.

„Bitte, ich habe jetzt keine Zeit für lange Erklärungen", drängte Indra und hob abwehrend die Hände, „aber ich verspreche dir, dass ich dich später über alles aufklären werde."

„Na gut, dann hole ich meine Rüstung und Waffen."

„Du brauchst weder eine Rüstung noch eine Waffe und du musst dich beeilen, wenn du noch vor der Expedition zum Feld kommen willst. Ich kann dir aber versichern, dass die Asura dich nicht angreifen werden. Yama ist bei ihnen und sie werden tun, was er ihnen befiehlt. Du sagtest mir doch, dass du den Herrn des Totenreiches irgendwann einmal persönlich kennenlernen wolltest. Jetzt hast du die Gelegenheit dazu."

Matalis Lippen wurden schmal. „Ich werde tun, um was du mich bittest, doch danach bist du mir eine ausführliche Erklärung schuldig."

* * *

Hangar sechs lag verlassen da. Nur der Wachmann an der Pforte blickte kurz zu ihm auf und nickte ihm grüßend zu, um sich gleich darauf wieder seiner Lektüre zu widmen. Unbehelligt stieg Matali die Rampe hinauf und betrat das Schiff durch eine offenstehende Luke. Er setzte sich ins Cockpit und gab eilig die Koordinaten ein, die auf dem Zettel standen, den Indra ihm gegeben hatte. Danach startete er die Triebwerke. Das Dimensionsschiff erhob sich fast lautlos in die Luft, und während es sich langsam von der Stadt entfernte, lehnte er sich im Pilotensessel zurück und begann zu grübeln. *,Asura auf Nirva? Wenn das stimmt, warum versucht Indra, diese Tatsache vor allen anderen zu verheimlichen? Was hat das zu bedeuten?'*

Es gab kaum jemanden, der den König der Devas so gut kannte wie er. Matali vertraute ihm blind. Deshalb war er auch überzeugt, dass es für sein Vorgehen einen wichtigen Grund geben musste. Dennoch spürte er, wie er immer nervöser wurde, je näher er seinem Ziel kam. Jeder wusste doch, wie gefährlich diese Dämonen waren. Diesen bösartigen und unberechenbaren Kreaturen ohne Waffen entgegenzutreten, war reiner

Irrsinn. Und doch, wider besseren Wissens, war er sofort bereit gewesen, Indras Bitte nachzukommen.

Von weitem kam langsam die Silhouette des Dschungels in Sicht, als er sich dem angegebenen Ort näherte. Es dauerte nicht lange, da erkannte er auch ein ummauertes Feld und schwarze Flecken, die in der näheren Umgebung darum herum patrouillierten. Asura!

Das Gras war niedergebrannt und er entdeckte Kampfspuren, die offenbar von einer erst kürzlich stattgefundenen Schlacht zeugten. Nahe beim Feld sah er ein kleines Himmelsschiff, das silbrig in der Mittagssonne glänzte. Er landete direkt daneben und fragte sich verwundert, welchem Deva es wohl gehören mochte?

Gleich, nachdem er gelandet war, bewegten sich die rußschwarzen Schattengestalten auf seinen Transporter zu und umringten ihn. Matali erhob sich aus dem Pilotensessel, zögerte jedoch die Außenluke zu öffnen. Er blickte hinaus und ein eiskalter Schauder fuhr ihm den Rücken hinab. Visionen und Erinnerungsfetzen traten vor seine Augen. Der Krieg gegen diese Dämonen lag noch nicht lange genug zurück, um die Schrecken dieser Zeit verblassen zu lassen. Mitten unter den schwarzen Gestalten entdeckte Matali einen gewaltigen Asura, dessen Schädel beeindruckende Stierhörner zierten. Die kalten, blauen Augen des Ungetüms blickten erwartungsvoll in seine Richtung. *,Das muss Yama sein!'*, vermutete er. Der Anblick des Herrn der Unterwelt war grauenerregend, ein Abbild von Tod und Zerstörung. Doch es war zu spät, um es sich jetzt noch anders zu überlegen und umzukehren. Er hatte Indra sein Wort gegeben. Matali atmete noch einmal tief ein, bevor er die Luke öffnete und beherzt nach außen trat.

Als er das Schiff verließ, kam der Dämon mit den Stierhörnern zielstrebig auf ihn zu gelaufen und blaffte ihn an: „Hat dir Indra nicht die Dringlichkeit der Sache erklärt?" Die Stimme klang dunkel, grollend und bedrohlich.

Matalis Hand zuckte instinktiv an die rechte Seite, wo sich normalerweise seine Waffe befand. Der Griff ging ins Leere. Achtlos schob ihn der Dämon beiseite und ließ ihn stehen, um sich im Inneren des Transporters umzusehen. Noch nie zuvor war Matali so respektlos behandelt worden.

Seinen Ärger konnte er kaum verbergen. „Ich weiß sehr wohl, wie dringend es ist", stellte er aufgebracht klar. „Indra hat mich gebeten, die Asura so schnell wie möglich zurück in die Unterwelt zu transportieren. Treibt sie also an Bord, damit ich meiner Aufgabe nachkommen kann."

Yama drehte sich zu ihm um und fixierte ihn mit diesen eisblauen Augen. Matali erstarrte. Ein feines Prickeln, wie von tausend glühenden Nadeln, zog über seinen Körper hinweg. Die Stimme des Dämons klang jedoch ruhig und emotionslos. „Dieses Himmelsschiff ist viel zu klein, um alle Asura auf einmal von hier fortzubringen", sagte er.

„Dieses Schiff ist groß genug, um achtzig Devas zu transportieren", widersprach Matali sofort.

„Achtzig Devas?" Yama klang amüsiert. „Ja, das glaube ich gern. Für Devas, die sich ganz brav eng aneinander kuscheln, ist dieses Schiff sicher groß genug. Für meine Asura jedoch ist Enge unerträglich. Wenn sie nicht genügend Abstand zueinander haben, werden sie dieses Schiff auseinandernehmen."

Matali wollte noch etwas erwidern, doch Yama ließ ihn stehen und trat ins Freie hinaus. Er befahl: „Dreißig, zu mir! Da rein!"

Nur zögernd und offenbar misstrauisch kamen die Asura seiner Aufforderung nach und betraten das Schiff.

„Da rein und zwar plötzlich!" Der Befehl dröhnte durchdringend über die Ebene, sodass Matali den Schall dumpf in der Magengrube spürte.

Gerade noch rechtzeitig sprang er aus dem Weg ins Freie, bevor sich eine Flut von schwarzen Leibern an ihm vorbei drängte, um an Bord des Schiffes zu gelangen. Kurz darauf erzitterte der Rumpf und er hörte einen dumpf, metallischen Ton, dann bedrohliches knurren und fauchen. Das Schiff bebte.

„Was tun sie da drin?", fragte er entsetzt, mehr zu sich selbst.

„Sie streiten, was sonst." Yama warf dem Deva noch einen kurzen Seitenblick zu, bevor er dem letzten Asura, der das Schiff betrat, ins Innere folgte. „Hört sofort auf damit!", schrie er. Es kehrte Ruhe ein und die Asura standen still. Ihr Herr gab einen zufriedenen Laut von sich, der Matali entfernt an das Schnurren einer großen Raubkatze erinnerte. „Der Nächste, der Streit anfängt, wird es bereuen", sagte Yama mit beinahe sanfter Stimme.

Fasziniert beobachtete Matali das Geschehen und fuhr plötzlich erschreckt herum, als er unerwartet eine Hand auf seiner Schulter spürte.

Verblüfft erkannte er Orb Ria, die zu ihm aufsah und ihn anlächelte. „Wie schön, dich zu sehen, Matali." Freundlich klopfte sie ihm auf die Schulter und ging dann an ihm vorbei durch die Luke auf Yama zu. Dabei schien sie nicht die geringste Furcht zu empfinden. „Ich habe eine Nachricht von Indra erhalten, das Aufklärungsschiff wird schon bald hier eintreffen. Wir müssen uns beeilen."

„Danke, Orb", erwiderte der Dämon erstaunlich höflich. Er trat aus der Luke hinaus und rief: „Harkandas, zu mir!"

Die Sonne verdunkelte sich für einen kurzen Moment, als ein schwarzer Schatten vom Himmel fiel und in einigem Abstand zu ihnen landete. Der Blick des geflügelten Dämons streifte Matali nur kurz, bevor er seine Aufmerksamkeit ganz seinem Herrn schenkte.

„Hör mir genau zu", forderte Yama. „Wir können nur die Hälfte der Asura auf einmal von hier fortbringen. Du und alle anderen, die zurückbleiben, müssen sich bei den Naga im Dschungel verstecken, bis es uns möglich ist, euch abzuholen. Du fliegst vor und erklärst den Naga unsere Lage. Hast du das soweit verstanden?"

„Ja, Herr", bestätigte Harkandas.

„Gut. Sag den Nagas: du bittest für dich und die Übrigen um Asyl. Erkläre ihnen die Lage und sorge dafür, dass die Asura friedlich bleiben."

„Ja, Herr", wiederholte der Dämon.

„Dann flieg jetzt los! Ich schicke dir die anderen nach."

Der Asura entfaltete seine Flügel und stieß sich fast lautlos vom Boden ab. Überraschend schnell flog er dem Dschungel entgegen.

Yama wandte sich ab und sah zu den übrigen Asura hinüber. Seine Stimme dröhnte über die Ebene, sodass auch noch der Entfernteste sie deutlich vernehmen konnte: „Folgt Harkandas, so schnell ihr könnt!" Fast zeitgleich stürmten die Dämonen los, ihrem geflügelten Artgenossen hinterher.

Matali sah ihnen besorgt nach. „Haltet Ihr das für eine gute Idee?", fragte er an Yama gewandt.

„Eine gute Idee? Nein, aber mir bleibt keine andere Wahl." Der Dämon drehte sich um und ging mit raschen Schritten auf das Schiff zu. „Wir müssen los! Komm jetzt!", rief er Matali zu, bevor er im Schiff verschwand.

Verunsichert musterte Matali die Devi, die so klein und zerbrechlich wirkte. „Kommst du nicht mit uns?", fragte er.

Orb Ria schüttelte den Kopf. „Nein, ich bleibe hier und versuche die Devas abzuwimmeln, die hierher unterwegs sind."

„Verdammt noch mal", dröhnte es aus dem Inneren des Transporters. „Wir haben keine Zeit für ein nettes Pläuschchen."

„Ich komme." Matali wandte sich von Orb ab und rannte im Laufschritt auf das Schiff zu.

„Bis später", hörte er die Devi hinter sich noch sagen, bevor er durch die Luke trat.

Im Inneren war es totenstill. Die Asura rührten sich nicht und Yama saß wie selbstverständlich im Cockpit auf einem der Pilotensessel. Dazu hätte ihm Matali niemals die Erlaubnis gegeben. Erneut fühlte er, wie ihm das Blut vor Ärger ins Gesicht schoss, doch er biss die Zähne zusammen, setzte sich neben ihn und bereitete den Start vor. Dabei spürte er Yamas neugierige Blicke auf sich ruhen. Dies und die Dämonen in seinem Rücken, bereiteten ihm Unbehagen.

Das Dimensionsschiff hob leicht wie eine Feder vom Boden ab und gewann rasch an Höhe. Das Feld und das verbrannte Gelände drum herum waren bald kaum mehr zu erkennen. Als das Schiff die oberen Schichten der Atmosphäre erreichte und Nirva, wie ein kostbares Juwel im All schwebend zu sehen war, begannen die Asura hinter ihm unruhig zu werden und sich gegenseitig zu schlagen und zu stoßen. Offenbar nur um einen Blick nach draußen werfen zu können. Yama wandte sich ihnen zu. „Ich sagte, ihr sollt stillstehen", knurrte er. Wie schon zuvor kehrte augenblicklich Ruhe ein. Matali drehte sich um und sah, dass sich einige Asura während des Gerangels einen Platz am Fenster erstritten hatten. Sie pressten nun ihren Körper dicht an die Innenhaut des Schiffes und schienen keinesfalls gewillt zu sein, den gerade eroberten Platz aufzugeben.

„Ich muss den Dimensionssprung einleiten", informierte er Yama. „Sagt ihnen, dass keiner währenddessen die Wände berühren darf."

„Bleibt von den Wänden weg!", befahl der Herr des Totenreichs, ohne die Asura dabei anzusehen.

Matali vergewisserte sich, dass alle Dämonen der Anweisung folgten, erst dann widmete er seine ganze Aufmerksamkeit wieder dem Schaltpult und stellte die für den Sprung notwendigen Berechnungen an. Das Schiff begann, stärker zu vibrieren. Die äußeren Konturen des Planeten verschwammen, bis Nirva schließlich ganz verschwunden war und ein kleinerer, blauer Planet an seine Stelle trat.

„Da ich die Asura nicht direkt in die Unterwelt hineinbringen kann, werde ich auf der Erde landen, in der Nähe einer der Durchgänge. Von dort aus müssen sie zu Fuß in das Totenreich zurückkehren", erklärte Matali. Yama blieb ihm eine Antwort schuldig. Er seufzte innerlich und tröstete sich mit dem Gedanken, dass er ihn und die Asura bald los sein würde. So unangenehm Matali dieser Auftrag auch war, so wusste er doch, dass es auch eine außergewöhnliche Gelegenheit war, denn außer im Kampf, war kaum ein Deva einem Asura zuvor so nahe gekommen, wie er in diesem Moment.

Neugierig fragte er: „Was habt Ihr und diese Asura auf Nirva gemacht? Es sah so aus, als hätte um das Feld eine Schlacht stattgefunden."

Yama warf ihm einen Seitenblick zu, bevor er widerwillig eine knappe Antwort gab: „Alles, was du darüber wissen musst, wird dir Indra später erklären."

Es war wohl besser, Yama keine weiteren Fragen zu stellen, dachte Matali und schwieg. Er leitete den Sinkflug ein und sah, wie die Erdoberfläche rasch näherkam. Schnee wirbelte auf, als er den Transporter auf einer Waldlichtung landete, die sich in der Nähe des nördlichen Tores zur Unterwelt befand.

„Wir sind da!", sagte er, sprang auf und öffnete die Außenluke. „Das Schiff ist leicht phasenverschoben. Falls sich Menschen in der Nähe befinden, werden sie uns nicht sehen können." Sofort, nachdem er dies gesagt hatte, fragte sich Matali, ob Yama überhaupt verstand, was damit gemeint war.

Doch der Herr der Asura ließ das nicht erkennen. Unbeeindruckt wandte er sich an die Dämonen und befahl: „Ihr begebt euch unverzüglich zum Nordtor und kehrt ohne Umwege in die Unterwelt zurück."

Beinahe geordnet kamen die Asura dem Befehl nach und verließen das Schiff. „Und was jetzt?", fragte Matali, während er ihnen nachsah.

„Jetzt warten wir."

Harkandas

Ich flog, so schnell ich konnte, auf den Dschungel zu, wie es mir mein Herr aufgetragen hatte. Kurz vor der Baumgrenze landete ich, drehte mich um und sah gerade noch rechtzeitig, wie das Himmelsschiff die Wolken durchbrach und langsam dahinter verschwand. Meine Brüder kamen auf mich zugerannt und würden bald zu mir aufschließen. Ich wandte mich von ihnen ab, um einige Schritte auf das Blättergewirr zuzugehen.

„Halt!", rief vor mir plötzlich eine Stimme. Eine Naga, vermutete ich, doch konnte ich sie nirgends entdecken. Erst als sie sich bewegte, erkannte ich die Umrisse der Gestalt, die sich jetzt langsam aus dem Grün der Umgebung löste. Stand ich nur dieser einen gegenüber oder beobachteten mich noch weitere dieser Schlangenfrauen von mir unbemerkt? Nervös begann meine Substanz zu vibrieren. Mir erschien es ratsam, Yamas Botschaft und seine Bitte möglichst schnell zu überbringen. Ich sagte: „Ich verlange Assul!"

Die Naga spannte den Bogen. „Was?", fragte sie. Ich hörte ein Rasseln. Gleichzeitig begriff ich, dass ich das Wort, das mein Herr mir genannt hatte, falsch ausgesprochen haben musste, doch ich konnte mich an seinen genauen Wortlaut nicht mehr erinnern. Deshalb versuchte ich es mit einer Erklärung: „Die Devas kommen. Sie dürfen uns auf dem Feld nicht entdecken. Wir müssen uns verstecken."

Die Naga sah zu meinen Brüdern hinüber, um mich gleich darauf erneut zu fixieren. „Du willst also sagen, dass du für dich und die anderen Asura bei uns um Asyl bitten möchtest?"

Erleichtert bestätigte ich ihre Worte: „Ja, wir müssen uns im Dschungel verbergen, solange bis die Devas wieder fort sind."

Die Naga ließ den Bogen sinken. „Also gut, ich werde euch an einen sicheren Ort bringen, an dem ihr fürs Erste bleiben könnt", sagte sie und dann warteten wir schweigend darauf, dass meine Brüder zu uns aufschlossen.

Grade, als die Letzten bei mir eintrafen, erschien ein Himmelschiff am Horizont, das schnell näherkam. Auch die Naga schien es bemerkt zu haben, denn sie sagte: „Wir müssen uns jetzt beeilen. Kommt mir nach!" Sie glitt auf einem schmalen, kaum erkennbaren Pfad davon.

„Folgt ihr", befahl ich meinen Brüdern und achtete darauf, dass kein Einziger zurückblieb, bevor ich selbst als Letzter in das Dämmerlicht des Dschungeldickichts eintauchte. Viele meiner Brüder schlugen sich gewaltsam eine Schneise durch den Wald, obwohl es ihnen möglich war, sich noch durch die engsten Passagen zu zwängen. Äste barsten und knackten, überall um mich herum, während wir der Naga immer tiefer in das Labyrinth aus Grün hineinfolgten. Die Vielfalt und Üppigkeit dieses Ortes war mir bereits bekannt, doch für alle anderen war sie neu. Tierstimmen erklangen um uns herum und kleinere Tiere huschten durch das Blattwerk. Sie reizten meine Brüder, ihnen zu folgen. Es war schwer, sie auf dem engen Pfad zusammenzuhalten, deshalb war ich auch froh, als sich endlich eine Lichtung vor mir öffnete.

Die Naga wandte sich zu mir um. „Hier könnt ihr bleiben", sagte sie. „Aber ihr dürft diesen Ort nicht verlassen, bis ich euch holen komme. Verhaltet euch in der Zwischenzeit möglichst ruhig."

Ruhig? Ja, schön wäre es, wenn Asura sich ruhig verhalten würden. Doch dafür war die Umgebung viel zu abwechslungsreich. Lockend sangen Kreaturen in den Baumwipfeln. Hier raschelte etwas im Unterholz, dort kratzte ein Tier an einem Baumstamm und kreischende Affenhorden schwangen sich von Baum zu Baum. Nicht weit von mir entfernt, hörte ich wie ein Nager in den Fängen eines Raubtiers starb. Dabei stieß es einen hohen Pfeifton aus, bevor es endgültig verstummte. Bei so viel Ablenkung um sie herum halfen meine Ermahnungen wenig. Kaum hatte ich den einen zurechtgewiesen, schon begann der Nächste, den Kreaturen des Waldes nachzujagen. Sobald ich mich abwandte, fingen und töteten meine Brüder alles, was sie in ihrer Umgebung entdeckten. Mein Groll wuchs von Minute zu Minute und ich sehnte mich nach Abgeschiedenheit. Sehnsüchtig dachte ich an die Lichtung zurück, in der ich vor nicht allzu langer Zeit allein gelegen hatte, als ich unter dem Einfluss des Soma stand. Wie schön und friedlich war dieser Ort doch gewesen. Diese Art von Frieden kannten meine Brüder nicht und schon bald reichten meine Ermahnungen allein nicht mehr aus. Sie gehorchten einfach nicht. Als ich sah, wie einer meiner Artgenossen einem gefangenen Vogel die bunten Federn ausriss, stürzte ich mich wutentbrannt auf ihn. Kurz darauf sprang ich zwei weitere an, die sich um ein größeres Huftier stritten und es dabei in zwei Teile rissen. Es entstand Tumult und Streit überall auf der Lichtung. Bäume ächzten und Äste brachen.

Da schrie eine Stimme direkt hinter mir: „Hört auf!" Ich wirbelte zu dem Sprecher herum und stürzte mich auf ihn, dabei erkannte ich die Naga erst, als sie zu Boden fiel. Nur mit Mühe gelang es mir noch, den Schlag meiner Substanzklinge umzulenken. Mit voller

Wucht schlug sie in den Waldboden ein und verfehlte sie nur um Haaresbreite. Der Wald geriet in Bewegung und mehrere Naga mit gespannten Bögen erschienen mit einem Mal auf der Lichtung. Wurde ich in eine Falle gelockt? *Nein'*, schoss es mir durch den Kopf, *,Ich habe eine der Ihren angegriffen. Sie sind gekommen, um sie zu verteidigen.'* Auch wenn ich nicht wusste, woher diese Erkenntnis kam, so wusste ich doch, was ich jetzt tun musste. Ich richtete mich auf und wandte mich von der am Boden liegenden Naga ab, gleichzeitig zwang ich mich dazu, mich zu beruhigen. „Ich habe sie nicht verletzt!", rief ich den anderen zu, dann wandte ich mich an meine Brüder und befahl: „Niemand von euch greift die Naga an!" Zu meiner Erleichterung hörten sie diesmal auf mich und die Naga ließen ihre Pfeile nicht fliegen, doch zogen sie sich auch nicht zurück.

Inzwischen hatte sich die Schlangenfrau wieder aufgerichtet. „Ich habe gesagt, ihr solltet euch ruhig verhalten", zischte sie mir zu.

Ich schwieg. Was sollte ich auch sagen? Ich wusste, ich hatte versagt. Mein Herr würde nicht mit mir zufrieden sein, falls er von diesem Vorfall erfuhr.

Die Naga musterte mich, dann schweifte ihr Blick zu der verwüsteten Lichtung hinüber. Schließlich sagte sie: „Die Devas sind abgezogen. Ihr könnt jetzt zum Feld zurückkehren. Das wollte ich dir mitteilen, bevor du mich angegriffen hast."

Ich rief meine Brüder zu mir und dann folgten wir der Schlangenfrau den langen Pfad zurück, den wir gekommen waren.

Orb Ria

Orb sah dem Dimensionsschiff nach, bis es aus ihrer Sicht verschwand, und suchte dann den Horizont nach dem angekündigten Erkundungstrupp ab. Sie nagte dabei nervös an ihrer Unterlippe. Noch nie war sie eine gute Lügnerin gewesen und doch hing jetzt alles davon ab, eine möglichst überzeugende Geschichte zu erzählen. Auch wenn es ihr Gewissen belasten würde, war sie sich vollkommen sicher, dass es richtig war, in diesem Fall zu lügen. ‚Es ist für unsere Zukunft und für unser aller Wohl‘, dachte sie bei sich und versuchte so, ihr Vorhaben vor sich selbst zu rechtfertigen. Orb kniff die Augen zusammen und strich sich fahrig die Haare aus dem Gesicht, als sie am Horizont ein Gebilde entdeckte, das rasch näherkam. Kurz entschlossen machte sie kehrt und ging zu ihrem Schiff zurück. Es war Mittagszeit und was lag da näher, als sich Essen zuzubereiten, um so möglichst unbekümmert zu wirken.

Erst als der Transporter durch die heulenden Maschinen und die feuernden Düsen nicht mehr zu überhören war, trat Orb wieder hinaus ins Freie. Dabei hielt sie einen Becher Tee in der einen und ein Stück Gebäck in der anderen Hand. Sie legte den Kopf in den Nacken und verfolgte in aller Ruhe, wie das trapezförmige Gebilde langsam tiefer sank und schließlich, nicht weit von ihr entfernt, landete. Ein beißend öliger Geruch ging von dem Intratransportschiff aus, das ganz offensichtlich schon bessere Tage gesehen hatte. Sie rümpfte die Nase, denn sie konnte diesen Geruch nicht ausstehen, der die lieblichen Düfte der Blumen und den harzigen Duft der Bäume nahezu überdeckte.

Die Außenluke öffnete sich mit einem deutlich vernehmbaren Zischen. Bläulich-weißes Licht fiel auf verbrannten Boden und die Augen der Besatzung weiteten sich erstaunt, als sie heraustraten und der Devi entgegensahen, die gelassen auf sie zuging.

Orb entdeckte einen unter ihnen, den sie kannte und begrüßte ihn freundlich: „Riva, welch eine Überraschung. Was bringt dich zu mir in diese abgelegene Gegend?"

Der Angesprochene machte ein verwirrtes und etwas säuerliches Gesicht. „Was machst du hier, Orb Ria?"

„Ich arbeite hier", antwortete sie glatt und deutete hinter sich. „Auf diesem Feld züchte ich seltene modifizierte Pflanzen zu Versuchszwecken heran und dokumentiere ihren Entwicklungsverlauf."

„Und die Asura?", platzte es aus Riva heraus.

„Asura?"

„Na die von denen Ravu und ich gestern angegriffen worden sind, als wir mit einem Frachtschiff dieses Gebiet überflogen haben."

„Davon weiß ich nichts. Ich habe die letzten drei Tage in Meru verbracht, um meine Familie und Freunde zu besuchen und ich bin erst heute Morgen hierher zurückgekehrt."

Riva warf einen Blick über die verbrannte Ebene. „Aber man sieht doch deutliche Brandspuren, und die aufgewühlte Erde deutet auf eine Schlacht hin."

Orb nickte und sah besorgt drein. „Ja, das hat mich auch gewundert. Als ich das Feld verließ, waren diese Spuren noch nicht da. Doch, soweit ich weiß, gab es ein Unwetter in dieser Gegend. Ich nahm an, das Feuer wäre durch einen Blitz verursacht worden."

Aufgeregt erzählte Riva: „Als wir gestern das Gebiet überflogen, konnten wir etwa fünfzig Asura aus der Luft erkennen. Einer von ihnen konnte sogar fliegen und hat unseren Transporter angegriffen"

Die Devi betrachtete Riva skeptisch. „Seit wann können Asura denn fliegen?", fragte sie.

„Der eine konnte es. Beinahe wäre er sogar in unser Schiff eingedrungen. Am Rumpf unseres Frachters sind deutlich Kratzspuren zu erkennen."

Ravu klopfte seinem Freund beruhigend auf die Schulter. „Lass gut sein, Riva. Was immer wir auch gesehen haben, ist jetzt fort.

„Fünfzig Dämonen können sich doch nicht einfach in Luft aufgelöst haben", entgegnete Riva aufgebracht.

„Das ist wohl wahr", bestätigte Orb und nickte ernst. „Warum befragt ihr nicht die Naga zu diesem Geschehen? Wenn sich wirklich so viele Dämonen in dieser Gegend versteckt halten, wissen die Naga sicher darüber Bescheid."

„Das ist eine gute Idee", mische sich einer der Anderen aus der Gruppe ein. „Lasst uns zu diesen Schlangenweibern gehen und hören, was sie dazu zu sagen haben."

Unter zustimmendem Gemurmel ließen sie Orb stehen und gingen in Richtung des Dschungels davon. Die Devi nippte an ihrem Tee und lächelte. Dann machte sie kehrt und ging zu ihrem Schiff zurück. Dort setzte sie sich in den Pilotensessel und wartete.

Eine Stunde verging, dann eine weitere und sie begann, unruhig zu werden. Erst am späten Nachmittag hörte sie endlich Rufe und Geräusche von draußen und trat aus ihrem Schiff hinaus ins Freie.

An den düsteren Mienen des Erkundungstrupps erkannte Orb sofort, dass die Nachforschungen offenbar ergebnislos geblieben waren. Trotzdem fragte sie: „Was haben die Naga gesagt? Muss ich mir Sorgen machen?"

Riva zuckte enttäuscht mit den Achseln. „Die Naga sagen, sie hätten seit dem Krieg keine Asura mehr in dieser Gegend gesichtet. Aber vor drei Tagen hätte die Ebene gebrannt, daher kämen die Brandspuren. Das Feuer hätte eine große Herde von Guruns vor sich hergetrieben, die panisch vor dem Feuer geflohen sind. Das wäre der Grund, weshalb die Erde so aufgewühlt wirkt. Aber verdammt noch mal …" Riva brach ab, schüttelte den Kopf und sah hilfesuchend seinen Freund Ravu an. „Ich weiß doch, was ich gesehen habe. Da waren Asura. Einer von ihnen konnte fliegen und hat uns angegriffen."

„Lass gut sein, Riva", entgegnete sein Begleiter. „Was immer das Schiff auch attackiert hat, ist jetzt nicht mehr hier."

„Auf jeden Fall sind diese Ereignisse beunruhigend", warf Orb ein. „In nächster Zeit werde ich die Augen offenhalten, und falls ich etwas Ungewöhnliches bemerke, werde ich Riva sofort darüber informieren." Sie sah von einem zum anderen.

„Du hast es gehört, Riva. Im Moment können wir nur wenig tun. Lass uns also nach Meru zurückfliegen."

Riva seufzte resigniert und ließ den Kopf hängen. Schließlich nickte er zustimmend, drehte sich um und kehrte zum Schiff zurück, ohne sich noch einmal umzusehen. Die Anderen folgten.

Ein feines, zufriedenes Lächeln huschte über das Gesicht der Devi, als sie das Erkundungsschiff in der Ferne verschwinden sah. Sie nahm ihre Tafel zur Hand und gab eine Nachricht ein.

Matali

Die Zeit floss schwerfällig dahin. Yama saß neben Matali und starrte stur durch das Cockpitfenster auf die weiß verschneite Landschaft hinaus. So verging eine halbe Stunde, dann eine ganze. Ungeduldig trommelte Matali mit den Fingern auf das Pilotenpult. Ab und zu änderte er dabei seine Sitzposition und warf gelegentlich verstohlene Blicke zu seinem Gast hinüber, der beunruhigend ruhig und unbeweglich dasaß. Die Stille, die sich im Inneren des Schiffes ausbreitete, wurde bald für ihn unerträglich. Er räusperte sich. Als darauf keine Reaktion erfolgte, sagte er: „Ich heiße übrigens Matali."

Kaum wahrnehmbar wandte Yama sich ihm zu und betrachtete ihn von der Seite. „So?", knurrte er. „Das macht nichts."

Matali zwang sich, ruhig zu bleiben und unterdrückte seinen Ärger über diese respektlose Erwiderung.

‚Asura verstehen sich nun mal nicht auf höfliche Plaudereien‘, dachte er. Doch dann, ganz unerwartet, begann Yama eine Unterhaltung: „Diese verschneite Landschaft da draußen ist wunderschön. Ich weiß noch, wie erstaunt ich war, als ich das erste Mal Schnee sah. Er war in der Nacht vom Himmel gefallen und der nächste Morgen war genauso strahlend schön wie dieser. Überall glitzerten und funkelten Schneekristalle im hellen Sonnenlicht, die Welt wirkte verwandelt und wie verzaubert."

Im ersten Moment wusste Matali nicht, was er darauf erwidern sollte. Zu sonderbar war es, diese Worte aus dem Mund eines Dämons zu hören. So entstand eine peinliche Pause, bevor er antwortete. „Nirvas Klima ist gemäßigter und wärmer als auf der Erde. Dennoch gibt es auch in unserer Welt Schneegebiete. An den Polen zum Beispiel und in Höhenlagen."

„Ja, das weiß ich."

„Ich liebe es, durch den Schnee zu reiten", gestand der Deva, ein verträumter Ausdruck trat dabei auf sein Gesicht.

„Worauf reitest du?"

„Bevorzugt auf Jalans, weil sie so schnell und wendig sind."

„Jalans? Das sind große Laufvögel, nicht wahr?"

„Ja", bestätigte Matali begeistert. „Ich liebe die Jagd, genauso wie die Wettrennen auf dem Rücken dieser Tiere. Kaum etwas ist aufregender, als das."

„Hm." Yama wandte sich ihm zu. „Ich bin noch nie auf einem Tier geritten."

„Wahrscheinlich würde ein Jalan in Panik geraten, wenn Ihr versuchen würdet, auf einem von ihnen zu reiten", sagte Matali spontan und fürchtete sogleich, dass Yama seine Worte als Beleidigung auffassen könnte, doch der blieb gelassen.

„Mag sein", sagte er nur.

Erneut entstand eine unangenehme Stille zwischen ihnen. Matali sprang auf. „Verdammt, wie lange dauert das denn noch?"

„Der Erkundungstrupp ist, nach einem kurzen Gespräch mit Orb, in Richtung des Dschungels aufgebrochen", informierte ihn Yama. „Ich vermute, um mit den Naga zu sprechen."

Erstaunt musterte der Deva ihn. „Woher wollt Ihr das wissen?"

„Ich habe Augen, an weit entfernten Orten", erwiderte der Dämon geheimnisvoll. Er zwinkerte ihm mit seinen eigentümlich, blauen Augen zu. Matali durchfuhr ein absonderliches Gefühl, das er nicht genau zu benennen vermochte. Ihn schauderte. *Nicht zu fassen'*, dachte er. *Ich sitze hier, neben diesem Monster und plappere gedankenlosen Unsinn. Es wäre besser, meinen Mund zu halten.'*

„Plötzlich so still?", fragte Yama und unterbrach so seinen Gedankengang. Matali musterte ihn. Die Gesichtszüge des Asura ließen nicht die kleinste Gefühlsregung erkennen, was das grauenvolle Tiergesicht noch furchtbarer machte. Es war ihm schlicht unmöglich, sein Gegenüber einzuschätzen.

Er ließ sich schwer in seinen Sessel zurückfallen. „Das dauert mir einfach zu lange", sagte er schließlich.

„Hab Geduld, Freund von Indra." Die Lefzen der erschreckenden Fratze zogen sich nach oben zu einem grauenvollen Lächeln und entblößte dabei gefährlich spitze Zähne. Erneut sprang Matali auf, diesmal um möglichst viel Abstand zwischen sich und den Asura zu bringen. Er öffnete hektisch die Luke des Schiffes und trat ins Freie. Kalte Winterluft schlug ihm entgegen. Er füllte seine Lungen mit einem tiefen Atemzug und hörte, wie Yama hinter ihm ebenfalls hinaustrat.

„Ah! Was für eine gute Idee. Die Luft wurde langsam stickig dort drin." Der Asura entfaltete sich zur vollen Größe. Matali sah zu ihm auf und fühlte sich plötzlich klein und verletzlich.

Es besteht keine Gefahr', versuchte er sich zu beruhigen. *Er wird mich nicht angreifen.'*

So als hätte Yama seine Gedanken erraten, sagte er: „Indra und ich sind Verbündete, daher besteht für dich kein Grund, sich vor mir zu fürchten, Matali."

Es war das erste Mal, das Yama ihn bei seinem Namen ansprach, er klang furchtbar falsch in seinen Ohren.

„Ich habe keine Angst", widersprach Matali und erklärte dann mit einer ausholenden Geste: „Diese ganze Situation ist einfach nur ungewohnt für mich. Außer im Kampf bin ich einem Asura bisher noch nie so nahe gekommen."

„So? Wenn dich das nervös macht, beruhigt es dich vielleicht, wenn ich dir versichere, dass ich kein Asura bin."

, Was sollte er sonst sein? ', dachte Matali irritiert.

Ohne eine Antwort abzuwarten, fuhr Yama fort: „Ich verstehe, wenn du mir nicht glaubst. Zwar bin ich kein Deva, so wie du, dennoch bin ich ein Gott. Als Herr des Totenreichs richte ich über die Verstorbenen, so wie es einst Chitra vor mir tat. Gleichzeitig sind die Asura meinem Willen unterworfen."

„Das ist nicht möglich!"

„Ach ja? Und warum nicht?"

„Als Totenrichter müsstet Ihr die menschliche Natur verstehen, dazu ist kein Asura fähig. Und Dämonen unterwerfen sich nur dem Willen des stärksten und mächtigsten Asura. Niemandem sonst würden sie gehorchen."

„Das ist wohl wahr. Dennoch ist es so, wie ich sage. Ich bin gleichzeitig Totenrichter und Herr der unteren Welt, der …." Yama verstummte mitten im Satz. Sein Blick wurde glasig, dann sagte er: „Der Erkundungstrupp ist aus dem Dschungel zurückgekehrt. Sie sprechen gerade mit Orb. Jetzt wird es sicher nicht mehr lange dauern, bis wir die restlichen Asura abtransportieren können."

Wie er das wissen konnte, blieb Matali ein Rätsel, doch die Aussicht, diese unangenehme Situation bald hinter sich zu haben, besserte seine Laune merklich.

„Gut, dann bereite ich alles für den Start vor." Er wandte sich ab und kehrte in das Schiff zurück.

Yama folgte kurz darauf und nahm wieder im Sessel des Copiloten Platz. Wie zuvor schwieg sein unheimlicher Gast, worüber Matali insgeheim froh war. Zeit verstrich und Matali begann, erneut unruhig zu werden, da meldete sich seine und auch Yamas Tafel beinahe zeitgleich mit lautem Piepen.

„Die Devas sind fort. Wir können los." Er startete die Triebwerke.

Wie zuvor landete er das Dimensionsschiff neben dem der Devi. Er öffnete die Luke. Yama sprang auf und trat, noch vor ihm, ins Freie. Matali folgte. Die Devi kam ihnen leichtfüßig mit strahlendem Lächeln entgegen. „Sie sind weg und haben nichts herausgefunden", verkündete sie. „Ich bin so froh."

„Was hast du zu ihnen gesagt?", fragte Yama.

Sie zuckte mit den Achseln. „Nicht viel. Ich habe mich dumm gestellt und erklärt, dass ich die letzten drei Tage nicht hier gewesen bin und erst heute Morgen wieder herkam. Was ja auch stimmt. Ich erzählte ihnen, dass ich bei meiner Ankunft heute Morgen die Gegend verbrannt und verwüstet vorgefunden habe und ich keine Ahnung hätte, was hier passiert ist. Dann habe ich ihnen vorgeschlagen, die Naga dazu zu befragen und die sagten ihnen, dass die Ebene vor drei Tagen gebrannt hätte und die Verwüstungen von einer Herde Guruns stamme, die vor dem Feuer flohen."

„Wollten sie das Feld nicht sehen?", erkundigte er sich.

Orb schüttelte den Kopf.

„Besonders clever scheinen die ja nicht gewesen zu sein", stellte Yama zufrieden fest.

In Matali flammte Ärger auf, doch er hielt es für klüger, sich aus der Unterhaltung rauszuhalten. Auch Orb Ria schien Yamas Äußerung nicht zu gefallen, denn sie sagte: „Sie hatten keinen Grund an meiner Aussage zu zweifeln. Ich bin eine Devi aus Meru. Wir Devas vertrauen einander und mir ist es nicht leicht gefallen, sie anzulügen."

„Für meine unbedachten Worte entschuldige ich mich", erwiderte der Dämon und deutete eine leichte Verbeugung an. So viel Höflichkeit hätte Matali einem Asura nicht zugetraut.

Orb schien besänftigt. „Jedenfalls bin ich froh, dass sie nicht gründlicher nachgeforscht haben."

„In diesem Punkt sind wir uns einig." Yama sah über Orb hinweg zum Dschungel hinüber. Die Devi wandte sich daraufhin um und sah die Asura, die auf sie zukamen nun ebenfalls.

„Gut", bemerkte Yama. „Da kommen die restlichen Asura. Dann können wir sie gleich von hier fortschaffen."

„Einige Naga sind bei ihnen", bemerkte Matali.

„Ja, ich hoffe, sie kommen nicht, weil ihnen die Asura Ärger bereitet haben."

Als der kleine Trupp näherkam, erkannt Matali an den ernsten Gesichtern der Schlangenfrauen, dass die Situation angespannt war. Eine Kriegerin glitt zielstrebig auf Yama zu. Mit kaum zu überhörender Wut sagte sie: „Wir haben Euren Dämonen Unterschlupf gewährt und sie vor den Devas versteckt. Doch sie haben die Lichtung vollkommen verwüstet. Außerdem haben sie Tiere eingefangen, gequält und getötet. Nur so zum Spaß. Und der da", die Naga deutete empört auf den geflügelten Dämon, „hat eine der Unseren angegriffen."

„Wurde die Naga verletzt?", fragte Yama gelassen.

„Nur geringfügig. Aber …"

„Ich werde diesen Vorfall morgen mit Manassa klären, wenn ich ihr unsere Nachkommen bringe", sagte Yama, dann wandte er sich von der Naga ab und ließ die Kriegerin stehen.

Nicht ein Wort der Entschuldigung kam über Yamas Lippen. *Natürlich nicht. Das beweist doch nur, dass er ein Asura ist, ganz egal, was er über sich selbst behauptet.* So viel Ignoranz machte Matali sprachlos.

Der Herr des Totenreichs hatte sich inzwischen an die Dämonen gewandt und befahl: „Geht in das Schiff! Sofort." Die Asura kamen dem Befehl augenblicklich nach, nur der geflügelte Dämon blieb zurück.

„Herr", begann er. „Ihr dürft das Feld nicht allein der Devi und den Naga überlassen. Lasst mich hier bleiben."

Das Grollen, das Yama ausstieß, spürte Matali tief in seiner Magengrube. Die Stimme Yamas klang ruhig, dennoch stellte sich bei ihm jedes einzelne Haar gleichzeitig auf, als er sprach: „Ich diskutiere nicht mit dir, Harkandas. Geh in das Schiff, und zwar sofort! Und sorg dafür, dass alle ruhig bleiben. Vielleicht gelingt dir diesmal das scheinbar Unmögliche."

Der so angesprochene Dämon schrumpfte in sich zusammen. Seine Flügel zogen sich in den Körper zurück und, ohne noch einmal zu widersprechen, folgte er dem Befehl seines Herrn.

Danach wandte sich Yama ihm zu. „Auf geht's, Matali", sagte er. „Bringen wir's zu Ende!"

Indra

„Sitz gerade und hör auf, mit den Fingern zu essen", ermahnte Indra seine Tochter Surya, die hibbelig auf ihrem Stuhl saß und mit dem Essen spielte.

„Ich esse aber gern mit den Fingern", widersprach sie.

Seine Frau Indrani, für die schlechte Tischsitten beinahe unerträglich waren, mischte sich in das Gespräch ein: „Nur Tiere essen mit den Fingern, bist du etwa ein Tier?"

Ihre Tochter blieb stur. „Das stimmt nicht", widersprach sie. „Tiere benutzen nicht die Finger, die fressen mit dem Maul."

Indrani seufzte und sah dabei tadelnd ihre Tochter an. „Sieh nur, wie fettig deine Hände sind. Du machst deine Kleider schmutzig. Das ist nicht angemessen für die Tochter des Königs."

Indra schmunzelte. Surya konnte sicher niemand als brav oder wohlerzogen bezeichnen und dieser Umstand brachte seine Frau manchmal an den Rand der Verzweiflung. Kinder galten in ihrer Gesellschaft als göttliches Geschenk und waren höchst selten. Die Wahrscheinlichkeit einer Schwangerschaft lag bei einer Devi nahezu bei null. Das war der Preis, den sie für ihre Unsterblichkeit hatten zahlen müssen. Die Geburt seiner Tochter war ein Ereignis gewesen, das in hundert Jahre höchstens ein einziges Mal vorkam und sie war zur Zeit das einzige Devakind auf ganz Nirva.

Surya war ein selbstsicheres, aufgewecktes Kind, das ständig Fragen stellte und die von den Erwachsenen aufgestellten Grenzen anzweifelte. Indra war stolz auf seine eigenwillige Tochter. Denn seiner Meinung nach, war ein allzu braves, angepasstes Kind, das den Erwachsenen keine Schwierigkeiten bereitete, eher dumm oder zu ängstlich, um eigene Wege zu beschreiten.

„Erzählst du mir später eine Geschichte, Papa?", fragte das Mädchen und sah dabei ihren Vater erwartungsvoll an.

Indra schüttelte bedauernd den Kopf. „Heute Abend nicht, Liebes. Ich warte auf Matali, mit dem ich einiges zu besprechen habe."

„Darf ich dabei bleiben und zuhören, Papa?"

„Nein, was er mir zu erzählen hat, ist nichts für deine neugierigen Ohren."

Surya legte ein Schmollgesicht auf. „Aber ich habe Matali schon ganz ewig nicht mehr gesehen", sagte sie.

„Ich werde ihm sagen, dass du ihn vermisst", versprach er. „Bestimmt kommt er dich gerne an einem anderen Tag besuchen."

Der Hauptgang wurde diskret von drei Apsaras abgetragen. Es folgten reich garnierte Kuchen und frisches Obst, das für sie in mundgerechte Stücke geschnitten worden war.

Indra stand auf. „Ich werde den Nachtisch ausfallen lassen", entschuldigte er sich „und mich jetzt in mein Arbeitszimmer zurückziehen, um dort auf Matali zu warten." Er gab seiner Frau einen Kuss und streichelte ihr über die Wange.

Surya sprang auf. „Geh noch nicht, Papa", bat sie und umklammerte ihn an der Hüfte. „Matali ist doch noch gar nicht da."

Er ging auf die Knie und sagte: „Ich denke aber, dass er bald kommen wird. Außerdem habe ich noch einiges

31

zu tun." Er drückte sie kurz an sich und verließ danach den Speisesaal.

Als Matali das Zimmer betrat, stand Indra von seinem Schreibtisch auf und kam ihm zur Begrüßung entgegen. „Du kommst später, als ich erwartet habe."

„Ja", bestätigte sein Freund und lächelte schräg. „Das Ganze war nicht so einfach, wie du es dir gedacht hast."

„Man hat die Asura doch nicht etwa entdeckt?"

Matali verneinte. „Darum brauchst du dir keine Sorgen mehr zu machen. Ich habe alle zurückgebracht, so wie du es von mir verlangt hast. Kein Mitglied der Erkundungsexpedition hat einen Asura zu Gesicht bekommen, als sie dort eintrafen."

„Gut." Indra war erleichtert. Er ging zu einer gemütlichen Sitzgruppe und setzte sich in einen Sessel. „Komm zu mir und erzähl", forderte er Matali auf und sah ihn erwartungsvoll an.

Matali setzte sich dazu, lehnte sich zurück und schlug die Beine übereinander. Dann begann er mit seinem Bericht, während Indra aufmerksam zuhörte. „So, das war alles, was sich heute ereignet hat", sagte er abschließend. „Und jetzt bist du dran, mein Freund. Erklär mir, wie die Asura nach Nirva kamen und warum du das vor allen anderen geheim halten willst. Und was hat Orb Ria mit der ganzen Sache zu tun?"

„Hat dich niemand vor Ort darüber informiert?", erkundigte sich Indra.

„Nein, mit Orb konnte ich nur kurz sprechen und Yama war wenig gesprächig. Als ich ihn zu der Sache befragte, meinte er, dass es deine Aufgabe wäre, mich in alles einzuweihen."

Indra nickte nachdenklich. „Es war klug von ihm, mir das zu überlassen. Also gut, du, als mein Freund, hast ein

Recht darauf, mehr zu erfahren. Doch zunächst werde ich uns etwas zu trinken holen." Er stand auf und ging zu einem Schrank hinüber, um gleich darauf mit zwei Gläsern und einer Flasche zurückzukehren. Mit einem guten Tropfen versorgt, lehnte er sich entspannt zurück und begann mit seiner Erzählung: „Vor einigen Monaten hat Yama mich um eine Audienz gebeten. Du erinnerst dich vielleicht? Wir waren gerade in der Trainingshalle, als sein Gesuch bei mir eintraf."

„Ich erinnere mich", bestätigte Matali. „Ich weiß noch, dass ich dich gefragt habe, ob ich dich zu dieser Audienz begleiten könnte. Ich war neugierig und wollte den Herrn des Totenreichs gerne kennenlernen."

„Ganz genau."

„Es gab doch einen Tumult an diesem Tag. Es hieß, Yama hätte die Wachen angegriffen und einen von ihnen schwer verletzt."

„Auch das stimmt, aber das Ganze war nicht seine Schuld. Ich hatte den Audienzsaal verlassen und nicht bemerkt, dass er mir folgte. Seine Anwesenheit im Palast hat den stummen Alarm ausgelöst und die Wachen alarmiert. Sie haben ihn sofort angriffen, noch bevor ich eingreifen konnte. Er hat sich nur verteidigt. Doch viel wichtiger als dieser Vorfall war der Grund, weshalb er mich an diesem Tag zu sprechen wünschte."

Indra machte eine kurze Pause und nippte an seinem Glas. „Ich mach es kurz", sagte er dann. „Die Asura bringen Nachkommen hervor, die in der Unterwelt nicht überleben können. Sie sterben dort. Und genau aus diesem Grund hat Yama mich um Hilfe gebeten. Er war ratlos und konnte sich nicht erklären, was den Jungen fehlte. Auch ich hatte für dieses Problem keine Antwort, deshalb habe ich Orb Ria hinzugezogen."

„Warum gerade sie?", fragte Matali erstaunt. „Sie ist doch Botanikerin oder irre ich mich?"

„Ja, das stimmt", bestätigte Indra und zog sein Amulett hervor. „Dieses Schmuckstück kennst du doch?", fragte er.

„Natürlich, Indrani hat es dir geschenkt, am Tag eurer Hochzeit."

„Richtig. Fällt dir daran etwas auf?" Er legte das Amulett auf den Tisch und Matali beugte sich vor, um es genauer betrachten zu können.

„War in der Mitte nicht ein Somasamen eingefasst?"

„Ja", bestätigte Indra. „Der junge Asura, den Yama zu der Audienz mitbrachte, hat mir das Amulett entrissen und ist damit aus dem Saal geflohen. Das war auch der Grund, warum ich den Raum so überstürzt verlassen habe. Das Hochzeitsgeschenk meiner Frau wollte ich ihm nicht überlassen. Ich bin dem jungen Asura also gefolgt, und Yama kam mir nach. Im Gang ließ es das Schmuckstück fallen, doch zuvor hatte es den Samen aus dem Amulett entfernt und an sich genommen. Damit ist es in den Palastgarten geflüchtet, wo wir es, nach dem Tumult mit den Devawachen, fanden."

„Ich verstehe immer noch nicht, was das Ganze mit Orb Ria zu tun hat."

„Als wir den jungen Asura im Garten fanden, hatte sich sein Erscheinungsbild vollkommen gewandelt. Es glich jetzt einer Pflanze, die ihr einzelnes schwarzes Blatt der Sonne entgegenreckte. Wir vermuteten deshalb, dass der Samen für die Entwicklung des Jungen von entscheidender Bedeutung sein musste und aus diesem Grund habe ich Orb Ria zu mir gebeten. Kurz und knapp, sie hat herausgefunden, dass zwischen den jungen Asura und dem Soma eine Symbiose besteht. Ohne einander können sie sich nicht entwickeln und das ist der Grund, weshalb der Somabaum auf Nirva ausstarb."

Matali gab einen erstaunten Laut von sich. „Weil wir die Asura in die Unterwelt verbannt haben, gibt es keine Somabäume mehr?"

„Exakt", bestätigte Indra.

„Aber davon müssen doch alle erfahren."

Indra schüttelte den Kopf. „Ich fürchte, die Vorstellung würde vielen Devas nicht gefallen, da zwangsläufig mit dem Soma auch eine neue Generation Asura heranwächst."

„Du meinst, auf diesem Feld?"

„Ja."

„Als Botanikerin könnte Orb doch herausfinden, was genau es ist, das die Samen für ihr Wachstum von den Nachkommen der Asura brauchen. Und man könnte diese Bedingungen später künstlich herstellen."

„Das war auch Orbs erster Gedanke." Indra sah seinen Freund ernst an. „Man sollte dabei aber bedenken, dass durch dieses Vorgehen die Asura früher oder später aussterben werden. Dafür möchte ich nicht verantwortlich sein. Wir Devas haben die Dämonen in die Unterwelt verbannt und jetzt wird offensichtlich, dass ihre Art dort auf Dauer nicht überleben kann. Wir sollten Verantwortung für unsere Handlungsweise übernehmen, doch ich kenne mein Volk nur zu gut und weiß sehr wohl, dass sie dazu nicht bereit sind."

„Verstehe." Matali sah nachdenklich zum Fenster hinaus und nippte dabei an seinem Glas. „Du willst das Ganze also geheim halten, solange bis sich die Asurajungen von den Pflanzen trennen?"

„Richtig. Das halte ich für die beste Lösung. Yama wird den Nachwuchs zurück in die Unterwelt bringen und wir erhalten die Bäume. Das ist die Vereinbarung, die ich mit dem Herrn des Totenreiches getroffen habe."

„Das ist ein riskantes Spiel."

„Ich weiß." Indra atmete vernehmlich aus. „Du hast Yama durch dieses kleine Abenteuer inzwischen kennengelernt. Was hältst du von ihm?"

Matali zuckte mit den Schultern und machte eine abfällige Geste. „Für einen Dämon ist er recht redegewandt. Ansonsten ist er ein Asura durch und durch."

Indra schmunzelte und nickte kaum merklich. „Diesen Eindruck hatte ich auch, als ich ihm das erste Mal begegnet bin, aber der Eindruck täuscht."

„Du meinst, er ist mehr als ein Dämon? Er selbst behauptete das von sich. Er sagte, dass er über die Verstorbenen richte, so wie Chitra vor ihm."

„Das entspricht der Wahrheit", bestätigte Indra. „Ein Asura ist er nur der äußeren Erscheinung nach. Hinter dieser Maske verbirgt sich ein unsterblicher Gott."

„Woher willst du das wissen?"

„Ich kenne sein Geheimnis, weil er sich mir offenbart hat, doch mehr möchte ich dazu nicht sagen. Denn Yama würde das als Verrat auffassen, wenn ich dir alles erzählte, was ich darüber weiß." Indra verstummte und sah seinen Freund an. Er überlegte, ob er ihm doch noch einiges mehr offenbaren sollte. Dabei wurde die Stille zwischen ihnen beinahe greifbar. Schließlich erhob sich Matali, um sich zu verabschieden. „Ich werde jetzt gehen", sagte er. „Es war ein anstrengender Tag und es ist bereits spät."

Auch Indra stand auf. „Ich begleite dich noch zur Tür, mein Freund."

Yama

Varun las Indras Nachricht laut vor: „Ich, Indra, hoher König der Devas, bitte Yama, den Herrn der Unterwelt und weisen Richter über die verstorbenen Seelen höflichst darum, Euch morgen zu der Zusammenkunft mit Manassa, Königin der Naga begleiten zu dürfen." Danach fragte er amüsiert: „Und? Erlauben wir es ihm *höflichst?*"

Jeng spürte Varuns Heiterkeit als Kreisen in seinem Kopf und erwiderte: *„Da spricht nichts gegen."*

„Warum schreibt er so übertrieben höflich?", fragte Varun daraufhin und erhielt fast gleichzeitig eine Antwort: *„Er schreibt ganz offiziell als König der Devas und es ist nur eine formale Bitte. Im Grunde weiß Indra sehr genau, dass ihn die Vereinbarung, die wir mit der Nagakönigin getroffen haben, nichts angeht, trotzdem möchte er uns begleiten."*

„Bah! Du hast es selbst gesagt, was wir mit Manassa zu besprechen haben, geht ihn nichts an."

„Letztlich ist es deine Entscheidung, da es um die Nachkommen der Asura geht, aber du hast mich nach meiner Meinung gefragt."

„Ich traue ihm nicht. Indra will uns doch nur begleiten, weil er wissen will, was wir mit den Naga aushandeln werden."

„Sein Vertrauen in uns ist nicht vollkommen. Gerade deshalb finde ich, sollten wir ihm erlauben, uns begleiten

zu dürfen. So zeigen wir, dass wir nichts vor ihm verheimlichen wollen."

„Von mir aus." Varun gab in die Tafel eine knappe Antwort ein: „Ich, Yama, hoher Gott der Unterwelt, Herr über die Asura und weiser Richter des Totenreiches, erlaube Indra gnädigst, mich zu dem Treffen mit Manassa zu begleiten. Ich erwarte Euch morgen kurz nach Sonnenaufgang auf dem Feld.

„Zufrieden?"

„Sehr."

Varun sandte die Nachricht ab und gab Jeng anschließend frei. Der streckte sich und gähnte. „Das war ein langer Tag."

„Ja, die Asura abzutransportieren hat mehr Zeit in Anspruch genommen, als erwartet."

Jeng ging in die Küche, füllte sich einen Becher mit Wasser und trank diesen in einem Zug leer, anschließend öffnete er den Kühlschrank. „Es ist noch ein Stück Braten da", sagte er mehr zu sich selbst, als zu Varun. Seit dem Frühstück am Morgen hatte er weder etwas gegessen noch was getrunken. Auf dem Weg zum Tisch biss er hungrig in das gebratene Fleisch. „Falls die Naga uns etwas zu Essen anbieten solten, wäre ich dir sehr dankbar, wenn du es nicht ablehnen würdest."

„Ich werde daran denken."

Als Yama am nächsten Morgen auf dem Feld materialisierte, war der Himmel dicht verhangen. Schwer und dunkel wie ausgelaufene Tinte, zog eine dichte Wolkendecke über ihn hinweg und Regentropfen prasselten auf ihn nieder. Sein Blick schweifte über die Somabäumchen. Die ältesten Pflanzen hatten inzwischen ein kräftig grünes Blattwerk ausgebildet und waren zu mannshohen Bäumen herangewachsen, dazwischen standen kleinere Pflanzen in unterschiedlichen Entwicklungsstadien.

„Orb schläft sicher noch", vermutete Jeng.

„Ja, wahrscheinlich sind wir zu früh", vermutete Varun und sprang kurz entschlossen zum Schiff der Devi. „Ich werde sie wecken."

„Nein, lass sie schlafen. Sicher wird sie bald von selbst aufwachen, wenn Indra hier eintrifft."

Blitze zuckten und der Regen verstärkte sich. Varun ertrug das Unwetter in stoischer Gelassenheit und stand wartend inmitten des Sturms.

Das heftige Gewitter fesselte seine Aufmerksamkeit. Unaufhörlich krachte und grollte der Donner. Das Pfeifen und Heulen des Windes klang beinahe wie Musik. Varun lauschte.

Zu der Symphonie des Sturmes gesellte sich bald ein weiterer Klang, dumpf und dröhnend. Er wandte sich der Quelle des Geräusches zu und entdeckte ein kleines Himmelsschiff, das auf ihn zugeflogen kam. „Das wird er wohl sein", vermutete er.

Neben ihm öffnete sich die Luke des Schiffes und Orb Ria sah schlaftrunken hinaus.

Verwirrt fragte sie: „Was tust du hier, am frühen Morgen, bei diesem Unwetter?"

„Ich warte."

„Auf mich?"

„Nein, auf Indra."

„Was? Aber wieso?" Orb fuhr sich durch das verstrubbelte Haar und versuchte es hektisch zu glätten. „Kommt Indra etwa hierher?"

„Er ist gleich da."

„Mist." Sie verschwand im Schiff und Varun hörte, wie sie sich hastig ankleidete. „Warum hast du mich nicht geweckt und darüber informiert, dass Indra auf dem Weg zu mir ist?", fragte sie und ihre Stimme klang dabei vorwurfsvoll.

„Weil er nicht wegen dir herkommt. Indra hat mich gestern Abend darum gebeten, mich zu dem heutigen Treffen mit Manassa begleiten zu dürfen, und ich war einverstanden."

Orb erschien erneut an der Luke, diesmal angezogen. „Ach so", nuschelte sie, während sie die rotblonden Haare zu einem Zopf zusammenband und dabei mit ihren Zähnen die Haarspange festhielt. „Trotzdem wäre es nicht zu viel verlangt gewesen, mich zu wecken. Dann hättest du außerdem nicht die ganze Zeit bei diesem Unwetter im Freien verbringen müssen."

„Mir macht das nichts aus", entgegnete Varun wahrheitsgemäß.

Sie zuckte mit den Schultern. „Meinetwegen", sagte sie. „Es ist noch früh, ich mache uns einen Tee." Sie verschwand wieder im Inneren.

Der Wind peitschte den Regen vor sich her und trommelte auf die Außenhaut des Schiffes. Davon unbeeindruckt war Varuns Blick auf das schnell näherkommende Fluggerät gerichtet, das durch die starken Böen leicht ins Wanken geriet. Schließlich landete es, nicht weit vom Schiff der Devi entfernt.

„Bei diesem Mistwetter müssen Mirber[1] ihre Baue verlassen", schimpfte Indra, als er in den Regen hinaustrat.

„Ist der Gott des Sturmes nicht in der Lage, darauf Einfluss zu nehmen?", fragte Varun amüsiert.

„Das könnte ich tatsächlich", bestätigte Indra und sah großzügig über die fehlende Begrüßung hinweg. „Das

---

[1] **Mirber**: kleine Nagetiere die ihr Leben unter der Erde verbringen und ihre Bauten nur bei Starkregen verlassen, um nicht zu ertrinken.

Wetter zu manipulieren ist jedoch heikel. Und nur weil mir die momentane Wetterlage nicht passt, werde ich nicht eingreifen. Dafür muss es weitaus wichtigere Gründe geben. Außerdem ist eine solche Manipulation nicht notwendig, denn in etwa einer Stunde ist die Unwetterfront über uns hinweggezogen."

„Woher willst du das wissen?", fragte Varun.

Indra schmunzelte. „Ich habe mir die Wettervorhersage für diese Region angeschaut."

„*Was meint er damit?*", fragte Varun Jeng in Gedanken.

„*Ich vermute, Devas können das Wetter vorhersagen. Frag doch einfach nach, wie er das meint.*"

„*Das werde ich nicht. Immer wenn ich ihm solche Fragen stelle, komme ich mir schrecklich dumm vor.*"

Laut sagte er: „Orb Ria bereitet gerade einen Tee für uns zu. Warten wir also in ihrem Schiff darauf, dass sich das Wetter bessert."

Orb begrüßte Indra mit einem herzlichen Lächeln. „Es ist so schön, dich zu sehen. Yama hat mich nicht geweckt und mir erst, als ich aufwachte gesagt, dass du ihn zu dem Treffen mit Manassa begleiten wirst."

„Es war ein sehr spontaner Entschluss und Yama war so freundlich darauf einzugehen, als ich ihn gestern Abend darum gebeten habe."

„Kommt schnell herein ins Trockene." Orb trat beiseite, um Indra und Yama einzulassen. Auf dem kleinen Tisch der Bordküche stand bereits Tee bereit. Sie goss den Inhalt in drei Tassen und reichte sie ihnen. „Bei diesem Sturm werdet ihr doch nicht aufbrechen wollen?", fragte sie dann.

„Mir wäre es lieb abzuwarten, bis das Unwetter vorbeigezogen ist, aber ich werde diese Entscheidung Yama überlassen", entgegnete Indra und sah fragend zu ihm hinüber. Dieser stimmte mit einem Nicken zu.

Wie von Indra vorausgesagt, legte sich der Sturm tatsächlich nach einer knappen Stunde und wich dichtem Nebel. Sie traten ins Freie. In der Luft hing der Geruch von kaltem Rauch und nasser Erde.

„Jetzt kann man die Hand vor Augen nicht mehr erkennen, aber immerhin regnet es nicht mehr", sagte Indra. Er ging zu seinem Himmelswagen hinüber, der im dunstigen Zwielicht gerade noch zu erahnen war, öffnete das Heck des Gefährts und führte einen nervösen Laufvogel am Halfter hinaus. Als Yama näherkam, tänzelte das Tier unruhig und gab krächzende Laute von sich, während sich sein buntes Gefieder aufstellte. Beruhigend strich Indra ihm über den schlanken Hals. „Ruhig Gupti, Yama tut dir nichts."

„Willst du darauf reiten?", fragte Varun und betrachtete neugierig den imposanten Vogel.

„Ja", bestätigte Indra. „Jalans sind schnell und sehr wendig. Sie sollten im Nagagebiet gut zurechtkommen."

„Matali berichtete über diese Tiere. Er sagte, daß ihr sie für die Jagd und für Wettrennen nutzt."

„Das stimmt", bestätigte der Devakönig. „Gupti zum Beispiel ist ein Champion. Sie hat bereits mehrere Wettkämpfe gewonnen."

„Dann ist sie also besonders schnell?"

„Oh ja", bestätigte Indra und tätschelte stolz den Kopf des Tieres.

„Gut." Varun fiel auf alle Viere. Er formte seine Substanz um, sodass Gestalt und Körperbau dem eines Geparden glichen, nur am Kopf traten noch die imposanten Hörner eines Stiers deutlich hervor. „Magst du mit mir spielen?", fragte er und fixierte dabei den Gott mit den Augen.

„Du meinst, du möchtest ein Wettrennen mit mir auf dem Vogel?"

„Das meine ich. Ein Wettrennen bis zum Rand des Dschungels. Wer zuerst dort ankommt, gewinnt."

Orbs glockenhelles Lachen erklang hinter ihnen. „Ich gebe für euch das Startsignal, wenn ihr wollt", sagte sie fröhlich.

Indra griff nach den Zügeln, grinste breit und schwang sich in den Sattel. „Also gut, Yama. Wer zuerst den Dschungel erreicht."

„Ich drücke euch beiden die Daumen", sagte Orb, während sich Indra und Yama nebeneinanderstellten.

„Seid ihr bereit?"

„Ja", bestätigte der Gott.

„Ich ebenfalls", knurrte Varun.

Die Devi stellte sich ihnen gegenüber und breitete die Arme aus. „Dann auf die Plätze, fertig, los!", rief sie und schlug die ausgebreiteten Arme über den Kopf zusammen.

Pfeilschnell schoss das Jalan nach vorn und verschwand im dichten Nebel. Für einen Augenblick war Varun davon so überrascht, dass er seinerseits vergaß, loszurennen. Er fluchte, fing sich wieder und hetzte dem Tier hinterher. Der durchnässte Boden unter seinen Tatzen war rutschig. Während er lief, passte er deshalb seine Krallen an, um so auf dem Boden mehr Halt zu finden. *„Ich kann Indra und den Vogel nicht mehr sehen",* sagte Jeng, der Varuns Verärgerung als ein leichtes Vibrieren in der Substanz wahrnahm.

„Der Nebel ist einfach zu dicht und durch meine eigene Dummheit habe ich Indra einen Vorsprung verschafft."

„Es ist doch egal, ob du gewinnst oder verlierst. Es ist ein Spiel unter Freunden."

„Er ist nicht unser Freund. Das hat er sogar schon selbst zu dir gesagt, doch du scheinst das immer wieder zu vergessen." Er rannte weiter über die Ebene und übersprang dabei kleinere Sträucher und Büsche, bis er plötzlich vor sich einen grauen Schemen entdeckte. Mit neuem Mut hastete er ihm nach, so wie ein Raubtier seiner Beute verfolgt. Das Wasser unter seinen Tatzen spritzte dabei nach allen Seiten fort.

„Du holst auf."

„Ja." Der Vogel vor ihm gab ein furchtsames, lautes Krächzen von sich und beschleunigte.

„Ich mache ihm Angst", erkannte Varun und sah zu, wie sich der Abstand zu ihm wieder vergrößerte. Da plötzlich kam der Vogel abrupt zum Stehen. Varun wäre beinahe mit ihm zusammengeprallt, wenn der Vogel nicht im letzten Moment, mit einer geschickten Drehung, ausgewichen wäre. Er schoss an ihm vorbei und brach in das Blättergewirr des Dschungels ein. Hinter sich hörte er Indra aus vollem Halse lachen. Varun rappelte sich auf und wandte sich zu ihm um.

„Das war knapp, ein spannendes Rennen", sagte Indra anerkennend. „Mein Vogel hat wohl gedacht, du wolltest ihn fressen." Schweißtropfen rannen über das tiefrote Gesicht des Gottes und Wassertropfen perlten von seinem schwarzen Haar. „Zu meinem Glück hat ihn das nur noch mehr angespornt, schneller zu laufen." Noch einmal lachte er herzlich.

„Beinahe hätte ich dich eingeholt", entgegnete Varun, während er sich aus dem Gewirr aus Ästen und Blattwerk befreite.

„Nur beinahe." Indra zwinkerte ihm zu, dann sah er suchend zu dem verfilzten Dickicht des Waldes hinüber.

„Ich kann nirgends einen Pfad erkennen. Sollten uns die Naga nicht entgegenkommen, um uns zu Manassa zu begleiten?"

„Davon hat niemand etwas gesagt. Ich habe auch keine genaue Zeit vereinbart. Vielleicht erwarten sie uns noch nicht so früh", vermutete Varun.

„Gut, suchen wir uns also einen Pfad, der in den Dschungel hineinführt."

Indra wendete das Jalan und ritt gemächlich am Rande des Waldes entlang. Als Varun zu ihm aufschloss, tänzelte das Tier nervös und schlug aufgeregt mit den kurzen Flügeln. Der Gott redete beruhigend auf es ein. „Keine Sorge Gupi, Yama wird dich nicht fressen."

„Wer weiß", knurrte Varun, „bei mir kann man sich nie sicher sein."

Indra warf ihm einen kurzen Seitenblick zu und sagte: „Falls es dich interessiert, du hast einen ganz schlechten Eindruck hinterlassen, bei Matali."

„So? Es interessiert mich wenig, was er über mich denkt. Warum musstest du ihn überhaupt schicken, statt selbst zu kommen? Jetzt weiß noch ein weiterer Deva über dieses Feld Bescheid."

„Ich hatte gestern drei wichtige Termine, die ich unmöglich absagen konnte", erklärte Indra. „Matali ist mein engster Vertrauter und Freund. Geheimnisse sind bei ihm so sicher, wie bei mir."

Varun sah ihn misstrauisch an und die blauen Augen zogen sich skeptisch zusammen. „Jetzt hast du doch auch Zeit, diesen kleinen Ausflug mit mir zu machen."

„Heute habe ich keine anderen Verpflichtungen. Ich gebe dir mein Wort Varun, wenn ich gekonnt hätte, wäre ich auch gekommen."

„Nenn mich nicht ständig bei meinem Namen. Du wirst dich sonst noch vor Manassa verplappern."

„Keine Sorge, so etwas passiert mir höchst selten", versicherte Indra und sah ihn ernst an. „Ich dachte nur, dich oder Jeng direkt anzusprechen, wäre euch lieber. Wenn es dir aber missfällt, werde ich dich in Zukunft stets Yama nennen."

„Schon gut", beschwichtige Varun, „solange du dich nicht verplapperst oder verrätst, wie es sich mit Yama verhält, kannst du mich und auch Jeng ruhig beim Namen nennen."

„Danke Varun. Und du kannst mir glauben, ich halte stets mein Wort."

Allmählich lichtete sich der Nebel und erste Sonnenstrahlen drangen bis zum Boden vor. Beharrlich suchten sie weiter nach einem Zugang, der in den Dschungel hineinführte. Doch das Pflanzengewirr schien undurchdringlich wie eine Festung zu sein, bis Varun endlich einen schmalen Pfad entdeckte, der von riesigen Farnwedeln fast vollkommen verdeckt und deshalb kaum zu erkennen war. „Hier führt ein Weg hinein", rief er dem Gott nach, der bereits ein Stück weiter geritten war.

Indra wendete sein Jalan. „Den Pfad habe ich glatt übersehen. Gut gemacht, Yama."

Sie folgten dem Pfad, dort, wo ihnen der Dschungel ein Durchkommen erlaubte, auch wenn sie nicht wussten, wohin er führte. Dabei hofften sie, bald auf einige Naga zu stoßen, die sie zu Manassa geleiten würden. Überall um sie herum summten Insekten und kleine Tiere raschelten im Unterholz. Ein Rudel Raubtiere schoss nach allen Seiten davon, als sie sich ihnen näherten, aufgescheucht von einem blutigen Kadaver, den sie im Dickicht verzehrt hatten. Flinke Äffchen mit purpurnem Fell kletterten im Astwerk der Bäume umher und beäugten sie misstrauisch. Indra wischte sich den

Schweiß aus den Augen. „Matali erzählte mir, dass die Naga einige Asura im Dschungel versteckt haben. Müssten davon nicht irgendwelche Spuren zurückgeblieben sein?"

„Ich vermute, die Naga haben alles, was auf die Anwesenheit der Asura hindeuten könnte, inzwischen beseitigt."

Indra nickte. „Schon möglich."

Varun hielt an und wandte sich ihm zu: „Mir scheint, du weißt kaum mehr über dieses Volk als ich, und das, obwohl ihr doch mit ihnen gemeinsam auf Nirva lebt."

„Ja", bestätigte Indra. „Seit der Zeit, als das Soma aus unserer Welt verschwand, sind unsere Beziehungen zueinander abgebrochen. Das ist auch der Grund, warum ich dich begleiten wollte. Ich möchte den Kontakt, der früher zwischen unseren Völkern bestand, wieder aufleben lassen."

„Verstehe", sagte Varun in barschem Tonfall. „Jetzt, wo die Naga bald wieder Somabäume besitzen, wächst rein zufällig dein Interesse an ihnen."

„Das ist es nicht allein", erwiderte Indra gekränkt. „Ich möchte die diplomatischen Beziehungen erneut aufleben lassen, weil ich erkannt habe, dass es ein Fehler war, die Naga so lange Zeit zu ignorieren."

„Was glaubst du, wird Manassa denken, wenn du gerade jetzt kommst, um mit ihnen in diplomatische Beziehungen zu treten?"

„Sie wird dasselbe denken wie du. Da mache ich mir nichts vor." Indra seufzte. „Es war ein Fehler, und daran lässt sich jetzt nichts mehr ändern. Doch in Zukunft werde ich mich um bessere Beziehungen zu ihnen bemühen."

„Hm", brummte Varun. Er schob ein dichtes Blättergewirr beiseite. Vor ihm wich der Dschungel zurück und gab den Blick auf einen smaragdgrünen See frei. Der schmale Pfad, dem sie gefolgt waren, führte geradewegs am Ufer entlang. Varun spürte ein leichtes Prickeln, das über seine Substanz hinwegzog. „Wir sind nicht mehr allein", sagte er laut zu Indra.

Der Gott sah sich wachsam um. „Glaubst du? Ich kann niemanden entdecken."

„Die Naga sind Meisterinnen der Tarnung. Sie verschmelzen nahezu mit dem Grün der Umgebung. Möglicherweise beobachten sie uns schon eine ganze Weile."

„Dann sollten wir sie wissen lassen, dass wir wissen, dass sie da sind." An niemanden Bestimmtes gerichtet rief Indra laut in den Dschungel hinein: „Ich bin Indra, Gott und König der Devas! Und ich bin zu euch gekommen, um mit Manassa zu sprechen."

Verärgert zischte Varun: „Die Königin erwartet Yama, nicht dich. Ich habe dir zwar erlaubt, mich zu begleiten, doch wenn du versuchst, die Verhandlungen an dich zu reißen, wirst du das bereuen."

„Das liegt wirklich nicht in meiner Absicht", versuchte Indra zu beschwichtigen. „Ich bin es nur gewohnt ..."

Er brach den Satz ab, als er auf dem Pfad vor ihnen eine Naga entdeckte. Das feine Muster auf ihrem schlangengleichen Unterleib ließ ihre Konturen vor dem Hintergrund verschwimmen.

Varun ging entschlossen auf sie zu und registrierte gleichzeitig, wie der Dschungel um ihn herum in Bewegung geriet. Weitere Naga erschienen, während die Schlangenfrau auf dem Pfad näher glitt. Als sie bei ihm ankam, verbeugte sie sich ehrerbietig. „Ich grüße Euch, Yama, hoher König und Herr der Dämonen. Man nennt mich Nissa. Ich werde Euch und Euren Begleiter zu unserer Königin bringen, die Euch am Jadesee bereits erwartet."

„Gut, geh voran, wir werden dir folgen", sagte Varun, ohne die förmliche Begrüßung zu erwidern.

Indra saß von seinem Laufvogel ab, dann gingen sie der Naga nach, die mit anmutigen Bewegungen voran glitt, während ihre Schwestern wieder im Gewirr des Waldes verschwanden. Sie bewegten sich am Ufer entlang, bis die Naga schließlich einen Weg einschlug, der vom See fortführte und deutlich breiter war als der schmale Pfad, dem sie bisher gefolgt waren.

„Das hinter uns ist nicht der Jadesee?", erkundigte sich Yama.

„Nein, Herr, man nennt diesen dort den Smaragdsee. Der Jadesee liegt noch sehr viel tiefer im Dschungel. Es wird etwa zwei Stunden dauern, bis wir dort eintreffen", erklärte Nissa.

„Warum werden wir nicht direkt zu Manassas Palast gebracht?", erkundigte sich Indra.

Nissa wandte sich ihm zu und sah ihn auf eine geradezu respektlose Weise an, bevor sie ihm antwortete: „Yama ist zu uns gekommen, um uns die Kinder seines Volkes anzuvertrauen. Aus diesem Grund habe ich von Manassa den Auftrag erhalten, den König der Dämonen zum Jadesee zu geleiten. Dort, auf einer Insel inmitten des Sees haben wir für diesen Zweck die Vegetation gerodet und die Erde vorbereitet. Dass Ihr, Indra, den Herrn der Unterwelt begleiten würdet, war uns nicht bekannt. Unsere Königin wird deshalb entscheiden müssen, ob sie mit Euch zu sprechen wünscht."

Nach dieser Antwort wirkte Indra sichtlich zerknirscht und ging schweigend hinter der Naga her.

„Offenbar hat ihm das einen ordentlichen Dämpfer verpasst", erkannte Varun sichtlich amüsiert.

„Spüre ich da eine gewisse Schadenfreude?"

„Aber sicher doch", bestätigte Varun gut gelaunt, während er über einen Baumstamm hinwegkletterte, der quer auf dem Weg lag. *„Er glaubt doch fest daran, dass sich alles nur um ihn dreht."*

„Wie wahr", bestätigte Jeng. *„Dagegen bist du ein Musterbeispiel an Hingabe und Bescheidenheit."*

Varun gab einen amüsierten Laut von sich, woraufhin ihm die Naga einen irritierten Seitenblick zuwarf.

Den Rest des Weges folgten sie der Führerin schweigend, bis der Dschungel schließlich von neuem zurückwich. Der Jadesee war glatt wie ein Spiegel und in seiner Mitte lag eine große Insel, deren Pflanzenbewuchs bis auf einige hohe Baumriesen, gerodet worden war. Das Wasser des Sees war kristallklar und so tief, dass man den Grund nicht erkennen konnte. Kein Windhauch kräuselte das Gewässer und dicht unter der Wasseroberfläche entdeckte Varun eine Art Brücke, auf die ihre Führerin zu schlängelte.

Kurz davor wandte sie sich zu ihnen um. „Diese Brücke führt zur Insel hinüber, wo Euch Königin Manassa bereits erwartet, um die jungen Asura in Empfang zu nehmen", erklärte sie und bewegte sich danach auf die Brücke zu, die knöcheltief unter der Wasseroberfläche lag. Varun folgte Nissa, ohne zu zögern, doch dem Laufvogel schien der Weg über das Wasser ganz und gar nicht zu gefallen. Gupti kreischte und zog am Halfter ihres Geschirrs, sodass Indra das Tier kaum festhalten konnte. Der Gott fluchte, während er versuchte, das scheuende Tier zu beruhigen.

Varun wandte sich zu ihm um. „Probleme, Indra?"

„Nein, geh ruhig schon vor. Ich komme nach."

Tatsächlich hatten die Naga den Boden gut vorbereitet und vom dichten Pflanzenbewuchs befreit. Doch etwas beunruhigte Varun, als er näherkam. „Du sagtest, Manassa würde mich bereits erwarten, aber ich sehe niemanden auf dieser Insel."

Die Naga sah ihn offen an und erklärte: „Mein Volk steht nicht gern unter freiem Himmel. Auf der Insel gibt es ein Erdhaus, so wie es viele Naga bewohnen. Meine Königin und ihr Gefolge schützt sich darin vor der Sonne. Sie erwartet Euch dort."

Als sie die Insel erreichten, schloss auch Indra zu ihnen auf. „Wo hast du deinen Vogel gelassen?", erkundigte sich Varun.

„Ich musste ihn am Ufer zurücklassen und habe ihn einer Naga übergeben, die mir anbot, sich um ihn zu kümmern", erwiderte der Gott zerknirscht.

„Meine Schwester wird gut auf ihn achtgeben", versicherte Nissa, dann deutete sie auf eine Erderhebung. „Das ist das Erdhaus, von dem ich sprach. Einst lebte eine alte Schamanin darin, zurückgezogen und ganz allein. Sie war eine sehr weise und heilige Naga. Weshalb auch diese Insel, auf der sie gelebt hat, heilig ist. Jetzt wird dieser Ort für die Wiederbelebung des Soma gebraucht. Ein heiliger Ort für eine heilige, magische Pflanze."

„Hm!", brummte Varun. „Ich schätze, die Asurakinder seht ihr nicht als heilig an?"

„Erlaubt mir, Euch zu widersprechen." Die Naga kreuzte die Arme über der Brust und verbeugte sich respektvoll vor ihm. „Die Kinder Eures Volkes bringen das Soma wieder ins Leben zurück. Aus diesem Grund gelten auch sie für mein Volk als heilig, denn sie gehören zum Lebenszyklus des Soma dazu."

Als sie den Erdhügel umrundeten, stellte Varun fest, dass Nissa die Wahrheit gesagt hatte. Die Erderhebung war tatsächlich ein Haus, dessen Eingang in einer Mulde verborgen lag. Ein Schatten spendender Baldachin überspannte den Zugang. Darunter lag Manassa auf einer Sänfte und war von mehreren Dienerinnen umgeben.

Als Yama und Indra näherkamen, erhob sich die Königin anmutig und begrüßte ihn freundlich: „Seid gegrüßt, Yama, hoher König der Asura und Herr der unteren Welt." Danach gab sie einer Dienerin ein Zeichen, die daraufhin Indra und Yama eine Erfrischung anbot.

Manassa erhob ihr Glas und sprach feierlich: „Trinken wir auf unser Bündnis und auf die Rückkehr des Soma. Möge dieser Tag der Beginn für eine glückliche Zukunft für uns alle sein."

Da Varun selbst nicht trinken konnte, trat Jeng an seine Stelle. Er nahm einen kräftigen Schluck und verzog danach angewidert das Gesicht. *„Dieser Trank schmeckt furchtbar"*, sagte er zu Varun und blickte verstohlen zu Indra hinüber, der anders als er selbst, seinen Gesichtsausdruck nicht durch Varuns Substanz verbergen konnte. Ihre Blicke trafen sich. Beinahe hätte Jeng laut losgelacht, doch er konnte sich zusammenreißen. Mit leichter Ironie in der Stimme wandte er sich an Manassa: „Dieses Getränk hat einen äußerst ungewöhnlichen Geschmack."

Die Königin lächelte milde. „Man nennt ihn Szassna und er wird nur zu großen Anlässen gereicht."

„Ich fühle mich geehrt", erwiderte Jeng galant.

„Schmeckt er Euch?"

„Nun ja, es schmeckt ungewohnt für meine Zunge", erklärte er diplomatisch und fragte: „Woraus wird er hergestellt?"

„Aus dem Saft der Szaskäfer. Der Saft wird zunächst vergoren und danach reift er zehn Jahre lang in Holzfässern unter der Erde. Es braucht sehr viel Zeit, bis sich dieser exquisite Geschmack entwickelt."

Indras rötliche Gesichtsfarbe nahm eine leichte Grünfärbung an. Erneut trafen sich ihre Blicke, dann sah Jeng wieder Manassa an. „In der Tat, der Geschmack ist unbeschreiblich." Er prostete der Königin zu und stürzte den Inhalt dann in einem Zug hinunter. Dabei kämpfte er gegen den Würgereiz an, der ihn befiel.

„Wenn dir der Trank Unbehagen bereitet, warum trinkst du ihn dann?", erkundigte sich Varun neugierig.

„Aus Höflichkeit", antwortete Jeng, unhörbar für alle anderen. *„Es ist ein großer Gunstbeweis, wenn die Königin dieses Getränk einem Gast anbietet. Für jede Naga wäre es eine Beleidigung, ihn abzulehnen."*

Manassa lächelte zufrieden und blickte erwartungsvoll Indra an. Der atmete vernehmlich ein, bevor er das Getränk ebenfalls hinunterstürzte.

„Darf ich Euch nachschenken?", fragte die Königin und griff nach einer Flasche.

„Das ist zu viel der Ehre große Königin." Jeng verbeugte sich höflich. „Und ich fürchte, meine Zunge ist an diesen exquisiten Genuss nicht gewöhnt. Mehr würde nur meine Sinne überreizen."

„Nun gut." Manassa stellte die Flasche zurück auf das Tablett, das eine Dienerin ihr entgegenhielt. „Kommen wir also zu wichtigeren Dingen."

Indra trat einen Schritt vor und verbeugte sich. „Verehrungswürdige Königin, ich hatte noch keine Gelegenheit mich vorzustellen. Ich bin Indra …"

Mit einer harschen Handbewegung schnitt Manassa dem Gott das Wort ab. Ein leises Rasseln erklang und ihre Pupillen zogen sich wütend zu schmalen Schlitzen zusammen. „Ich weiß, wer Ihr seid", sagte sie, „und ich kann mich nicht entsinnen, an Euch das Wort gerichtet zu haben."

Jeng mischte sich ein. „Großmütige Königin, ich habe Indra erlaubt, mich zu dem Treffen mit Euch zu begleiten, denn ich schulde ihm meinen Dank. Ohne seine Hilfsbereitschaft wäre ich nicht hier. Er war es, der die Devi Orb Ria zu Rate zog, die die Verbindung zwischen dem Soma und der Nachkommenschaft meines Volkes entdeckte. Großzügig stellte er mir daraufhin ein Feld zur Verfügung. Und all das tat er heimlich, ohne dafür das Einverständnis seines Volkes zu haben."

„Nun gut", sagte die Königin und sah Indra abschätzig an. „Dann sprecht!"

„Seit Anbeginn der Zeit leben unsere Völker friedlich nebeneinander, doch seit das Soma aus der Welt verschwand, ist jeglicher Kontakt zwischen unseren Völkern abgebrochen. Ich bin gekommen, um das zu ändern, weil ich erkannt habe, wie wichtig und bereichernd ein Austausch zwischen uns wäre."

Manassa hieß Indra, zu schweigen. „Ihr Devas ward doch der Grund dafür, dass der heilige Soma ausstarb."

„Als wir damals die Asura aus Nirva vertrieben, war uns der Zusammenhang zwischen ihnen und dem Soma nicht klar", verteidigte sich der Gott.

„Das mag wohl sein", bestätigte Manassa. „Wahr ist aber auch, dass erst die Gier nach dem Göttertrank unsere Völker zusammenbrachte. Genau wie jetzt auch. Ihr kommt doch nur hierher, weil Ihr wisst, dass wir bald wieder im Besitz von Somabäumen sein werden, und wollt den Devas einen Anteil am Ertrag sichern."

„Das ist nicht wahr", erwiderte Indra.

„So? Gut, dann beweist Eure uneigennützigen Absichten, in dem ihr uns das Herstellungsverfahren für den Göttertrank verratet."

„Das kann und werde ich nicht tun", erwiderte Indra zerknirscht. „Mein Volk würde das als Verrat betrachten. Euch steht es aber frei, selbst danach zu suchen."

Manassa gab einen verärgerten Zischlaut von sich. Die Wut über Indras Äußerung konnte man ihr deutlich ansehen. Beinahe erwartete Jeng, daß die Königin ihren Unmut in passende Worte kleidete, doch stattdessen wandte sie sich von Indra ab und ihm zu. „Wir haben diese Insel für die Asurakinder ausgewählt und den Boden vorbereitet. Ich hoffe, unsere Bemühungen finden Euer Wohlgefallen, Yama."

Noch bevor Jeng dazu etwas sagen konnte, verdrängte Varun ihn, um der Königin an seiner Stelle zu antworten: „Ich bin zufrieden mit dieser Wahl." Er zog eine Kiste aus seiner Substanz hervor und stellte sie vor Manassa ab. „Darin befinden sich zweiundvierzig junge Asura", sagte er. „Doch bevor ich sie freilasse, möchte ich noch etwas anderes klären, wenn Ihr erlaubt."

„Sprecht frei heraus."

„Euer Volk war so großmütig einem Teil meiner Asura Asyl zu gewähren und sie auf einer Lichtung vor den Augen der Devas zu verstecken. Wie ich hören musste, hat dabei einer meiner Krieger eine Naga angegriffen und verletzt. Außerdem wurde mir mitgeteilt, dass die Lichtung während dieses Aufenthalts von ihnen vollkommen verwüstet wurde. Für beide Vorfälle möchte ich mich bei Euch in aller Form entschuldigen."

Er zog ein kleines Säckchen hervor und sagte: „Bitte nehmt dies als Entschädigung an."

Würdevoll nahm Manassa das Säckchen entgegen, und entleerte den Inhalt auf einem Tablett. Ihre Pupillen weiteten sich, als sie die Edelsteine sah, die jetzt funkelnd und glitzernd darauf lagen. „Ihr seid sehr großzügig, Yama", sagte sie und hielt fasziniert einen daumengroßen Smaragd ins Sonnenlicht, bevor sie Nissa zu sich heranwinkte. „Es war diese Naga, die von einem Eurer Krieger angegriffen wurde", erklärte die Königin.

Varun verbeugte sich respektvoll. „Werte Nissa, für den Euch zugefügten Schaden wählt bitte eine Entschädigung aus, die Ihr für angemessen haltet."

„Es war doch nur ein Kratzer", erwiderte die Naga und lächelte scheu, dann sah sie unsicher ihre Königin an. Manassa nickte ihr wohlwollend zu, erst daraufhin glitt sie näher heran, um die Kostbarkeiten auf dem Tablett zu betrachten. Schließlich nahm sie drei Steine an sich und drehte sich anschließend zu Yama um. „Danke", sagte sie und verbeugte sich vor ihm, bevor sie sich zurückzog.

„Gut", Manassa klatschte in die Hände. „Bringt jetzt die Somasamen herbei", befahl sie.

Während sie dabei zusahen, wie der Asuranachwuchs sich um die Samen des Somabaumes stritten und sich danach auf der Insel verteilten, sagte Manassa: „Für heute Abend habe ich Vorbereitungen für ein Bankett getroffen, um unser Bündnis gebührend zu feiern."

„Es ist mir eine Ehre, daran teilnehmen zu dürfen", erwiderte Varun.

Manassa neigte leicht den Kopf und wandte sich dann Indra zu: „Soweit ich weiß, essen Devas nur Fleisch von toten Tieren, das zuvor im Feuer zubereitet wurde. Stimmt das?"

„Ja, das ist richtig", bestätigte der Gott. „Wir garen Fleisch durch Hitze, bevor wir es essen."

„Ah! Gut, ich werde eine Dienerin beauftragen, ein Festmahl für Euch zuzubereiten. Und was kann ich Euch anbieten, Yama?"

„Ich esse dasselbe wie Indra."

„Tatsächlich?" Manassa sah Yama irritiert an. „In unseren alten Schriften steht: Asura ernährten sich von Angst und Leiden."

„Nun, das ist wahr", bestätigte Yama, „doch ist es mir auch möglich, andere Nahrung zu mir zu nehmen."

Nachdem auch der letzte junge Asura sich seinen Platz auf der Insel erobert hatte, brachen die Königin und ihre Eskorte zum Palast auf. Indra und Yama schlossen sich ihnen an. Auf ihrem Weg kamen sie an Baumhäusern vorbei, die genau wie der Palast selbst, aus geschickt miteinander verflochtenen Ästen der Bäume bestanden. Die meisten Naga lebten jedoch in einfachen Erdhäusern, die denen auf der Jadeinsel glichen. Neugierige Blicke begleiteten sie auf ihrem Weg und einige Naga sahen sie ängstlich oder auch feindselig an, als sie an ihnen vorübergingen. Varun hörte verhaltenes Murmeln und empörtes Zischen.

Manassa, die von ihren Bediensteten in einer Sänfte getragen wurde, öffnete die Vorhänge und sagte: „Ihr müsst meinen Untertanen vergeben. Viele Naga haben nie zuvor einen Deva oder gar einen Asura gesehen. All jene aber, die an den Kämpfen auf dem Feld beteiligt waren und gegen Euer Volk kämpften, sind Euch verständlicherweise nicht wohlgesonnen. Wenngleich sie auch wissen, dass es nicht die Dämonen waren, die den Krieg begonnen haben."

„Ich nehme es ihnen nicht übel", versicherte Varun.

Manassa lächelte ihm freundlich zu. „Ich danke Euch", sagte sie, bevor sich die Vorhänge wieder schlossen.

Am Fuß des Baumpalastes verließ die Nagakönigin ihre Sänfte, um ihre Gäste höchstpersönlich zum Palast hinaufzuführen. Indra zeigte sich tief beeindruckt, als er das imposante Bauwerk hoch in den Baumwipfeln erblickte. Es fügte sich so harmonisch in den Dschungel ein, dass ein darüber hinwegfliegendes Himmelsschiff es aus der Luft wohl nicht hätte erkennen können.

Am Baumstamm entlang führte ein spiralförmiger Weg in die Höhe und immer weiter hinauf, bis sie zu einem mit Intarsien reich verzierten Holztor kamen. Dienerinnen öffneten dieses ihrer Königin, und sie betraten den Festsaal. Genau wie der übrige Palast bestanden auch die Wände des Saales aus kunstvoll verwobenem Astwerk und zwischen dem Grün der Blätter verströmten unzählige farbige Blüten einen betörenden Duft. Dazwischen sammelten Insekten und Feenwesen emsig den Nektar. Gedämpftes Licht fiel durch das Blattwerk und sorgte dafür, dass die Blüten wie Edelsteine strahlten.

Manassa nahm würdevoll auf einem hohen Thron Platz, auf dem sie eher lag, als saß und forderte Indra und Yama auf, sich neben sie zu setzen.

Varun legte sich seitwärts auf den ihm zugewiesenen Platz und zog sich danach zurück, damit Jeng an seine Stelle treten konnte. Währenddessen brachten Dienerinnen flache Tischchen herein und stellten sie neben den Gästen auf. Die Naga, die sich auf die umstehenden Plätze legten, trugen stolz ihren kostbarsten Schmuck zur Schau und waren ansonsten unbekleidet. Dienerinnen boten Getränke an, die zu Jengs Erleichterung durchaus genießbar waren.

Musikerinnen spielten auf, während sich langsam der Festsaal füllte. Es waren ungewohnte Klänge, dennoch übte die Musik mit ihrem wiegenden Rhythmus einen beinahe hypnotischen Reiz aus.

Nach dem Austausch einiger höflicher Worte richtete sich die Königin auf und klatschte in die Hände. „Möge das Bankett beginnen!"

Man brachte daraufhin Tiere in Käfigen herein, die zunächst ehrerbietig der Königin angeboten wurden. Manassa wählte bedächtig eines aus und biss ihm blitzschnell in den Nacken. Das Geschöpf schrie und zappelte noch für einen kurzen Moment in ihrem Griff, bevor es erschlaffte. Bevor sie es jedoch verschlang, sah sie fragend eine Dienerin an und fragte: „Wo bleibt das Mahl für meine Gäste?"

„Erleuchtete, vergebt mir. Ich werde es sofort herbringen." Die Dienerin reichte den Käfig an eine andere weiter und eilte davon. Kurz darauf kehrte sie zurück und stellte jeweils eine Silberplatte vor Indra und Yama ab.

Der Gott betrachtete das, was darauf lag, mit einer Mischung aus Abscheu und Ekel. Eines der Tiere hatte man, offenbar lebend, in kochendes Wasser geworfen. Das andere war verkohlt und stank bestialisch nach verbranntem Fell. Hilfesuchend sah Indra zu Yama hinüber. Jeng erwiderte seinen Blick.

„Mir war klar, dass die Naga nichts vom Kochen verstehen, deshalb habe ich bereits etwas in dieser Art erwartet. Trotzdem ist dies das Scheußlichste, was mir je serviert wurde", sagte Jeng zu Varun. Er erhielt keine Antwort, spürte aber Varuns Heiterkeit als Kreisen im Kopf. Jeng schmunzelte.

„Ihr esst nicht", bemerkte Manassa. „Ist das Mahl nicht so, wie Ihr es gewohnt seid?"

Jeng sah zu ihr auf. „Darf ich offen sprechen?", fragte er.

„Sprecht frei heraus, Yama!"

„Die Zubereitung von Speisen erfordert einiges an Wissen und Erfahrung, die den Naga ganz offensichtlich fehlt. Trotzdem weiß ich die Bemühungen, uns zu bewirten, zu schätzen."

„Ihr sagtet doch, dass ihr eure Nahrung vor dem Verzehr zuerst kocht oder verbrennt."

„Werte Königin", sagte Indra. „Erlaubt mir, dass ich mich in Euer Gespräch einmische." Manassa nickte ihm großmütig zu und er fuhr fort. „Bei den Devas gilt das Zubereiten von Speisen als hohe Kunst, die in langen Jahren erlernt werden muss. Die meisten Götter kochen deshalb nicht selbst, sondern lassen sich von denen bekochen, die in dieser Kunst bewandert sind."

Die Königin wirkte aufrichtig betroffen. „Das habe ich nicht gewusst und ich habe Euch beleidigt. Sagt mir bitte, wie ich das wieder gutmachen kann?"

„Es gibt nichts, wofür Ihr Euch bei mir zu entschuldigen hättet", entgegnete Jeng. „Es ist mir eine Ehre, bei Euch sein zu dürfen."

„Und ich habe Yama ohne eine Einladung von Euch begleitet. Ich bin es also, der sich bei Euch entschuldigen müsste", sagte Indra und erhob sich von seinem unbequemen Sitz. „Ich habe ein Geschenk für Euch", erklärte der Gott und überreichte Manassa einen flachen Gegenstand.

Neugierig beugte sich die Königin vor und als sie sah, was es war, weiteten sich ihre Augen. „Eine Göttertafel für mich?", fragte sie überrascht.

„Ja", bestätigte Indra. „Ich halte das für ein angemessenes Geschenk. Auf diese Weise könnt Ihr sehr leicht mit Yama und mir in Kontakt bleiben und uns zu jeder Zeit erreichen."

Erfreut nahm die Königin die Tafel entgegen. „Das ist sehr großzügig von Euch, Indra."

„Ich denke, es ist eine Notwendigkeit, die längst überfällig war. Dass ich erst jetzt damit zu Euch komme, ist mein Versäumnis. Seit jeher leben unsere Völker friedlich nebeneinander, ohne, dass wir uns wirklich kennen. Genau das möchte ich ändern."

„Frieden ist von großem Wert", bestätigte Manassa. „Und auch ich möchte keinen Streit mit Eurem Volk."

„Wenn Ihr erlaubt, werde ich Euch den Gebrauch der Tafel näher erläutern." Auf Manassas Nicken hin setzte sich Indra neben sie und erklärte im Flüsterton die Handhabung des Gerätes. Währenddessen betrachtete Jeng gelangweilt die Gäste im Saal und sie ihn, wie er feststellen musste. Gesättigt erhoben sich einige Naga von ihren Plätzen und begannen, sich rhythmisch zum Klang der Musik zu wiegen. Er sah ihnen zu, bis Indra schließlich aufstand und sich zurück auf seinen Platz legte.

Als Manassa sich kurz darauf erhob, verstummte die Musik. Jeder Anwesende im Saal wandte sich der Königin zu und sah sie erwartungsvoll an. „Heute ist ein großer Tag", begann sie. „Sowohl für uns Naga als auch für das Volk der Deva und Asura beginnt eine neue Zeit. Denn heute ist Soma nach Nirva zurückgekehrt und alle Völker des Himmels werden von diesem Segen profitieren. In den alten Zeiten brachten die Naga die Früchte des Somabaumes zu den Göttern, damit sie ihnen daraus den Göttertrank herstellen konnten. Damals erhielten wir dafür nur einen Anteil von zehn Prozent des Ertrages. Doch die Zeiten ändern sich. Heute sind zehn Prozent für uns inakzeptabel. Und ihr werdet erfreut sein zu hören, dass ich mich mit dem König der Devas gütlich einigen konnte. Er versprach uns, dass der Anteil zukünftig bei dreißig Prozent liegen wird."

Die Reaktion auf Manassas Ankündigung war zunächst erstauntes Getuschel, doch dann folgte begeisterter Jubel. Die Königin hob die Hände und die Anwesenden verstummten. „In Zukunft werden Naga und Devas untereinander einen regen Austausch pflegen. Noch mögen wir uns fremd sein, doch wir alle sollten uns darum bemühen, dies zu ändern. Liebe Schwestern, lasst uns dem Fremden nicht mit Abneigung und Furcht begegnen, vielmehr sollten wir es als Bereicherung sehen und uns darum bemühen das Fremde zu verstehen. Darauf, meine Schwestern, lasst uns trinken." Manassa hob ihr Glas und lächelte.

Harkandas

Über mir spannte sich ein schwarzer Himmel auf, sternenlos, leblos, tot. Ich hasste diesen Ort und ich hasste meine Brüder, die, so wie ich, gezwungen waren, hier zu leben. Mein Schicksal verfluchend wanderte ich ziellos umher von unerträglicher Pein gequält.

Warum nur hatte mein Herr mich nicht auf Nirva bleiben lassen? Tief in mir spürte ich, dass ich dort hingehörte. Der Groll auf Varun, der mir befohlen hatte, in die Unterwelt zurückzukehren, wuchs unermesslich. Ich wünschte mir nichts mehr als ihn, für das was er mir angetan hatte, büßen zu lassen.

Aber so sehr ich mit meinem Schicksal auch haderte, war mir doch klar, dass es keine Möglichkeit für mich gab, etwas daran zu ändern.

Nur eins gab es, was ich tun konnte. Ich entfaltete meine Flügel und erhob mich in die Luft.

Vom Wind getragen zu werden, war jedes Mal aufs Neue ein erhabenes Gefühl. Dennoch wich meine anfängliche Freude über den schwerelosen Flug bald einer tiefen Verbitterung. Ich war zornig auf alles und jeden. Wahllos stürzte ich mich auf meine Artgenossen hinab, um an ihnen meine quälende Wut auszulassen. Überrascht von diesen Attacken, stießen manche von ihnen erbärmliche Laute aus, die mich nur umso rasender machten. Doch auch das linderte meinen Schmerz nicht. Schließlich ließ ich von ihnen ab. Ich stieg höher in den tiefschwarzen Himmel hinauf und flog auf Yamas Palast zu, der sich im Zentrum der Ödnis befand. Das Licht des höchsten Turmes erstrahlte in der Dunkelheit und teilte jedem Asura mit, dass ihr Herr dort weilte. Allein dieses Licht war es, dessen Schein bis in die hintersten Winkel dieser Welt vordrang. Ich hielt beharrlich darauf zu. Dort angekommen, kreiste ich um den Turm herum, von dem ich wusste, dass mein Herr ihn bewohnte. Ob er mich wohl sehen konnte? Ich flog näher. Die Energiekuppel, die sein Haus umgab, schimmerte milchig weiß und war undurchdringlich für meine Augen. Im Vorbeiflug streckte ich meine Arme aus. Es knisterte, als meine Krallen darüber kratzten, Funken stoben nach allen Seiten davon. Die Kuppel schützte das Haus meines Herrn vor unbefugten Eindringlingen wie mich. Mit aller Kraft schlug ich dagegen und stieß dabei einen zornentbrannten Schrei aus, doch das Feld hielt stand. Und so wandte ich mich ab und landete niedergeschlagen auf einem schmalen

Vorsprung. Dort saß ich für lange Zeit, reglos wie ein Bildnis aus Stein. So weit entfernt von meinen Brüdern war es still und diese Stille tat mir wohl. Ich saß da, bis das Licht im Turm erlosch. Mein Herr war fortgegangen und hatte mich verlassen. Hoffnungslosigkeit senkte sich nieder und Dunkelheit rückte näher an mich heran. Düstere Gedanken trieben durch meine Substanz. *,Ich habe versagt'*, dachte ich. *,Niemals mehr werde ich nach Nirva zurückkehren können.'* Ich zitterte bei dieser Vorstellung. Alles schien falsch zu sein, ich spürte in meinem Inneren, dass die Dinge nicht so waren, wie sie sein sollten. *,Frage, wenn du etwas wissen willst"*, das wurde mir geraten, als ich unter dem Einfluss des Soma stand. Doch würde mein Herr meine Fragen noch beantworten wollen, nachdem ich die Naga auf der Lichtung angegriffen hatte?

Alles, was ich durch den Trank erfahren hatte, war verwirrend gewesen. Ich konnte nicht einmal mehr sagen, ob diese Ereignisse real gewesen waren. Einzig meine Flügel besaßen noch Realität. Sie waren nicht zu leugnen. Ein Gedanke schoss mir plötzlich durch den Kopf: *,Varun gab mir das Soma, er war es deshalb auch, der mir die Flügel schenkte.'* Dieser Gedanke erschreckte mich, denn was sollte mein Herr davon haben? Schließlich begriff ich, dass mir das Grübeln nicht weiterhalf. Kurzentschlossen stand ich auf und, fast ohne es zu wollen, stieß ich mich vom Vorsprung ab und stürzte mehr als das ich flog dem Grund entgegen.

* * *

In den darauffolgenden Tagen verrichtete ich meine Aufgaben lustlos und mied das Gericht. Mein Herr schien mich nicht zu vermissen. Von bleischwerer

Unlust gelähmt war meine Aufmerksamkeit getrübt und so sah ich Rakala zuerst nicht, der sich mir, mit einem Pinyinbrett in Händen, in den Weg stellte.

Als ich ihn dann bemerkte, blaffte ich ihn an: „Geh aus dem Weg!" Doch Rakala blieb, wo er war. Auffordernd schob er das Spielbrett vor und zeigte so deutlich, was er von mir wollte. Es war nicht das erste Mal, dass er mich auf diese Weise herausforderte und bisher hatte ich ihn immer besiegt. Ich wusste jedoch, dass er ein ernst zu nehmender Gegner war und zurzeit war ich nicht in der Stimmung für ein Spiel. Aus diesem Grund wollte ich an ihm vorbeigehen, doch er stellte sich mir erneut in den Weg. Zorn flammte in mir auf und für einen kurzen Moment wollte ich mich auf ihn stürzen, doch dann besann ich mich und setzte mich nieder. Rakala eröffnete sogleich mit Weiß das Spiel und setzte den ersten Stein. Ich folgte mit Schwarz und wir spielten, ich unwillig und lustlos, Rakala mit all seinen Sinnen auf das Spiel konzentriert. Erst als es für mich zu spät war, erwachte ich aus meiner Lethargie.

„Ich habe dich geschlagen, Harkandas", sagte mein Rivale mit triumphierender Stimme.

Meine Substanz bebte vor Aufregung, als ich erkannte, dass seine Worte der Wahrheit entsprachen. Ich konnte nicht leugnen, dass ich von ihm besiegt worden war.

„Jetzt brauche ich nur noch Varun zu besiegen", verkündete er selbstbewusst, „und dann werde ich deinen Platz als sein Stellvertreter einnehmen."

Das Beben in meinem Inneren nahm zu und wurde beinahe unerträglich. Eine entsetzliche Leere breitete sich in mir aus. Ich hatte Varun enttäuscht, was wenn er jetzt Rakala mir vorzog? Dieser Gedanke quälte mich, genau wie der Blick meines Rivalen, der noch immer auf mir ruhte. Ohne auch nur ein weiteres Wort an ihn zu richten, spannte ich meine Flügel auf und floh zurück auf den Vorsprung, von dem aus ich auf die düstere Welt weit unter mir herabsehen konnte.

Nie zuvor in meinem Leben fühlte ich mich so niedergeschlagen, wie in diesem Moment. Gleichzeitig ergriff mich eine unerträgliche Spannung. Ich wartete und die Zeit schien sich unendlich zu dehnen, dann endlich leuchteten die Lichtadern, die den Palast durchzogen, hell auf und die Tore des Tempels öffneten sich. Yama hatte das Gericht betreten. Ich stieß mich vom Vorsprung ab und schwebte dem Boden entgegen, denn ich wusste, Rakala würde diese Gelegenheit nutzen, um auch meinen Herrn herauszufordern. Dort angekommen sah ich meinen Rivalen sofort, wie er wartend vor dem Gerichtsgebäude stand. Hatte er Varun bereits über meine Niederlage informiert?

Als mein Herr schließlich den Gerichtssaal verließ, ging Varun direkt auf ihn zu und warf mir dabei nur einen kurzen Seitenblick zu. Ohne ein Wort zu sagen, setzte er sich Rakala gegenüber und das Spiel begann.

Sofort bildete sich eine Traube schaulustiger Asura um sie herum. Ich bahnte mir einen Weg in die vorderste Reihe und nur widerwillig machten mir die Umstehenden Platz, so als stände der Sieg meines Rivalen bereits fest. Mein Herr spielte wie immer routiniert und setzte seine Steine mit Bedacht, doch Rakala stand dem in nichts nach. Mit wachsender Sorge verfolgte ich die Partie, denn keinem von beiden gelang es, klar die Führung zu übernehmen. Als das Feld schon fast vollständig mit schwarzen und weißen Spielsteinen belegt war, blickte Varun schließlich auf. „Weder du noch ich können jetzt noch gewinnen", sagte er. „Das Spiel endet unentschieden."

„Nein", widersprach Rakala. „Harkandas habe ich bereits geschlagen und beinahe hätte ich dich auch besiegt. Ich fordere seine Stelle als dein Stellvertreter ein!"

„Du forderst?", wiederholte Varun. In seiner Stimme lag ein drohender Unterton, der mir sehr vertraut war, doch Rakala schien das zu überhören. „Nur derjenige, der mich zweifelsfrei besiegen kann, hat ein Anrecht auf diesen Posten. Doch dieses Spiel endete Unentschieden."

„Dann verlange ich eine Revanche!"

Gelassen erwiderte mein Herr: „Es steht dir jederzeit frei, Harkandas erneut herauszufordern."

„Ihn habe ich bereits besiegt und bewiesen, dass ich besser bin, als er. Ich fordere eine Revanche von dir!"

„Du bekommst deine zweite Chance mich zu besiegen erst, wenn es dir gelingt, Harkandas ein weiteres Mal zu schlagen", beharrte Varun.

„Nein!" Wutentbrannt fegte Rakala das Spielbrett zur Seite und sprang ihn unvermittelt an. Überrascht von dieser plötzlichen Attacke traf ihn der erste Schlag unvorbereitet mit voller Wucht. Die umstehenden Asura stoben nach allen Seiten davon. Varun stieß einen zornigen Schrei aus, durchdringend und laut. Ich erstarrte. Vergleichbares hatte ich nie zuvor gehört. Im gleichen Augenblick erkannte Rakala, dass es ein Fehler war, Varun anzugreifen. Mein Herr schlug mit voller Härte zu und jeder Schlag der Rakala traf zerfetzte förmlich seine Substanz. Verzweifelt wich er zurück. Er versuchte sich zu schützen und die Schläge, die auf ihn einprasselten, abzublocken, doch das war vergebens.

Ich sah mit Genugtuung zu, wie Rakalas Substanz unter der Wut meines Herrn in sich zusammenfiel. Er wimmerte. Wie erbärmlich. Dann endlich ließ Varun von ihm ab und baute seine Substanz zur vollen Größe vor ihm aus. „Wage es nicht noch einmal, mich oder Harkandas herauszufordern. Und jetzt geh mir aus den Augen!"

So schnell er konnte, taumelte Rakala davon. Ich sah ihm nach, doch Varun würdigte ihn keines weiteren Blickes. Er wandte sich ab und rief mir im Vorbeigehen zu: „Harkandas, komm mit mir!"

Mein Herr hatte klar zu mir gehalten, trotzdem folgte ich ihm mit großer Sorge. Er betrat das Gericht und wandte sich zu mir um. „Schließ das Tor!", befahl er.

Ich gehorchte.

„Gut, jetzt sind wir allein." Mein Herr durchquerte die Halle und setzte sich auf den Richterthron. Zögernd ging ich zu ihm. Wie oft hatte ich zugesehen, wie er über die Seelen der Verstorbenen ein Urteil fällte. War ich es nun, den sein Richtspruch traf?

Er sah zu mir herab und sagte: „Seit du wieder in der Unterwelt weilst, habe ich dich nicht mehr im Gericht gesehen. Du hast mich gemieden, ist es nicht so?" Ich schwieg und er fuhr fort. „Ich habe dich gesehen, Harkandas, oben an der Kuppel. Und kurz danach hast du für lange Zeit auf einem Vorsprung gesessen." In mein Schicksal ergeben sah ich zu Boden. „Sprich frei heraus!", forderte mein Herr mich auf.

Meine Substanz bebte, doch wagte ich es nicht, das Wort an ihn zu richten. Was konnte ich auch sagen, ohne dass sein Zorn mich traf?

„Ich verstehe sehr gut, was in dir vorgeht. Es schmerzt dich, dass du hierher zurückkehren musstest und du gibst mir die Schuld, weil ich es war, der dir die Rückkehr befahl. Das stimmt doch?"

„Ja, Herr", bestätigte ich nach kurzem Zögern.

„Mach dir klar, dass du nicht der Einzige bist, dem es so geht, Harkandas. Jeder Asura sehnt sich, genau wie du, danach frei zu sein. Doch du musst wissen, Widerwärtigkeiten gibt es nur für den, der sie dafür hält. Lass dich durch sie nicht erschüttern. Im Grunde genommen steckt hinter deinem Zorn eine große Beschränktheit und es war klug, dich zunächst von all deinen Verpflichtungen zurückzuziehen. Denn nirgends findet man eine so friedliche und ungestörte Zuflucht, wie in sich selbst.

Alles, was existiert, ist stetig im Wandel begriffen und ich glaube fest daran, dass auch du die Befähigung hast, dich zu ändern, wenn du es nur willst. Die Fähigkeit zu denken, hast du mit mir gemein. Du besitzt Vernunft genau wie ich, und besitzt du Vernunft, so besitzt du vielleicht auch eine Stimme, die dir sagt, was du tun und was du lassen sollst." Varun machte eine kurze Pause und sah mich an, bevor er weitersprach und seine Worte durch die Halle dröhnten. „Hör auf, dein Schicksal zu beklagen! Alles, was geschieht, geschieht mit Recht. Wenn du an meiner Seite bleiben willst, musst du bereit sein, einzig meinen Forderungen gemäß zu handeln. Nutze deinen Verstand und erkenne, dass sich nicht immer alles nur um dich dreht. Daran solltest du immer denken."

Nach diesen Worten schwieg Varun und ich tat es auch. Die Stille im Saal wurde erdrückend, fast greifbar, bis ich mich fragte, ob mein Herr wohl eine Antwort erwartete? Schließlich fasste ich Mut und sagte: „Ihr habt versprochen, die Asura nach Nirva zurückzubringen."

„Das habe ich und werde ich."

„Doch jetzt bin ich wieder hier."

Varun stieß einen seltsamen Ton aus, wie Luft, die durch eine schmale Ritze pfiff, gleichzeitig lehnte er sich zurück. „Erinnerst du dich an den Krieg, den Mahisha gegen die Devas führte?", fragte er dann.

„Ja, Herr."

„Auch er wollte die Asura zurück nach Nirva bringen. Sag mir Harkandas, hatte er damit Erfolg?"

Was sollte diese Frage? Jeder Asura wusste doch, wie der Krieg endete. Erneut spürte ich Wut in mir aufsteigen, trotzdem antwortete ich ganz ruhig. „Nein, Herr."

„Richtig", bestätigte Varun. „Diese Erfahrung lehrt uns, dass sich die Rückkehr nach Nirva mit Gewalt nicht erzwingen lässt. Es gibt jedoch andere Wege, die ich einzuschlagen versuche. Wir müssen die Völker des Himmels davon überzeugen, dass Asura nicht länger eine Gefahr für sie darstellen. Sie müssen erkennen, dass wir uns geändert haben. Verstehst du das?" Ich antwortete nicht auf seine Frage. Er beugte sich vor und sprach weiter in einem eindringlichen Tonfall: „Dazu gehört natürlich auch, dass Verbündete *auf keinen Fall* angegriffen werden dürfen."

Sofort verstand ich, was er mir sagen wollte. „Ich habe die Naga nicht verletzt", verteidigte ich mich.

„Ja", bestätigte mein Herr, „bis auf einen kleinen Schnitt an ihrem Arm, ist sie unverletzt geblieben. Du hast dich, noch im Angriff, besonnen, was für dich spricht. Doch ich verlange *mehr* von dir, als sie nur *nicht* zu verletzten und ich weiß, dass ich viel von dir verlange." Varun schwieg und sah mich nachdenklich an, bevor er fortfuhr. „Du bist mein Stellvertreter und ich möchte, dass du mein Stellvertreter bleibst, denn ich bin im Grunde sehr zufrieden mit dir. Du hast ein erstaunliches Talent bewiesen, die Dinge zumeist in meinem Interesse zu regeln. Ein Talent, dass ich einem Asura nicht zugetraut hätte."

Irritiert sah ich auf. Was redete er da? War nicht auch er ein Asura wie ich?

„Ich glaube fest daran, dass es möglich ist, durch seine Aufgaben zu wachsen", fuhr er fort. „Wenn du es wirklich willst, kannst du mehr sein, als du jetzt bist. Doch dafür wirst du mir vertrauen müssen."

Schon einmal hatte Varun mich darum gebeten, ihm zu vertrauen und auch jetzt verstand ich nur vage, was er damit meinte. Eines erkannte ich in diesem Moment ganz deutlich: mein Herr sah *mich!* Ich war ihm nicht egal. Varun hatte mich nicht zurückgeschickt, weil er unzufrieden mit mir war, so wie ich glaubte, und auch nicht, um mich zu bestrafen. Nein, er wollte, dass *ich* ihm zur Seite stand und ich wollte das auch. Deshalb beeilte ich mich ihm zu versichern: „Ich vertraue Euch, Herr."

Varun gab sich mit dieser Antwort zufrieden. „Gut", sagte er noch, bevor er aufstand und verschwand.

Yama

Es war ein schöner Frühlingstag, warm und angenehm. Schäfchenwolken zogen über dem blauen Himmel dahin. Jeng saß neben Orb im Gras inmitten eines bunten Blütenteppichs, der sich unter den Somabäumchen ausgebreitet hatte. Insekten summten von Blüte zu Blüte und suchten emsig nach Nektar.

Er sah sie an und es gab nichts anderes mehr, das er sah. Ihre Augen waren dunkelgrün, und er fand sie über die Maßen schön. Sommersprossen zierten die Wangen der Devi wie die Sterne den Nachthimmel und ihr rotblondes Haar leuchtete wie die aufgehende Sonne.

„Woran denkst du?", fragte sie.

„An dich", sagte er verträumt.

Orb lächelte und ihr Lächeln war so bezaubernd, dass es ihm nur mit Mühe gelang, die Augen von ihr abzuwenden. Er zog die Beine unter das Kinn und wurde ernst. „Du wolltest doch von mir wissen, wie ich zu dem geworden bin, der ich bin. Wenn du magst, erzähle ich dir davon."

Sie nickte und ihr Lächeln verschwand. „Ich weiß ja bereits, dass du zur Hälfte ein Mensch und zur anderen ein Asura bist", sagte sie. „Nur, wie es dazu kam, weiß ich nicht."

„Es stimmt, ich war einst ein Mensch. Man nannte mich Jeng. Wenn du möchtest, kannst du mich auch so nennen." Ein wehmütiger Zug trat auf sein Gesicht, als er an die Vergangenheit dachte und zu erzählen begann. Jeng sprach von seiner Familie und von dem Leben, das er geführt hatte, bevor Varun ihn aus seiner vertrauten Heimat mit sich fortriss. Orb hörte schweigend zu, mit ernstem Gesicht, und als er davon berichtete, wie er hilflos zusehen musste, wie Varun all jene ermordete, die er einst geliebt hatte, weinte sie. Auch Jeng weinte, und sie schloss ihn tröstend in ihre Arme. Mit verhaltener Stimme erzählte er weiter, von seiner langen Reise und davon, wie er und Varun schließlich zueinanderfanden und Yama wurden.

„Das, was du erzählst, ist schrecklich", sagte Orb nachdem er seine Erzählung schließlich beendete.

„Sicher gibt es einen Weg dich von diesem Asura zu befreien."

„Du hast mich nicht verstanden, Orb", entgegnete Jeng. „Das, was wir waren, existiert schon lange nicht mehr. Varun und ich sind zu Yama geworden." Er sah sie an und er erkannte, wie abwegig diese Vorstellung für sie war, als ein Ausdruck von Entsetzten und Abscheu in ihr Gesicht trat.

„Du willst dich nicht von diesem Dämon trennen, obwohl er deine Familie umbrachte und dich auf grausame Weise quälte?", fragte sie.

„Den Dämon, der mich einst quälte, gibt es nicht mehr", erklärte Jeng. „Genauso wenig wie der Mensch noch existiert, der ich einst war. Er und ich sind eins."

„Es stimmt, ich verstehe es nicht und Derartiges könnte ich niemals verzeihen."

„Vergebung war das Einzige, was mir übrig blieb, sonst wäre es mir nicht möglich gewesen Frieden zu finden, und ohne Vergebung wäre ich nicht der, der ich jetzt bin." Für einen Moment starrte Orb ihn nur an, dann stand sie auf, und wechselte unvermittelt das Thema.

„Sieh mal hier, das wollte ich dir schon die ganze Zeit zeigen." Sie lächelte ein wenig unsicher und winkte ihn zu sich heran. Jeng zögerte für einen kurzen Moment, denn er hätte ihr noch so viel mehr erzählen wollen, doch ihm war klar, dass sie nicht weiter darüber reden wollte. So stand er auf und ging zu ihr.

„Siehst du das?", fragte sie und deutete auf eine Verdickung an einem Zweig.

„Was ist das?"

„Eine Knospe, und das bedeutet, dass die Bäume bereits in diesem Jahr blühen und wahrscheinlich auch Früchte tragen werden. Ist das nicht großartig?" Sie strahlte und sah dabei selbst wie die schönste Blume aus.

„Großartig, ja", bestätigte Jeng. Er wollte sie in seine Arme ziehen, um sie zu küssen, doch sie entwand sich ihm. Sie setzte sich zurück auf die Decke und goss Tee in eine Tasse ein. Jeng ging zu ihr. „Weißt du", sagte er, „ich frage mich manchmal, ob man die Natur der Asura nicht verändern kann, wenn sie noch jung sind."

„Wie meinst du das?"

„Von Beginn an sind Asura auf sich selbst gestellt und es gibt niemanden, der sich um sie sorgt oder ihnen etwas über das Leben beibringen könnte. Wundert es da, dass sie sind, wie sie sind?"

Orb zuckte gleichgültig mit den Schultern und nippte an ihrer Tasse.

„Was meinst du, wieviel die Jungen von dem mitbekommen, was um sie herum vorgeht? Verstehen sie wohl schon, was wir sagen?"

„Nein, das glaube ich nicht", erwiderte die Devi und schüttelte entschieden den Kopf.

„Aber es sind Kinder und Kinder lernen von Beginn an. Ist es nicht so?"

„Es fällt mir schwer, sie als Kinder zu sehen."

„Was sollten sie denn sonst sein?"

„Ich weiß nicht." Wieder zuckte sie mit den Schultern. Biester eben", sagte sie und sah dabei auf ihren Handrücken, auf dem sich ein rötlicher Kratzer befand, dessen Ränder leicht geschwollen waren.

„Was hast du da?", fragte Jeng.

„Ach, das ist nichts. Heute Morgen habe ich versucht, bei einem Baum eine Blattprobe zu entnehmen und der Asura, der ihn schützte, hatte etwas dagegen, wie du hier sehen kannst." Sie hielt ihm die Hand hin und erklärte: „Verletzungen durch die Substanz eines Asura heilen sehr schlecht."

„Ich weiß", erwiderte Jeng. Die Substanz an seinem Unterarm zog sich zurück, damit er Orb den langen Schnitt zeigen konnte, aus dem dicker Eiter hervorquoll. „Dies hat mir gestern ein Asura verpasst, als ein Pinyinspiel gegen ihn unentschieden endete. Daraufhin wurde er wütend und hat mich vollkommen unerwartet angegriffen."

„Warum hast du mir das nicht schon früher gezeigt?", frage Orb, während sie die Verletzung begutachtete. „Warte!" Sie sprang auf, eilte zur Hütte, um kurz darauf mit einem kleinen Tiegel zurückzukehren. „Damit heilt der Schnitt viel schneller", erklärte sie und strich die Salbe, die sich darin befand, auf seinen Arm. „Du wirst sehen, schon bald wird es nicht mehr wehtun."

„Danke." Jeng lächelte sie an. Sie sah zu Boden und errötete, dabei strich sie sich verlegen eine rotblonde Locke aus dem Gesicht. „Schau mich doch an, Orb", bat Jeng. Sie hob den Kopf. „Du bist so schön, ich bin glücklich, wenn ich dich ansehen kann."

„Liebst du mich etwa?", fragte sie überrascht.

„Die Antwort darauf solltest du bereits kennen."

Orb nagte an ihrer Unterlippe, während sie überlegte, was sie darauf antworten sollte. „Das mit uns kann nichts werden", sagte sie dann. „Schlag es dir aus dem Kopf."

„Aber warum denn nicht, Orb?"

„Weil eine Devi unmöglich mit …"

„Mit was?"

„Du weißt schon."

„Du hast bereits mit mir geschlafen, zweimal."

„Das war etwas anderes. Außerdem gibt es da jemanden, mit dem ich zusammen bin."

„Ich weiß, Skanda."

Überrascht fragte sie: „Woher weißt du das?"

„Es gibt Dinge, die erschließen sich mir einzig dadurch, dass ich jemanden in die Augen blicke." Jeng sah, dass Orb mit dieser Aussage wenig anfangen konnte. Er war jedoch nicht bereit, ihr seine Gabe näher zu erläutern. Bleischwer lag eine Last auf seinem Herzen, als er erkannte, wie groß die Kluft war, die noch immer zwischen ihm und ihr bestand.

„Ich bin einsam", gestand er ihr. Daraufhin rückte sie ein wenig näher zu ihm, so nah, dass er ihre Körperwärme spüren konnte. Er nahm ihre Hand und drückte sie leicht, dann schluckte er den schmerzhaften Kloß in seinem Hals hinunter, der ihm das Sprechen erschwerte. „Früher, als ich noch ein Mensch war, bin ich niemals allein gewesen und auch jetzt fällt es mir schwer, allein zu sein. *Ich* bin kein Biest, Orb."

„Das weiß ich doch", versicherte sie hastig und legte einen Arm auf seinen Rücken.

„Und Varun ist es genauso wenig", versicherte er. „Du musst ihn nicht fürchten. Was immer wir waren, ist damals gestorben und schon lange vergangen, nur die Erinnerungen sind uns noch geblieben." Wieder konnte er die Tränen nicht zurückhalten. Sie liefen seine Wangen hinab und er wischte sie mit dem Handrücken fort.

„Und der Dämon? Ist er jetzt bei dir und hört alles, was wir sagen?"

„Ja", bestätigte Jeng, „alles, was ich tue und zu dir sage, bekommt auch er mit. Aber das muss dich nicht beunruhigen. Er und ich haben die gleichen Ziele und Varun würde niemals etwas gegen meinen Willen tun oder mich verletzen wollen." Als er ihren skeptischen Blick und das Mitleid in ihren Augen sah, konnte er es nicht ertragen. Er stand auf. „Ich werde jetzt gehen", sagte er. „In ein paar Tagen werde ich wieder bei dir vorbeischauen."

Skanda

Vor dem Nachtlokal „Zur tanzenden Apsara" hielt Skanda inne und lauschte auf das Stimmengewirr, das aus dem Inneren drang. Es war schon spät, doch noch immer war das Lokal voller Leute. Als er es betrat, schlug ihm als erstes der schwere Duft von Pedoniblüten entgegen, das die Gäste in die richtige Stimmung versetzen sollte. Leicht bekleidete Apsaras unterhielten die Anwesenden mit Tanz und Musik, und jeder wusste, dass sie zudem auch anderen Freuden nicht abgeneigt waren. Das Haus war beliebt und er ein gern gesehener Gast. Wie fast jedes Mal ging er zielstrebig an den feiernden Gästen vorbei zur Bar und bestellte ein Madhi. Während er auf das Getränk wartete, sah er sich im Raum um, denn vielleicht waren noch Freunde da, mit denen er gemeinsam trinken konnte.

Rechts, in einer Nische, unterhielten sich vier Devas aufgeregt miteinander. Dabei sprachen sie so laut, dass sie das allgemeine Stimmengewirr im Raum übertönten.

„Ich weiß doch, was ich gesehen habe. Da waren Asura, mindestens fünfzig, wenn nicht gar mehr."

„Wie auch immer, jedenfalls sind sie jetzt fort."

„Ich sage euch, da ist etwas faul. Diese Devi, wie hieß sie noch gleich, Orb oder? Die hat so harmlos getan, aber ich glaube, die hatte etwas zu verbergen."

Skanda hob den Kopf, als er Orbs Namen hörte. Er nahm noch das Glas entgegen, das der Wirt ihm reichte, um dann damit zu dem Tisch hinüberzugehen. „Verzeiht, wenn ich mich einmische, zufällig habe ich einen Teil eurer Unterhaltung mitbekommen, darf ich mich vielleicht zu euch setzen?"

Zunächst sahen ihn alle am Tisch abweisend an, doch dann erkannte ihn einer von ihnen und riss erstaunt die Augen auf. „Seid Ihr nicht Skanda, der Held der Tiris Ebenen, der während des Krieges an einem einzigen Tag dreißig Asura getötet hat?"

Skanda lächelte. „Diese Angaben sind übertrieben, in Wahrheit waren es nur acht."

Ohne den Blick von ihm abzuwenden, stellte der Deva sich und seine Freunde vor: „Es ist uns eine Ehre. Ich bin Ravu, und das sind meine Freunde, Riva, Sanka und Tikra. Natürlich dürft Ihr Euch zu uns setzen."

„Freut mich", erwiderte Skanda, setzte sich und kam gleich zur Sache. „Ihr habt Asura hier auf Nirva gesehen, wie ich hörte?"

Ravu nickte und war offenbar froh, dass ihm endlich ein bedeutender Mann Gehör schenkte, denn er begann sofort damit, von der Begegnung mit den Dämonen zu erzählen.

„Und einer von ihnen konnte fliegen, sagst du?", fragte Skanda skeptisch, nachdem der junge Deva seinen Bericht beendet hatte.

„Ja, das stimmt. Ich schwöre es und Riva kann es auch bezeugen." Sein Freund nickte.

„Und als ihr zu diesem Feld zurückgekehrt seid, war keine Spur mehr von ihnen zu finden?"

„Nein, nichts", bestätigte Tikra.

„Hm." Skanda lehnte sich im Sessel zurück und schlug die Beine übereinander. „Habt ihr denn einen Analysekoffer dabei gehabt? Wenn sich in der Gegend tatsächlich Asura aufgehalten haben, hätte man Spuren ihrer Substanz damit nachweisen können."

„An so etwas kommen wir nicht heran. Und selbst wenn, würde uns doch niemand glauben."

Er nickte verständnisvoll und sagte: „Für mich ist es kein Problem, an die nötige Ausrüstung heranzukommen. Außerdem ist Orb Ria ist eine gute Freundin von mir. Sie wird sich sicher freuen, wenn ich sie besuchen komme. Und wenn ich schon mal dort bin, könnte ich das Gelände etwas genauer untersuchen. Falls sich Asura dort aufgehalten haben, werde ich es damit feststellen können."

Sichtlich erleichtert lächelte Ravu. „Ihr werdet uns doch Bescheid geben, wenn Ihr etwas entdeckt?"

„Natürlich, ihr erfahrt es als Erstes", versicherte er. „Jetzt brauche ich nur noch die genauen Koordinaten des Feldes von euch."

Es stellte sich heraus, dass es sogar für ihn nicht leicht war an einen Analysekoffer heranzukommen. Denn erst vor kurzem hatte Indra die strikte Anweisung erteilt, sie nur noch an jene herauszugeben, die an offiziellen Forschungsprojekten arbeiteten. Dazu gehörte Skanda natürlich nicht, doch er hatte Beziehungen, die es ihm ermöglichten, trotzdem an das Gewünschte zu gelangen. Und so kam es, dass er drei Tagen später, mit der notwendigen Ausrüstung zu den angegebenen Koordinaten aufbrach.

Als er in der Nähe des Feldes landete, kam ihm Orb bereits entgegengelaufen und wirkte sichtlich überrascht. Auf unbestimmte Weise sah sie verändert aus. So schien es ihm jedenfalls, denn ihre Augen leuchteten intensiv grün und die Sommersprossen, die früher kaum zu bemerken waren, traten jetzt auf ihren Wangen sowie über Schultern und Brust deutlich hervor. Skanda mochte diese Flecken nicht, denn sie waren ein Makel, der seiner Meinung nach nicht zu einer Devi passte. Im Kontrast zu ihrer grüngesprenkelten Haut leuchteten die rotblonden Haare wie Feuerblüten in der Mittagssonne.

Als Orb bei ihm ankam, war sie außer Atem. „Wie hast du mich gefunden?", fragte sie als erstes und sah dabei gar nicht erfreut aus.

Skanda lächelte gewinnend und kam ihr mit offenen Armen entgegen. „Freust du dich denn nicht, mich zu sehen?", fragte er.

„Doch, schon", erwiderte sie kühl und wich seinem Blick aus. „Woher wusstest du denn, wo du mich finden kannst?"

„Das habe ich zufällig von diesen Piloten gehört, die dich hier angetroffen haben, als sie nach Asura suchten.

Sie sagten, du hättest ihnen erzählt, dass du auf dem Feld dort drüben Pflanzen züchtest?"

„Ja, das stimmt auch", bestätigte sie und lächelte nervös. „Aber lass uns zum Schiff gehen. Ich wollte sowieso gerade eine Pause einlegen." Orb hakte sich bei ihm unter und zog ihn in Richtung ihres Himmelsschiffs.

‚Sie versucht, etwas vor mir zu verbergen', dachte er. Da er Orb nur zu gut kannte, war es für ihn leicht, das zu erkennen, dennoch ging er bereitwillig mit ihr, während sie von lauter belanglosen Dingen erzählte. Erst, als sie bei dem Schiff ankamen, unterbrach er sie. „Die beiden Piloten erzählten mir, dass sie hier in dieser Gegend auf Asura gestoßen sind und sie wurden sogar von einem aus der Luft attackiert. Was weißt du darüber?"

„Gar nichts", sagte sie und klang dabei gereizt. „An dem besagten Tag war ich in Meru, das solltest du eigentlich wissen. Du hast mich am Abend doch noch in meinem Haus besucht. Wenn du mich fragst, kommt mir das, was sie erzählen, recht unwahrscheinlich vor. Wie sollten Dämonen unbemerkt hierhergelangt sein? Und seit wann können Asura fliegen?" Sie wirkte angespannt und aufgeregt, während sie das sagte. Für ihn war es deshalb ein Leichtes, ihre Lüge zu durchschauen, denn Orb war noch nie eine gute Lügnerin gewesen. Doch was konnte so wichtig sein, dass sie meinte, selbst ihn anlügen zu müssen?

„Wie dem auch sei", entgegnete er gelassen. „Es schadet sicher nicht, wenn ich mich später ein wenig umsehe. Oder hast du etwas dagegen?"

Sie zuckte mit den Achseln. „Ich halte das für überflüssig, aber gut, wenn du meinst."

Er folgte ihr höflich ins Schiff und sah zu, wie sie einen kleinen Imbiss zubereitete. Während sie aßen, redete sie über dies und das und vermied es ihn dabei anzusehen, bis er schließlich aufstand. „Du hast sicher noch einiges zu tun. In der Zwischenzeit werde ich mich in der Gegend ein wenig umsehen."

„Ich habe heute eigentlich nicht mehr viel zu tun. Wenn du möchtest, begleite ich dich", erwiderte sie.

„Nicht nötig. Ich komme später zu dir auf das Feld, dann kannst du mir etwas über deine Arbeit erzählen. Darauf bin ich schon sehr gespannt."

„Ach, für das, was ich tue, hast du dich doch noch nie interessiert. Sagtest du nicht immer, dass du meine Arbeit langweilig findest? Auf dem Feld sind nur Pflanzen, da gibt es nicht viel zu sehen."

Sie will mich abwimmeln!', erkannte er. *Nur warum?'*

Laut sagte er: „Das letzte Mal, als wir uns gesehen haben, hast du mich richtig neugierig gemacht, als du mir sagtest, es sei geheim, was du hier tust."

Orb sah ihn besorgt an und kaute dabei an ihrer Unterlippe. „Indra wollte, dass ich die Sache geheim halte, weil er bei niemandem falsche Hoffnungen wecken möchte, solange nicht klar ist, ob die jungen Pflanzen auf dem Feld überleben werden."

„Jetzt bin ich erst recht neugierig, was für Pflanzen dort wachsen", sagte Skanda. „Darf ich sie mir ansehen?" Zögernd nickte sie. „Gut, dann komme ich später zu dir auf das Feld." Er wandte sich ab, stieg aus der Luke und ging zu seinem Himmelswagen, um seine Ausrüstung zu holen. Erst dann betrachtete er das ihn umgebende Gelände genauer. Die Brandspuren, von denen ihm bereits die Piloten erzählt hatten, waren noch gut zu erkennen, auch wenn bereits das erste frische Grün wieder zu sprießen begann. An vielen Stellen war der Grassoden aufgerissen. Ähnliches hatte Skanda bereits auf den Schlachtfeldern während des Krieges gesehen. Niemals waren diese Spuren durch Tiere verursacht worden. Selbst eine große Herde von Guruns in Panik hätte nicht so tiefe Risse im Erdreich hinterlassen können. Und das hieß, dass die beiden Piloten wahrscheinlich die Wahrheit gesagt hatten. Er stellte den Analysekoffer ab und nahm eine flache Linse heraus. Als er hindurchsah, eröffnete ihm das linsenförmige Gerät eine ganz neue Sicht auf die Ereignisse.

Substanzfetzen von gefallenen Asura trieben wie grauschwarzer Nebel über die Ebene, dazwischen war der Boden mit grünlich schillerndem Blut gesprenkelt. Skanda nahm davon eine Probe und steckte sie in das portable Analysegerät. Kurz darauf erhielt er das Ergebnis: Nagablut.

Skanda runzelte die Stirn. *,Hier haben Naga gegen Asura gekämpft, daran gibt es jetzt keinen Zweifel mehr! Nur, warum haben die Naga behauptet, keine Dämonen gesehen zu haben, als der Erkundungstrupp danach fragte?'* Noch einmal sah er durch die Linse und ging dabei langsam über das Schlachtfeld, bis vor ihm ein Krater erschien, gesprenkelt mit orangefarbenem Staub. Ohne die Linse sah diese Stelle einfach nur verbrannt aus, genau wie der Rest der Umgebung. Auch von dem Staub nahm er eine Probe, die sich kurz darauf als Pollen einer Feuerblume herausstellte. Seine Augen verengten sich. *,Feuerblumen können nur von einem Deva gesät worden sein. Das war Orbs Werk! Und das heißt, dass sie den Brand verursacht haben muss! Aber warum hat sie mich angelogen?'*

Skanda steckte die Linse in den Koffer zurück. *,Das gesamte Gelände ist übersät mit dem Blut von Naga, doch nirgends ist eine Leiche zu sehen. Jemand hat sich große Mühe gegeben, möglichst schnell alle oberflächlichen Spuren zu beseitigen. Wahrscheinlich hat dieser Jemand darauf gehofft, dass niemand genauere Nachforschungen anstellen würde.'* Er wandte sich um und sah zum Feld hinüber. *Aber mich kann man nicht so leicht hinters Licht führen, wie diese naiven Piloten. Ich werde erst gehen, wenn ich die Wahrheit kenne.'* Er nahm den Koffer und ging dann auf das Feld zu. Er war fest entschlossen, Orb mit dem, was er herausgefunden hatte, zu konfrontieren.

Orb Ria

Das Tor wurde mit lautem Poltern aufgeschoben. Orb erschrak und sah auf. Gewohnt selbstsicher betrat Skanda das Feld und kam geradewegs auf sie zu. Er sah so gut aus, wie immer. Sein kurzgeschnittenes Haar glänzte in einem dunklen Violett und auch seine Haut wies einen leichten, violetten Ton auf. Selbst für einen Deva war Skanda recht groß, sodass Orb sich manchmal wie ein Kind an seiner Seite fühlte. Seine Kleidung war fein und geschmackvoll, denn darauf legte er allergrößten Wert. Dennoch war Skanda ein Krieger, muskulös und durchtrainiert. In seiner Nähe hatte sich Orb immer sicher gefühlt, doch jetzt, während er auf sie zukam und sie den Koffer sah, den er bei sich trug, fühlte sie Angst und Panik in sich aufsteigen. ‚Er weiß es!‘, erkannte sie, als sie den Blick sah, mit dem er sie fixierte. Sie fühlte ihn fast körperlich, ja, er schmerzte beinahe.

Auf halbem Weg zu ihr blieb Skanda stehen und betrachtete, sichtlich irritiert, die jungen Bäumchen. Er stellte seinen Koffer ab. Als er ihn öffnete, beeilte sie sich zu ihm zu gelangen.

Als sie bei ihm ankam, fragte sie: „Was hast du herausgefunden?", und sah ihn dabei nicht an.

„Viel", antwortete er. „Aber vielleicht möchtest du, bevor ich dir erzähle, was ich herausgefunden habe, noch etwas sagen?" Sie schluckte hart, schwieg aber und presste die Lippen fest aufeinander. Skanda fuhr fort: „Es hat hier eine Schlacht stattgefunden und die Spuren deuten darauf hin, dass Naga gegen Asura kämpften. Zudem habe ich Pollen von Feuerblumen gefunden und soviel ich weiß, züchten weder Naga noch Asura derartige Pflanzen." Skanda verschränkte seine Arme vor der Brust, dabei wirkte er so kalt und unnahbar, dass sie ihn kaum wiedererkannte.

„Also gut", lenkte sie ein. „Ich werde dir alles erzählen, wenn du mir versprichst, es, genau wie ich, fürs Erste geheim zu halten."

Mit ernster Miene hörte er ihr zu, während sie ihm vorbehaltlos von dem erzählte, was sie wusste. Sie berichtete von der Symbiose, die zwischen dem Soma und den Asura bestand und von der Einigung, die Indra daraufhin mit Yama getroffen hatte. Auch von der Auseinandersetzung mit den Naga erzählte sie ihm, von ihrer Gefangenschaft und gemeinsamen Flucht und der Zurückeroberung des Feldes durch Yamas Asurakrieger. Nur über die Einigung mit Manassa und über das, was Jeng ihr ganz im Vertrauen erzählt hatte, schwieg sie.

Skanda hörte zu, ohne sie auch nur ein einziges Mal zu unterbrechen. Erst dann sagte er: „Indra muss den Verstand verloren haben. Einen solchen Packt mit Asura einzugehen, ist Wahnsinn."

„Ich hatte zunächst auch Bedenken, doch dann habe ich festgestellt, dass Yama ganz anders ist, als ich dachte. Er hat nichts mit den Asura gemein, wie wir sie kennen. Während unserer Flucht hat er mich geführt und beschützt und ohne ihn wäre ich vermutlich noch immer eine Gefangene der Naga."

„Indra hat dich einer unkalkulierbaren Gefahr ausgesetzt. Das ist unverzeihlich!"

„Die Vereinbarung, die unser König mit Yama getroffen hat, nützt uns allen. Das musst du doch einsehen. Endlich ist es möglich, das Soma erneut zum Leben zu erwecken und der Göttertrank wird uns bald wieder so mächtig machen, wie wir es in der Vergangenheit waren."

„Zu einem viel zu hohen Preis", erwiderte Skanda aufgebracht. „Du brauchst dich doch nur hier umzusehen." Mit einer weit ausholenden Geste deutete er über das Feld. „Hier wächst eine neue Armee von Asura heran."

„Es sind doch nur Kinder", sagte Orb gelassen.

„Kinder? Du weißt nicht, wovon du redest. Du hast nie, so wie ich, in vorderster Front gekämpft im vergangenen Krieg. Hast du mir denn niemals zugehört, wenn ich dir darüber erzählte?" Er rang sichtlich um Fassung. Dann, für Orb vollkommen unerwartet, schrie er: „Unzählige Male wurde ich von diesen Monstern schwer verletzt. Viel zu oft lag ich danach monatelang verwundet im Lazarett. Die Schmerzen, die ich erleiden musste, wünsche ich keinem, nicht einmal meinem schlimmsten Feind. Ich werde nicht zulassen, dass diese *Dinger* zu einer neuen Armee heranwachsen und die Asura wieder erstarken."

„Indra vertraut Yama und ich tue das auch", erklärte Orb.

Skanda packte sie an den Schultern, sein Gesicht war zu einer Fratze verzerrt. „So darfst du nicht reden. Hörst du? Wir beide müssen Indra zur Vernunft bringen, solange diese Dämonen noch klein sind."

Orb schüttelte langsam den Kopf. Er ließ sie los und trat einige Schritte von ihr zurück, dabei wirkte er so enttäuscht und verletzt, dass sie ihn am liebsten in ihre Arme geschlossen hätte. Gleichzeitig spürte sie jedoch, dass Skanda dies nicht zulassen würde. Kurz darauf verließ er sie, ohne noch ein Wort des Abschieds an sie zu richten.

* * *

„Er hat mir Angst gemacht", erzählte sie Jeng, der sie
am nächsten Tag besuchte, und brach dabei, ohne es zu
wollen in Tränen aus. „So habe ich ihn nie zuvor erlebt",
schluchzte sie und lehnte sich an ihn, als er sie tröstend
in die Arme schloss. „Ich kann ihn aber auch verstehen",
fuhr sie nach einer Weile fort. „Während des Krieges
wurde Skanda mehrere Male schwer durch Asura
verletzt. Wie hart ihn das getroffen haben muss, habe ich
bisher nie genau verstanden. Offenbar hat er darunter
mehr gelitten, als mir bewusst war." Plötzlich löste sich
Jeng ganz unerwartet von ihr und trat einige Schritte
zurück. Irritiert sah sie ihn an.

Das zuvor so freundliche Gesicht war zu einer Maske
erstarrt und das Blau seiner Augen wirkte kalt wie
Gletschereis. Als er sprach, klang seine Stimme dunkel
und emotionslos. „Es mag schon sein, dass er im Krieg
verletzt wurde und gelitten hat, doch er lebt noch.
Während viele Asura durch seine Hand gestorben sind.
Er mag gelitten haben, doch die Gefallenen kann
niemand zurückbringen."

Ihr war klar, dass es Varun war, der zu ihr sprach. Jetzt,
wo sie die Wahrheit über die Natur Yamas kannte, war
es für sie leicht, dies zu erkennen. „Es war Krieg",
versuchte sie Skanda zu verteidigen. „Hast du nicht auch
getötet, als die Naga dieses Feld angriffen? Und auch dir
ist es nicht möglich, auch nur einen dieser Toten
zurückzubringen."

„Hältst du meine Entscheidung, die Asurakinder zu
verteidigen, inzwischen für falsch?", fragte Varun.

„Nein."

„Gut." Der Dämon schwieg für einige Zeit und sah
nachdenklich in die Ferne. Dann, ganz plötzlich, begann

er zu erzählen: „Auch ich habe gekämpft im vergangenen Krieg. Ich habe gelitten, so wie jeder Asura gelitten hat, der an den Kämpfen beteiligt war. Ich kämpfte, nur um am Leben zu bleiben. Ich erinnere mich noch genau an die Furcht und das Entsetzen, das ich dabei empfand. Mir ist durchaus bewusst, wie schwer es für euch Devas sein muss, das zu verstehen. Da ihr unsterblich seid, braucht ihr den Tod nicht zu fürchten, doch ich war damals noch nicht unsterblich. Wenn einer von euch in Bedrängnis gerät, kann er sich auf die Unterstützung anderer verlassen. Asura aber kämpfen allein, jeder für sich und ich wusste, dass niemand kommen würde, um mir zu helfen, sollte ich in Bedrängnis geraten. Ein Asura muss den Befehlen eines überlegenen Artgenossen folgen. Das ist ein innerer Zwang. Sich diesem inneren Zwang zu widersetzen, erfordert große Willenskraft und Mut. Schon früh hatte ich erkannt, wie sinnlos der Krieg gegen euch Devas war und wusste, dass Mahisha ihn nicht gewinnen konnte. Trotzdem war ich für lange Zeit gezwungen, ihm als General im Krieg zu dienen. In all diesen langen Jahren wuchs in mir der Widerstand, bis ich endlich die Kraft fand, mich ihm entgegenzustellen, obwohl ich genau wusste, wie sinnlos das war. Mahishas Zorn traf mich mit voller Härte. Er nahm mir all meine Macht und schickte mich zurück in die Unterwelt. Damit war für mich der Krieg vorbei." Varun wandte sich Orb zu und sah sie direkt an. „Weil du eine Freundin bist, möchte ich, dass du das weißt. Denn jetzt, wo ich Yama bin, kenne ich den Wert eines Freundes. Und auch den Frieden weiß ich zu schätzen. Deshalb will ich eine Konfrontation mit den Devas vermeiden. Aber ich wünsche mir eine bessere Zukunft für mein Volk und glaube fest daran, dass auch Asura mehr sein können, als sie es jetzt sind. Ich bin überzeugt, dass sie sich ändern können." Erneut sah er über das Feld. „Vor unseren Augen wächst hier eine neue Generation heran und es liegt nun an uns, was aus ihnen wird. Wenn ich sie zurück in die Unterwelt bringe, so wie es Indra von mir erwartet, werden sie nichts anderes erfahren, als jede Generation vor ihnen. Es wäre für sie besser, sie in ihrer natürlichen Umgebung zu belassen, sich hier um sie zu kümmern und ihnen so zu zeigen, dass sie nicht auf sich selbst gestellt sind."

„Willst du die Vereinbarung brechen, die du mit Indra getroffen hast?", fragte Orb aufgeregt dazwischen.

„Nein, ich werde mich daran halten", versicherte Varun. „Aber ich weiß auch, dass diese Vereinbarung nicht richtig ist. So wird sich an dem, was sie sind, nichts ändern lassen."

„Mein Volk wird einer Rückkehr der Asura nach Nirva niemals zustimmen", sagte Orb, „zu groß ist die Angst vor einem neuen Krieg."

„Bedauerlich", erwiderte Varun, „und ich werde es nicht zulassen, dass ihr die Jungen tötet, sobald sie sich vom Soma trennen."

„Aber das habe ich doch gar nicht vor", versicherte sie.

„Du nicht, das glaube ich dir. Doch was ist mit Skanda? Jetzt, wo er von ihnen weiß, wird er sein Wissen sicher nicht für sich behalten."

„Nein, wahrscheinlich nicht."

Varun nickte. „Dann wird schon bald jeder von diesem Feld erfahren und das heißt, dass die Asurakinder hier nicht mehr sicher sind."

Indra

Indra knallte seine Tafel entrüstet auf den Tisch. „Verdammt noch mal, warum musste Skanda seine Sicht der Dinge gleich überall verbreiten, anstatt zuerst mit mir zu sprechen?"

„Es nützt doch nichts, sich darüber aufzuregen", sagte seine Frau Indrani. Sie ergriff seine Hand und drückte sie zärtlich. Matali, der noch immer las, was Skanda als Rundschreiben an alle Devas versandt hatte, sah auf.

„Ich sagte ja schon, dass es ein riskantes Spiel ist, das du da treibst. Jetzt ist das wilde Jalan auf und davon und niemand wird es mehr einfangen können."

Indra seufzte und lehnte sich im Sessel zurück. „Wer konnte ahnen, dass ausgerechnet Skanda auf diese Piloten trifft und so von dem Feld erfährt. Aber was mich viel mehr ärgert als das, sind die dreisten Verdrehungen und Lügen, die er jetzt darüber verbreitet."

„So wie das zum Beispiel", sagte Matali. Er beugte sich vor und las laut: „Orb Ria, eine kompetente Botanikerin und führend auf ihrem Gebiet war es, die eine Symbiose zwischen den Asura und dem Soma entdeckte. Doch Indra bestand darauf, dass sie diese sensationelle Entdeckung für sich behält. Er schickte sie zu einem weit abgelegenen Feld, wo sie, von Dämonen bewacht, das Wachstum der Pflanzen überwachen sollte. Monatelang arbeitete sie allein und schutzlos unter den unwürdigsten Bedingungen. Bis das Feld unerwartet von den Naga angegriffen wurde, die wahrscheinlich die Asura so nahe an ihrer Grenze nicht länger dulden

90

wollten. Dabei geriet die Devi zwischen die Fronten. Sie wurde von den Naga gefangen genommen und gemeinsam mit Yama, dem neuen Herrn der Unterwelt, in ein kaltes Höhlenverlies geworfen. Auf seiner Flucht durch das Höhlenlabyrinth schleifte Yama die Devi erbarmungslos mit sich. All dies weiß ich von Orb Ria selbst, die ich auf dem Feld antraf, wo ich den Gerüchten, von denen ich gehört hatte, nachgehen wollte. Unter Tränen erzählte sie mir von den Ereignissen. Sie wirkte dabei aufs Äußerste verstört und traumatisiert auf mich." Matali legte seine Tafel beiseite, sah auf und sagte: „Also, Orb hat auf mich keinen verstörten Eindruck gemacht und schon gar nicht traumatisiert gewirkt. Im Gegenteil, sie bewegte sich zwischen den Asura vollkommen furchtlos, so als wäre es das normalste der Welt."

„Nun ja", versuchte Indrani zu vermitteln. „Möglicherweise hat Skanda ihre Aussagen falsch interpretiert. Es kommt schließlich vor, dass man nur hört, was man hören möchte. Vielleicht kann sich Skanda einfach nicht vorstellen, dass sich Asura auch friedlich verhalten können."

„Das kann ich mir auch nur schwer vorstellen", warf Matali ein. „Auf mich hat Yama wie ein gewöhnlicher Asura gewirkt, der allerdings etwas sprachgewandter ist, als die übrigen seiner Art. Woher sollen wir denn wissen, ob Skanda mit seinen Behauptungen nicht recht hat? Vielleicht ist es tatsächlich ein Fehler, neue Asura heranzuziehen."

„Wenn wir uns weigern, verdammen wir eine ganze Art dazu, auszusterben. Schließlich waren wir es, die sie in die Unterwelt vertrieben haben. In gewisser Weise sind wir also schuld an diesem Dilemma und ihr Fortbestehen liegt in unserer Hand."

„In seinem Rundschreiben schlägt Skanda vor, alle jungen Asura zu töten, sobald sie sich von dem Soma trennen." Während Matali das sagte, schaute er Indra an und sah dabei aus, als hielte er diesen Vorschlag ebenfalls für eine gute Idee.

Indrani wirkte entsetzt. „Aber die Jungen sind doch noch vollkommen unschuldig."

Der König sah seine Frau ernst an und nickte. „Ganz recht", bestätigte er. „Skanda schlägt vor, unschuldige Kinder zu ermorden. Ein solches Vorgehen wird Yama niemals hinnehmen, und ich werde das auch nicht. Jedenfalls nicht, wenn ich es verhindern kann."

„Was glaubst du, wird Yama tun, falls das doch geschieht?", fragte Matali.

„Der Herr des Totenreichs ist äußerst konsequent in allem was er tut. Auch wenn du mir das nicht glauben möchtest, besitzt er eine sehr hohe Moral. Ich denke aber nicht, dass er deswegen einen neuen Krieg mit uns beginnen würde. Wahrscheinlicher ist es, dass er die Nachkommen dann nur noch den Naga anvertrauen würde. Möglich wäre es auch, dass er versuchen würde, die Pflanzen auf dem Feld zu vernichten, falls wir den Nachwuchs töten sollten. Keine Nachkommen, kein Soma, das jedenfalls sähe ihm ähnlich."

In der Rede des Königs hatte etwas Seltsames mitgeklungen, sodass Matali vermutete, dass Indra weit mehr über Yama wusste, als er zu erzählen bereit war. Doch Matali bedrängte ihn nicht mit weiteren Fragen. „Also gut", sagte er. „Ganz egal was kommt, ich werde an deiner Seite stehen und dich unterstützen bei allem, was du tust."

Indra nickte seinem Freund dankbar zu. „Zunächst werde ich mich wohl im kleinen Rat zu den Vorwürfen äußern müssen. Aber das Ganze wird weitere Kreise ziehen und letztlich wird die ganze Angelegenheit auch vor den großen Rat gebracht werden." Er seufzte schwer. „Es ist schon spät", sagte er dann und stand auf. „Lasst uns zu Bett gehen."

* * *

Jemand schüttelte ihn. Indra drehte sich im Halbschlaf zur Seite und zog sich die Bettdecke über den Kopf.

Der Störenfried blieb hartnäckig und stupste ihn energisch gegen die Brust. „Wach auf, Papa!", befahl eine vertraute Stimme.

Indra öffnete die Augen einen Spaltbreit. „Surya? Was soll das?", fragte er. „Es ist noch früh, geh in dein Bett."

„Du musst aufstehen, Papa. Vor dem Balkon haben sich Leute versammelt."

„Was für Leute?" Er setzte sich auf und sah seine Tochter fragend an.

Surya zuckte mit den Achseln. „Leute eben. Sie schimpfen und schreien. Hörst du sie nicht rufen?"

Auch seine Frau war aus dem Schlaf erwacht. Beide lauschten sie angespannt. Gedämpft und kaum wahrnehmbar drang der Tumult einer wütenden Menge durch die massiven Türen ihres Schlafgemachs.

„Das gibt's doch nicht." Indra sprang aus dem Bett und zog hastig die Kleidung an, die ein Diener am Abend zuvor für ihn bereitgelegt hatte.

Indrani ging zu ihm. Sie legte beruhigend einen Arm auf seinen Rücken und sagte: „Überleg bitte in aller Ruhe, was du ihnen sagen willst."

„Da gibt es nicht viel zu überlegen", erwiderte Indra. „Jetzt hilft nur noch Offenheit." Er atmete tief ein, strich seiner Frau liebevoll über die Wange und umarmte sie. „Wir stehen das gemeinsam durch."

Indrani nahm sein Gesicht in beide Hände. „Was auch immer kommt, ich bleibe an deiner Seite", entgegnete sie und fügte hinzu: „Du bist ihr gewählter König, das werden sie hoffentlich nicht vergessen haben."

Gefasst betraten sie gemeinsam den Balkon, unter dem sich eine erstaunlich große Zahl an Devas versammelt hatte, die ihren Unmut durch lautes Grölen und Rufen Luft verschafften. Über einigen schwebten deutlich lesbare Lichtbotschaften, wie: *Tot den Asura!* Oder: *Wir dulden keine Dämonen auf Nirva!* Und: *Vertreibt die Eindringlinge!* Als die wütende Menge Indra erkannte, wurden die empörten Schreie lauter.

Für einen sehr kurzen Augenblick wirkte Indra hilflos und traurig, als er auf die wütenden Devas herabsah, dann verhärteten sich seine Züge. Er hob beide Arme und deutete so den Versammelten an, dass er zu ihnen sprechen wollte. Tatsächlich wurde es daraufhin ruhiger, doch, noch bevor er das Wort an sein Volk richten konnte, rief ihm jemand eine Frage zu: „Ist es wahr, was Skanda behauptet? Wächst auf Nirva eine neue Asura-armee heran und ward Ihr es, der das zugelassen hat?"

Indra setzte zu einer Erklärung an, „Es ist wahr, dass ….", doch der Rest seiner Worte ging im allgemeinen Aufschrei der Empörung unter. Jemand warf eine faulige Govindafrucht, die ihn knapp verfehlte und hinter ihm an der Wand zerschellte.

„Hört damit auf!", schrie seine Tochter mit hochrotem Kopf, dabei standen Tränen in ihren Augen. Sie wandte sich zu ihm um. „Papa, sag ihnen, dass sie so etwas nicht tun dürfen", schluchzte sie und ballte vor Wut die Fäuste. Er hob sie hoch und gab ihr einen Kuss auf die Wange. „Ich fürchte, dass ich im Moment gar nichts dagegen tun kann", sagte er traurig zu ihr, dann wandte er sich vom Pöbel ab und verließ mit seiner Tochter auf dem Arm den Balkon.

Orb Ria

Orb starrte ungläubig auf ihre Tafel, während sie las, was dort geschrieben stand: *Am gestrigen Morgen versammelte sich eine große Anzahl besorgter Bürger vor Indras Privatgemächern, um ihren Unmut über die Anwesenheit von Asura auf Nirva Ausdruck zu verleihen. Das Volk verlangte volle Aufklärung über alle Vorkommnisse und Vereinbarungen, die unser König ohne Zustimmung des Volkes mit Yama, dem neuen Herrn der Unterwelt getroffen hat. Der König wurde aufgefordert, heute vor dem kleinen Rat zu allen Anschuldigungen Stellung zu nehmen, die Skanda gegen ihn erhoben hat und seine eigene Sicht der Dinge darzulegen.*

Entrüstet presste Orb die Lippen aufeinander. Viele lange Jahre war Skanda bereits ihr Freund und Lebensgefährte, dennoch erschien ihr seine Handlungsweise in dieser Sache vollkommen fremd. Warum musste er mit dem, was er von ihr erfahren hatte, gleich an die Öffentlichkeit gehen, obwohl sie ihn ausdrücklich gebeten hatte, es vorerst für sich zu behalten? Damit gefährdete er wissentlich ihre Arbeit und beschädigte Indras guten Ruf, während er zugleich Misstrauen und Angst in der Bevölkerung säte.

Vielleicht würde es helfen, noch einmal in aller Ruhe mit ihm zu sprechen, dachte sie und nahm sich fest vor, das zu tun, sobald es ihre Zeit erlaubte.

Orb seufzte, lehnte sich im Stuhl zurück und legte die Beine auf den kleinen Bordtisch, um sich dann ein weiteres Mal Indras Schreiben anzusehen, das sie gestern erreicht hatte: *Liebste Orb, in den vergangenen alten Zeiten bezogen wir Devas unsere Macht aus dem Somatrank, der unsere naturgegebenen Kräfte verstärkte und uns göttliche Macht verlieh. Als die Somabäume nach und nach ausstarben und uns daraufhin der Göttertrank nicht mehr unbegrenzt zur Verfügung stand, versuchten wir, diesen Mangel durch unsere Technologien auszugleichen. Nur so war es uns möglich, unseren Anspruch auf Göttlichkeit zu erhalten. Yama jedoch besitzt Göttlichkeit aus sich selbst heraus. Er benötigt diese Hilfsmittel nicht in dem Maße, wie wir sie benötigen. Was einst ein Dämon war, ist längst vergangen. Er trägt nur noch die Maske eines Dämons, damit die Asura ihn als ihren Herrn anerkennen und seine Befehle befolgen. Ich habe lange gebraucht, bis ich zu dieser Erkenntnis gelangt bin. Wir Devas sind stolz, deshalb fällt es mir recht schwer zuzugeben, dass es Dinge gibt, die wir nicht erklären können. Yama ist ein solches Mysterium. Und jetzt, da ich das weiß, weiß ich auch, dass wir ihn in seiner Unerfahrenheit nicht allein lassen dürfen. Er braucht Freunde und damit meine ich uns. Das sind wir ihm schuldig. Denn wir sollten nicht vergessen, dass es allein unsere Schuld war, dass das Soma aus der Welt verschwand und Yama es uns zurückbrachte. Deshalb bin ich froh, dass er sich dir endlich offenbart hat und du nun auch um seine wahre Natur weißt. Ihn zu durchschauen, ist wahrlich nicht leicht. Auch ich hatte am Anfang meine Schwierigkeiten hinter der Maske eines Asura sein wahres Selbst zu erkennen.*

Orb runzelte die Stirn, denn noch immer war ihr unklar, was Indra ihr mit dieser Nachricht zu sagen versuchte.

Der Vormittag verlief routiniert, genau wie die Tage zuvor. Gewissenhaft untersuchte sie jede einzelne Pflanze und hielt die Messdaten auf der Tafel fest. Da die vergangenen Tage warm und trocken gewesen waren, ging sie anschließend zu einem nahegelegenen Bach, um die Bäumchen zu wässern. Es war mühsam und anstrengend das nur mit Hilfe von zwei mitgebrachten Gießkannen zu tun, doch blieb ihr nichts anderes übrig, wenn sie nicht riskieren wollte, dass die Pflanzen in der Trockenheit verdursteten. Die ältesten Bäumchen auf dem Feld standen kurz vor der Blüte und sie konnte es kaum erwarten, Soma blühen zu sehen.

Als einer der letzten, goss sie das Bäumchen nahe an der Hütte. Es war das Älteste auf dem Feld. Es kam Orb wie eine Ewigkeit vor, seit sie es damals, in einem Topf, von Meru aus hierherbrachte. Wie durch ein Wunder hatte es alle Kämpfe um das Feld überlebt. Als sie dem Baum Wasser gab, hörte sie unerwartet ein seltsames Geräusch. Es klang wie: „Ourrrb!" Plötzlich lösten sich dünne Substanzärmchen von der Rinde und griffen nach ihr. Sie ließ erschreckt die Gießkanne fallen und wich einige Schritte zurück. „Ourrrb!", tönte es noch einmal.

‚Es nennt mich beim Namen', schoss es ihr durch den Kopf. Aber konnte das sein? Die Devi trat wieder näher an den Baum heran und streckte ihm vorsichtig eine Hand entgegen. Freundlich sagte sie: „Ja, das stimmt, ich heiße Orb."

Neugierig tastend glitt die schwarze Substanz des jungen Asura beinahe zärtlich über ihre Haut hinweg und zog sich kurz darauf zurück. „Orrrb!", tönte es wieder, diesmal deutlicher, als zuvor.

Sie lächelte. „Richtig", bestätigte sie. „Orb hat deinem Baum Wasser gebracht."

Danach stand sie erwartungsvoll noch eine Weile da. Doch als der junge Asura keinen weiteren Laut von sich gab, drehte sie sich schließlich um und ging zur Hütte, um sich auf der Bank davor eine Pause zu gönnen.

Verschwitzt, aber glücklich ließ sie sich nieder. Die Sorgen, die sie noch am Morgen niedergedrückt hatten, waren der Freude gewichen, die sie bei ihrer Arbeit empfand.

Orb entspannte sich und schloss die Augen. Wärmendes Sonnenlicht drang als schwacher rötlicher Schimmer durch die geschlossenen Lieder. Eine Zeit lang genoss sie es einfach, nur so dazusitzen und die Wärme zu genießen. Als sie die Augen wieder öffnete, schaute sie geradewegs in den Himmel hinauf und erblickte einen schwarzen Vogel, der über ihr seine Kreise zog. Eine Melodie erklang, wild und schön, bevor der Vogel vom Himmel herab, geradewegs auf sie zustürzte. Im letzten Augenblick bremste er seinen Fall mit gespreizten Flügeln ab, um sich dicht neben ihr auf der Bank niederzulassen. Das Tier beäugte sie zunächst mit dem einen, dann mit dem anderen Auge, bevor es sie mit höflichen Worten begrüßte. „Ich wünsche einen guten Tag, Orb."

„Auch dir einen guten Tag", sagte sie und schmunzelte.

„Ist dein Tagwerk bereits beendet?", erkundigte sich der Vogel.

„Noch nicht ganz", entgegnete sie. „Für gewöhnlich werte ich meine Messdaten erst am Abend aus und danach schreibe ich noch einen kurzen Bericht. Aber jetzt mache ich eine Pause."

„Gut." Der Vogel hüpfte näher. „Bist du hungrig?"

„Warum fragst du?"

„Jeng bereitet gerade etwas zu Essen zu und, wenn du magst, kannst du mit ihm essen."

„Sag ihm, dass ich gern mit ihm essen würde."

Die Luft begann zu flimmern und der Herr des Totenreichs erschien kurz darauf aus dem Nichts. Jeng hielt einen Korb in seinen Händen.

Als sie ihn sah, machte ihr Herz einen Sprung. Sie freute sie sich mehr über seinen Besuch, als sie es sich selbst eingestehen wollte.

„Stell den Korb hier auf die Bank", sagte sie. „Bevor wir essen, möchte dir noch etwas zeigen."

Ohne etwas zu erwidern, kam er ihrer Aufforderung nach. Sie nahm ihn bei der Hand und führte ihn zu dem Somabäumchen. „Als ich diesem Baum Wasser gab, hat der Asura versucht, meinen Namen auszusprechen, und er hat nach meiner Hand getastet."

„So?" Jeng trat näher an den Baum heran und sie vernahm ein deutliches Klingeln. „Mir scheint, er hat Angst vor dir", vermutete sie.

Jeng nickte. „Es sieht ganz danach aus", bestätigte er und kniete sich zu dem Baum herab. „Vor mir musst du dich nicht fürchten." Er streckte seine Hand nach einem der Äste aus. Die Substanz, die die Rinde schützte, zog sich daraufhin zurück. Jeng seufzte. „Ich will dir doch nichts tun, Kleiner." Er stand auf und wandte sich mit einem breiten Grinsen an Orb. „Offenbar mag es nur seine Mutter." Er zwinkerte ihr zu.

Orb lachte: „Offensichtlich. Nur schade, dass er jetzt schweigt."

„Manche Dämonen reden selbst nach Jahrhunderten kein einziges Wort. Vielleicht ist dieser da ein recht sprachbegabtes Kerlchen."

„Zumindest ist er der älteste Asura auf diesem Feld." Sie sah ihn ernst an. „Ich glaube, du hast recht, wenn du sagst, dass es Kinder sind, die man erziehen könnte, wenn man sich um sie bemühte. Bei der Anhörung im kleinen Rat werde ich das ansprechen. Übermorgen muss ich deshalb nach Meru reisen."

„Man wird dich auch befragen?"

„Natürlich. Und dann kann ich zu den absurden Anschuldigungen, die Skanda gegen Indra erhoben hat, Stellung nehmen. Und auch dazu, dass er mich wie ein schwaches Opfer dargestellt hat, werde ich etwas zu sagen haben. Oder wirke ich etwa verstört und traumatisiert auf dich?" Sie stemmte wütend ihre Fäuste in die Hüfte.

Jeng schmunzelte. „Das fragst du ausgerechnet mich, der dich erbarmungslos mit sich gezerrt hat durch ein kaltes und dunkles Höhlenlabyrinth?"

„Oh!", rief Orb erstaunt, „das hast du auch gelesen?"

„Ja", bestätigte Jeng. „Indra war so freundlich und hat Skandas Rundschreiben an mich weitergeleitet."

„Darauf hätte ich auch selbst kommen können." Sie zuckte mit den Achseln. „Na egal. Wenn ich nach der Anhörung hierher zurückkehre, werde ich den Asura-kindern ein paar Spielzeuge mitbringen. Einen Ball vielleicht oder geometrische Puzzle. Sag, was hältst du davon?"

„Das ist eine gute Idee."

„Jedenfalls kann es nicht schaden, ihnen ein wenig Anregungen zu bieten, sobald sie sich vom Soma trennen", meinte Orb und sah ihn an. Der sah an ihr vorbei in den Himmel und beschattete die Augen mit der

Hand. „Da kommt was auf uns zu", sagte er und deutete ihr die Richtung.

Orb drehte sich um und entdeckte den kleinen Himmelswagen fast sofort.

„Wenn das Skanda ist", sagte sie aufgeregt, „musst du verschwinden, bevor er dich sieht."

„Ehrlich gesagt würde ich deinen Freund gerne kennenlernen", erwiderte Jeng gelassen.

„Aber er hasst Asura."

„Ich bin keiner. Indra meinte einmal zu mir, dass man mich durchaus für einen Deva halten könnte in meiner menschlichen Gestalt."

„Möglicherweise", sagte Orb, sie war sich jedoch gar nicht so sicher.

Skanda

Skanda erkannte bereits beim Landeanflug, dass Orb nicht allein war. Jemand stand neben ihr. Er landete seinen Himmelswagen und beeilte sich ins Freie zu gelangen. Dann sah er mit gemischten Gefühlen zu, wie Orb mit ihrem Begleiter näherkam.

Er war hergekommen, weil er noch einmal ganz in Ruhe mit ihr reden wollte und war fest entschlossen sie zur Vernunft bringen. Als seine Gefährtin musste sie doch verstehen, welche Gefahr der Asura Nachwuchs für alle darstellte. Doch die Anwesenheit des Fremden irritierte ihn. Wer war dieser Mann? Für einen Deva war er ungewöhnlich klein, nicht größer als die Devi, an dessen Seite er ging. *Was für ein Zwerg*', dachte er verächtlich, während sie näherkamen. Das Haar des Fremden war weiß und die Augen von einem irritierenden Blau. Die braune Haut wirkte dagegen äußerst gewöhnlich. Und seine Kleidung? Obwohl es recht warm war, trug der Mann Schwarz. Seltsam. Während sie auf ihn zukamen, wusste Skanda bereits, dass er diesen Mann nicht mochte. Woran genau das lag, konnte er nicht sagen. Er wusste nur, dass es so war.

Orb lächelte ihm zu. Es war ihr offenes und freundliches Lächeln, das er so mochte, aber als er sie zur Begrüßung in seine Arme schloss, fühlte er einen schmerzhaften Stich in seinem Herzen und eine Angst, die er nicht zu benennen vermochte. „Ich freue mich, dich zu sehen", sagte sie und stellte dann ihren Begleiter vor: „Dies hier ist Jeng. Er ist ein Spezialist für alle Fragen, die Asura betreffend."

Skanda zog überrascht eine Augenbraue hoch. „Tatsächlich, ist er das?", sagte er und verschränkte abweisend die Arme vor der Brust, während er den Weißhaarigen musterte.

„Es freut mich, Euch kennenzulernen", sagte der Mann und streckte ihm die Hand zur Begrüßung entgegen.

Nur widerwillig schüttelte er sie. „Orb hat mir schon viel von Euch erzählt", fuhr der Mann fort.

„So?", sagte Skanda. „Von *dir* hat sie mir nichts erzählt. Genauso wenig hat sie mir etwas darüber erzählt, wohin sie geht oder was sie hier tut."

Orb zog einen Schmollmund. „Sei nicht böse mit mir. Ich habe doch bereits erklärt, dass wir unser Vorhaben geheim halten mussten, um die Bevölkerung nicht unnötig zu beunruhigen."

Skanda ballte empört die Fäuste. „Indra hatte kein Recht, dies von dir zu verlangen und die Bevölkerung ist zu recht darüber beunruhigt."

Beschwichtigend legte Orb ihm eine Hand auf den Arm. „Lass uns ganz in Ruhe darüber sprechen", sagte sie. Er trat einen Schritt zurück und wehrte ihre Hand ab. „Da gibt es nichts zu besprechen. Asura sind heimtückische Monster oder sieht das dein *Experte* etwa ganz anders?"

Der Mann sah ihn provozierend gelassen an. „Tatsächlich habe ich eine etwas differenziertere Meinung, als Ihr", erwiderte er „Asura sind intelligente und vernunftbegabte Wesen genau wie Devas auch. Damit sind sie zur Einsicht fähig."

Skanda lachte laut und schallend auf, dann sagte er, viel lauter, als er es beabsichtigt hatte: „Zur Einsicht fähig? Das glaubst du? Dann lass mich dir eine Geschichte erzählen. Als ich acht Jahre alt war, musste ich dabei zusehen, wie eines dieser vernunftbegabten Wesen meinen Vater ermordet hat. Vor meinen Augen hat er ihn förmlich zerfetzt und in kleine Stücke gehackt. Und auch ich stünde jetzt nicht mehr hier, wäre mein Onkel nicht im letzten Moment gekommen, um mich vor diesem Dämon zu retten." Die Erinnerung an den vergangenen Schrecken ließ Skanda erzittern. Er verstummte jäh, als die Schreckensbilder plötzlich wieder lebhaft in seine Erinnerung traten. Für einen endlos scheinenden, kurzen Moment schien sich die Welt um ihn zu drehen. Er wankte, fiel jedoch nicht. Er kämpfte mit ganzer Kraft darum, sein inneres Gleichgewicht zurückzuerlangen.

Der Fremde sah es, voll Mitgefühl. In seinen Augen spiegelte sich Skandas Wut genauso wieder wie der Schmerz. „Aus eigener Erfahrung weiß ich, wie es sich anfühlt, wenn man hilflos zusehen muss wie jemand, den man liebt, getötet wird." Er klang aufrichtig, als er das sagte. „Ich fühle mit Euch und teile Euren Schmerz."

„Nichts weißt du", entgegnete Skanda zornig. „Denn wenn du es wüsstest, würdest du Asura nicht als vernunftbegabt bezeichnen. Es sind Bestien! Um jeden Preis müssen wir verhindern, dass die Jungen heranwachsen, damit sie uns später nicht gefährlich werden können."

„Eure Bedenken und auch Eure Ängste verstehe ich, dennoch bin ich nicht Eurer Meinung. Asura können sich in der Unterwelt nicht fortpflanzen, weil es nicht ihr natürlicher Lebensraum ist. Das hat sich jetzt deutlich gezeigt. Ihre Art würde früher oder später aussterben, wenn man die Nachkommen vernichten würde, sobald sie sich von den Bäumen trennen."

Skanda wischte das Argument mit einer lässigen Handbewegung beiseite und sagte: „Was kümmert uns das?" Für einen Wimpernschlag erkannte er den Zorn im Gesichtsausdruck des Weißhaarigen, der jedoch so schnell verschwand, wie er gekommen war, als Orb sich in das Gespräch einmischte.

„Es sind doch noch Kinder, die niemandem etwas getan haben", sagte sie. „Gerade heute Morgen hat mich eines von ihnen beim Namen genannt und dabei meine Hand gestreichelt."

Skanda schüttelte energisch den Kopf. „Wach auf, Orb! Du lässt dich blenden. Niemand kennt Asura so gut wie ich. Klein oder nicht, es sind Monster und das werden sie immer bleiben."

Der Weißhaarige ergriff wieder das Wort: „Gut, nehmen wir an, es stimmt, was Ihr sagt. So ist Euer Vorschlag, die Jungen zu töten, dennoch unmoralisch. Davon abgesehen ist Indra mit Yama einen Vertrag eingegangen und die Bedingungen sind klar geregelt: die Devas bekommen das Soma und Yama die Nachkommen. Nach dieser Vereinbarung verbleiben die

Jungen auch nicht auf Nirva. Yama wird sie zurück in die Unterwelt bringen, sobald sie sich vom Soma trennen."

„Das ist Irrsinn!", schrie Skanda. „Indra hätte einen solchen Vertrag niemals ohne Zustimmung des Volkes abschließen dürfen."

„Das hat er auch nicht", entgegnete Orb. „Ich war befugt, eine solche Entscheidung ganz alleine zu treffen zum Wohl unseres Volkes, denn Soma hat für uns Devas außerordentliche Priorität, und ich habe schon vor vielen Jahren die Erlaubnis erhalten, mein Möglichstes zu tun, es erneut zum Leben zu erwecken."

„Willst du damit sagen, alles war deine Idee?"

„Mit Indras Zustimmung, ja", bestätigte Orb.

Unglauben und Abscheu stahl sich auf Skandas Gesicht. „Wie konntest du das tun? Du bist meine Freundin. Du solltest doch wissen, wie ich darüber denke." Hilfesuchend sah Orb den Fremden an. Der Blick, den er ihr dabei zuwarf, sagte mehr, als er hatte wissen wollen. Tausend glühende Nadeln bohrten sich in sein Herz. „Du ziehst diesen Zwerg mir vor? Wer ist er überhaupt? Jeng, sagst du, heißt er? Von einem Deva, mit einem solchen Namen habe ich noch nie gehört."

In Orbs Augen traten Tränen. „Skanda, du vergisst dich. Es ist nichts zwischen mir und Jeng."

„So? Und warum stellst du dich auf seine Seite? Ich sehe doch, wie dieser Asurafreund dich ansieht. Meinst du, ich bin blind?"

„Orb und ich sind nur Freunde", stellte der Weiß-haarige klar und wirkte dabei ganz offen, „es mag aber sein, dass ich mehr für sie empfinde, als sie für mich."

„Es ist mir egal, was sie für dich empfindet", spie Skanda ihm entgegen. „Ich bin hergekommen, um mit Orb zu reden, doch jetzt sehe ich, dass das vergeblich ist." Er wandte sich der Devi zu. „Wenn du in dieser Frage nicht zu mir stehst, ist es zwischen uns aus und zwar für immer." Orb biss sich auf die Lippen und kämpfte sichtbar gegen ihre Tränen an. Sie sagte aber kein Wort. Skanda spürte, wie sich die unsichtbare Kluft zwischen ihnen weiter vergrößerte. Er zitterte am ganzen Leib. War es Trauer, Enttäuschung oder Wut? Er konnte es nicht sagen. Schließlich wandte er sich ab und kehrte zu seinem Himmelswagen zurück, ohne noch einmal zurückzublicken.

Yama

Orb wirkte blass. Fahrig wischte sie mit dem Handrücken ihre Tränen fort. Jeng schloss sie in seine Arme. An ihn gelehnt schluchzte sie: „Nie zuvor hat sich Skanda so benommen. Wie er über Asura denkt, wusste ich ja, deshalb war mir auch klar, dass ich ihm nichts von dem erzählen durfte, was ich hier tue. Aber über den Tod seines Vaters hat er niemals mit mir gesprochen, davon wusste ich nichts."

Jeng strich zärtlich über ihre Wange und sagte: „Er hatte diesen Schmerz sehr tief in sich verborgen, alle Erinnerungen daran waren verschüttet, vergessen und begraben, bis die Ereignisse sie wieder ans Licht zerrten. Egal, was wir gesagt oder getan hätten, nichts hätte an seiner Einstellung zu den Asura etwas ändern können. Der Hass auf den, der ihm seinen Vater nahm, sitzt einfach zu tief. Er wird nicht eher ruhen, bis auch der letzte Asura Nirva wieder verlassen hat. Aber selbst wenn das geschieht, bin ich nicht sicher, ob er danach Frieden finden wird."

Orb nickte und sah ihn an. „Lass uns zum Feld zurückgehen, ich bin hungrig." Sie nahm ihn bei der Hand und zog ihn mit sich. Bei der Hütte angekommen, setzte sie sich auf die Bank und sah stumm dabei zu, wie Jeng ihr etwas von dem mitgebrachten Essen auf einen Teller tat. Sie nahm ihn entgegen und aß in sich gekehrt, bis sie schließlich ohne aufzublicken sagte: „Ich habe ihn immer geliebt, das tue ich auch jetzt noch."

„Das weiß ich."

„Wie kannst du da so ruhig bleiben?", fragte Orb erstaunt.

„Du meinst, ich sollte eifersüchtig sein?"

„Ja."

„Du gehörst nicht mir. Ich habe keine Kontrolle über das, was du fühlst. Meinem Volk war Eifersucht fremd, und auch mir selbst ist dieses Gefühl noch immer ein Rätsel. Ich liebe dich, doch das heißt nicht, dass ich erwarte, dass du dieses Gefühl im gleichen Maße teilst. Vor dir habe ich andere geliebt und auch in Zukunft werde ich andere lieben. Glaubst du, dass dies nicht ebenso für dich gilt?"

Sie sah ihn nicht an, als sie antwortete: „Ich glaube an die Treue."

„Hast du aufgehört, Skanda zu lieben, als du mit mir geschlafen hast?"

„Nein." Erneut traten Tränen in ihre Augen.

„Dann *ist* deine Liebe treu."

Orb riss mit einem Ruck den Kopf hoch und blickte ihn an. „Was soll ich denn jetzt machen?"

„Wenn du nicht bereit bist, ihn auf seinem Weg zu begleiten, kannst du gar nichts tun."

Sie biss sich auf die Unterlippe. Kaum merklich nickte sie und flüsterte: „Ich weiß." Dann stand sie auf und fragte: „Was ist mit dir? Was wirst du jetzt tun?"

„Abwarten, was sonst? Mehr bleibt mir nicht übrig." Jeng lächelte, dann wurde er plötzlich ernst. „Dir ist doch klar, dass ich alle weiteren Nachkommen zu den Naga bringen werde, solange nicht feststeht, dass sie hier bei dir noch sicher sind?"

„Natürlich, ich würde das genauso machen."

„Ich bin froh, dass du das verstehst", sagte Jeng erleichtert und stand auf. „Ich werde jetzt gehen, Orb."

„Du kommst doch wieder?" Ihre Stimme zitterte, als sie das fragte.

„Ja", erwiderte Jeng, „du und ich, wir sind doch Freunde."

* * *

„Das Zusammensein mit Orb habe ich mir anders vorgestellt", sagte Jeng und stellte den Korb in der Küche seines Hauses ab. „Zumal ich genau weiß, dass sie viel mehr für mich empfindet, als sie sich eingestehen möchte."

„Devas sind unehrlich, sogar zu sich selbst, das habe ich doch schon immer gesagt. Jetzt wissen wir zumindest, was wir von Skanda zu halten haben. Insofern ist dieses Zusammentreffen nicht umsonst gewesen", bemerkte Varun.

„Skanda wird nicht zulassen, dass die Jungen ungestört heranwachsen."

„Den Göttern kann man nicht vertrauen, heute versprechen sie dies und tags darauf tun sie das Gegenteil."

„Das Gleiche behaupten sie von den Asura und, wenn du ehrlich bist, mit Recht. Ohne deine Führung sind Dämonen tatsächlich unberechenbar. Indra und Orb wissen, dass sie uns vertrauen können, doch sie werden es schwer haben, andere Devas davon zu überzeugen, dass wir vertrauenswürdig sind."

Varun bestätigte Jengs Aussage durch amüsiertes Kreiseln und sagte: „Morgen, wenn wir weitere Nachkommen zu den Naga bringen, können wir Manassa über die veränderte Lage informieren. Ich bin gespannt, was sie dazu sagen wird."

* * *

Die Nagakönigin hörte ihm aufmerksam zu, während sie die Nachkommen beobachtete, die sich auf der Insel verteilten. Schließlich wandte sie sich mit einer eleganten Bewegung Yama zu. „Wenn Ihr es wünscht, werde ich einige Kriegerinnen zum Feld entsenden, die über Eure Kinder wachen", bot sie an.

„Euer Angebot ist großzügig, Königin, doch dadurch würde auch Euer Volk in diesen Konflikt hineingezogen."

„Nun", erwiderte Manassa, „ich fürchte, dass wir an dieser Auseinandersetzung bereits beteiligt sind. Jedenfalls möchte ich Euch versichern, dass ich zu meinem Wort stehen werde und Ihr mit meiner Unterstützung rechnen könnt."

„Ich danke Euch für Eure Worte", entgegnete Varun und verbeugte sich ehrerbietig vor ihr.

Manassa lächelte, dann winkte sie eine Dienerin herbei, die ein Tablett in Händen hielt, auf dem kunstvoll garnierte Gebäckstücke lagen. „Indra war so freundlich, eine Devi zu uns zu senden, die sich aufs Kochen versteht. Diese Devi hat einige meiner Dienerinnen in der Kochkunst unterwiesen. Snissa hat daraufhin dies für Euch zubereitet." Erwartungsvoll hielt ihm die Naga mit Namen Snissa das Tablett entgegen.

„Das sieht sehr appetitlich aus", lobte Jeng. Er nahm sich einen kleinen Kuchen und biss hinein.

„Ich hatte überhaupt keine Vorstellung davon, wie kompliziert die Nahrungszubereitung bei den Devas ist", sagte Manassa, während sie zusah, wie ihr Gast den Kuchen verspeiste. Dann fragte sie: „Ist diese Speise nun zu Eurer Zufriedenheit?"

„Der Kuchen schmeckte vorzüglich", lobte Jeng. „Ein Deva hätte ihn nicht besser machen können."

Die Dienerin war erfreut und auch Manassa schien mit seiner Antwort zufrieden zu sein. „In Zukunft braucht Ihr nicht mehr zu fürchten, schlecht bewirtet zu werden."

„Das ist erfreulich, doch komme ich nicht wegen des guten Essens zu Euch, werte Königin." Yama verbeugte sich noch einmal vor ihr.

„Gastfreundschaft ist in unserem Volk eine heilige Pflicht und es beschämt mich zutiefst, dass ich Euch bei unserer ersten Zusammenkunft nicht angemessen bewirten konnte. Die Devaköchin ist inzwischen nach Meru zurückgekehrt. Sie versprach aber, wiederzukommen, um Snissa weiter zu unterrichten. Indra wird sie sicher nicht zum Stillschweigen verpflichtet haben. Es ist also wahrscheinlich, dass die Devas von unserer Vereinbarung bald erfahren werden."

„Offenbar ist Indra sein leibliches Wohl so wichtig, dass er alle Vorsicht vergisst", grollte Yama.

„Er entsandte die Köchin gleich nach unserem Zusammentreffen. Zu diesem Zeitpunkt konnte er noch nicht ahnen, wie sich die Dinge entwickeln würden."

„Es war unvorsichtig."

„Das mag sein", stimmte die Königin zu, „doch die Situation war zu dieser Zeit eine andere. Unsere Beteiligung wird sich jetzt nicht mehr verheimlichen lassen. Es spielt also keine Rolle, wann die Devas davon erfahren werden. Wenn Ihr es wünscht, schützen wir Eure Nachkommen auch auf dem Feld. Ihr braucht nur darum zu bitten."

„Es wäre nicht klug, Euch in diesen Konflikt mit hineinzuziehen. Sollten die Devas die Nachkommen auf dem Feld töten, werde ich sie nicht verteidigen. Einen Krieg mit ihnen versuche ich, zu vermeiden. Stattdessen werde ich die Zukunft meines Volkes vertrauensvoll in Eure Hände legen."

„Das wird ihnen gar nicht gefallen", schloss Manassa, „und sie werden nicht einfach dabei zusehen, wie die Naga ein Monopol auf das Soma erhalten."

„Das mag sein."

* * *

Zwei Tage später erreichte ihn Indras Nachricht: *Die Anhörung im kleinen Rat ist zu meiner Zufriedenheit verlaufen. Die Mehrheit der Minister folgten meiner Argumentation und billigten mein Vorgehen. Orb hat sich übrigens sehr für dich eingesetzt. Ohne ihre Hilfe, wäre die Anhörung möglicherweise nicht so gut verlaufen. Leider muss ich dir aber mitteilen, dass es damit noch nicht ausgestanden ist.*

Es gibt Aufstände, Unruhen und Demonstrationen in der Stadt, die durch Skandas Hetzkampagne ausgelöst wurden. Das Volk fordert hartnäckig eine Debatte im Großen Rat. Die Stimmung in Meru ist aufgeheizt. Es wird nicht leicht werden, sie von der Richtigkeit meines Vorgehens zu überzeugen, doch ich verspreche dir, mein

Möglichstes zu tun, um das Leben der Asura-Nachkommen zu schützen.

Indra

Indra las widerwillig die Botschaft vor, die Skanda erneut an alle Devas gesandt hatte:

„Weitere Enthüllungen in der Asura-Affäre! Was verheimlicht unser König noch?

Gestern Abend trat Rani Suna an mich heran und erzählte folgende Geschichte: Seit fünf Jahren diene ich nun schon im Palast als Wächter. Das ist eigentlich ein recht ruhiger Job, bis vor einigen Monaten plötzlich der stumme Alarm losging. Normalerweise bedeutet der stumme Alarm, dass sich ein Eindringling unerlaubt Zutritt verschafft hat. Wir Wächter eilten deshalb so schnell, wie wir konnten zu dem angezeigten Ort. Im Ostflügel trafen wir dann auf einen Asura, der uns sofort ohne Vorwarnung angriff. Dieser Dämon war gewaltig, ein starker und furchteinflößender Gegner. Obwohl wir ihn zu viert attackierten, gelang es ihm mühelos unsere Angriffe abzuwehren und äußerst brutal zurückzuschlagen. Ich selbst und De An wurden während des Kampfes schwer verletzt. De An warf der Asura durch ein antikes und sehr wertvolles Fenster, und ich selbst verlor das Bewusstsein, als der Dämon mich mit aller Gewalt gegen eine Wand stieß. Von allem, was darauf folgte, weiß ich nur, weil es mir die anderen Wächter erzählten. Man berichtete mir, dass Indra kurz

112

nach meiner Ohnmacht eintraf, aber nicht um uns im Kampf gegen diesen mächtigen Feind zu unterstützen. Im Gegenteil, Indra nahm den Asura in Schutz und erklärte, dass dieser sein Gast sei. Denn es war kein geringerer als der neue Dämonenherrscher, den wir ohne Begleitung im Palast angetroffen hatten. Warum Indra es hinnahm, dass dieser Dämon Bürger gefährdete, war mir schon damals unbegreiflich. Doch ich schwieg bis jetzt, weil es mein König von mir verlangte. Inzwischen habe ich aber Zweifel und denke, dass die Devas ein Recht darauf haben, endlich die ganze Wahrheit zu erfahren."

Genau aus diesem Grunde kam Rani schließlich zu mir. Und jetzt, wo ich seine Geschichte kenne, frage ich mich, was unser Indra dem Volk noch alles verschwiegen hat und warum? Müssen wir wirklich nur für die Rückkehr des Soma, Asura in unserer Mitte dulden und dabei zusehen, wie eine neue Generation dieser Monster heranwächst? Ich sage Nein! Denn ich meine, dass dies ein viel zu hoher Preis für uns alle wäre."

Indra verzog das Gesicht und ballte die Hände wütend zur Faust. „Ich hatte die Wachen angewiesen, über alle Vorfälle die den Palast betreffen, Stillschweigen zu bewahren. Rani hat offen dagegen verstoßen. Darüber hinaus gibt er die damaligen Ereignisse auch noch verzerrt wieder."

„Du könntest ihn aus deinen Diensten entlassen", schlug Indrani vor.

„Wenn ich das täte, sähe es nur danach aus, als wolle ich etwas vertuschen."

„Aber genau das wolltest du doch, auch wenn du dafür gute Gründe hattest", bemerkte Matali trocken. „Ihre Empörung wundert mich nicht."

„Eine solche Reaktion habe ich befürchtet", stimmte Indra ihm zu. „Ich habe aber gehofft, noch etwas mehr Zeit zu haben." Er seufzte. „Daran ist jetzt nichts mehr zu ändern."

„Und wie soll es jetzt weitergehen?", erkundigte sich Matali.

„Letztlich wird das Volk sich über die Frage einig werden müssen. Mir bleibt nichts anderes übrig, als die Debatten im Rat abzuwarten. Dann werde ich sehen, ob die Bürger meiner Argumentation folgen oder ob Skandas Hetzkampagne sie endgültig gegen mich aufgebracht hat."

„Ich hörte, dass Skanda ein Misstrauensvotum gegen dich anstrebt."

„Was für ein Skandal", rief Indrani empört aus. „Sie wollen ihn ersetzen nach so langen Jahren und allem, was Indra für das Volk geleistet hat?"

Indra drückte die Hand seiner Frau und lächelte ihr zu. „Noch bin ich im Amt, meine Liebe, und so schnell wird man mich nicht los."

„Um eine Mehrheit für deinen Standpunkt zu gewinnen, musst du verdammt überzeugend sein", warf Matali ein.

„Das ist mir klar. Außerdem denke ich, dass es auch Yama gestattet werden sollte, vor dem Rat sprechen zu dürfen."

Skeptisch schüttelte Matali den Kopf. „Hältst du das für eine gute Idee?", fragte er.

„Wir haben es bisher doch immer so gehalten, dass Vertreter anderer Völker ihre Interessen vor dem Rat vertreten durften, wenn sie mit unserem in Konflikt standen."

„Aber ein Asura im Rat? Das gab es noch nie."

„Yama ist kein Asura."

„Er sieht aber verdammt danach aus. Glaubst du im ernst, dass er in der Lage ist, so zu reden, dass man ihm Gehör schenkt?"

„Ich bin davon sogar überzeugt und glaube, dass es gut wäre, wenn sich jeder Deva vom neuen Herrn der Unterwelt ein eigenes Bild machen könnte."

„Nun ja, er ist umgänglich und redegewandt, doch sonst ..." Matali brach ab und kratzte sich nachdenklich am Kinn, bevor er fortfuhr: „Du solltest die Wirkung bedenken, die er zweifellos auf die Bürger haben wird. Er ist furchteinflößend, ganz egal wie gut seine Argumente auch sein werden. Sie werden ihm nicht zuhören, denn jeder wird nur ein Monster in ihm sehen. Und was wird sein, wenn Skandas Argumente *ihm* nicht gefallen und er in Wut gerät? Kannst du dann noch die Sicherheit der Bürger garantieren?"

Gelassen nickte Indra. „Ja, das kann ich", sagte er und sah seinen Freund zuversichtlich an. „Ganz egal was auch kommen mag, Yama wird sich nicht provozieren lassen."

Skanda

Eine nächtliche Brise brachte die Blätter vor dem Fenster zum Rauschen. Die Vorhänge im Schlafzimmer blähten sich auf und legten sich wieder. Skanda wälzte sich im Bett herum, schlief aber weiter. Ein schwacher Lichtstreifen färbte bereits den Himmel im Osten, doch Skanda schlief fest.

Im Traum öffnete er eine Tür und trat in den Morgen hinaus. Es war kalt, bitterkalt. Die Straßen waren ohne Leben, kahl und leer. Kein Licht beleuchtete die Stadt, alles lag im Dunkeln. Beunruhigt ging Skanda die Straße entlang, während sich der Himmel langsam rosa färbte, zuerst kaum wahrnehmbar, dann immer schneller und intensiver, bis die Sonne schließlich blutrot zum Vorschein kam. Skanda legte den weiten Weg bis zur Innenstadt zurück, doch auch dort wirkte alles still und verlassen. Da plötzlich durchschnitt diese Stille ein Ton, der allmählich an Lautstärke zunahm.

‚Alarm! Wir werden angegriffen!‘, dachte er und sah sich nach allen Seiten um. Im Westen bauten sich düstere Gewitterwolken auf, bedrohlich wie eine Armee.

Dicht hinter ihm schrie jemand: ‚Sie kommen!‘

Skanda wandte sich um und sah sich mit einem Mal von Devas umringt, die besorgt und verängstigt in den Himmel aufschauten. Als die Gewitterwolken näherkamen, verdrängten sie langsam das Blau des Himmels. Erst da erkannte er, dass es keine Sturmfront war, die auf ihn zukam.

‚Asura!‘, rief jemand. ‚Lauft! Sie greifen die Stadt an!‘

‚Nein!‘, rief Skanda und wandte sich den anderen zu. ‚Wir müssen zusammenstehen und gegen sie kämpfen.‘ Schon spürte er eine Waffe in seiner Hand, sie war klein und fühlte sich unvertraut an, doch er hatte keine Zeit lange darüber nachzudenken. Der Feind kam rasch näher. Doch er war entschlossen, ihm entgegenzutreten. Schwarze Dämonenleiber wälzten sich wie eine Flut heran und wechselten dabei ständig ihre Form. Furchtlos stürzte er ihnen entgegen, ohne darauf zu achten, ob andere ihm folgten. Die schwarze Masse aus Leibern brandete bedrohlich auf ihn zu, und, als sie ihn erreichten, griff Skanda als Erstes an. Wie ein

116

Wirbelsturm wütete er und streckte nieder, was sich bewegte. Dämonen wogten heran, doch konnten sie ihm nicht schaden, sie zerstoben unter seinen Attacken, sobald die Waffe in seiner Hand sie berührte. Lange war um ihn nichts als Schwärze und wilde Aufruhr, dann, ganz plötzlich, lichteten sich die Reihen und er stand allein da. War es vorbei? Verwirrt blickte Skanda sich um und sah mit Entsetzten, wie die Häuser der Stadt zu Sand zerfielen und vom Wind davongetragen wurden, bis nur noch ein Meer von Sand übrig blieb.

Dünen. Mit einem Mal befand er sich inmitten von Dünen. Nur eine Sandlandschaft war von Meru geblieben, Dünen, die keinen Ozean benötigten. Wellentäler und Sandberge wechselten sich scheinbar endlos ab und zogen bis zum Horizont dahin.

Die Sonne stand jetzt direkt über ihm. Skanda erklomm die erste Düne. Oben angekommen, stand er keuchend da. Von dort starrte er bewegungslos über das Sandmeer. Schweißperlen liefen ihm über die Wangen wie Tränen, während andere ihm den Nacken und den Rücken hinabbrannten. Mit leeren Augen betrachtete er ratlos die Ödnis, bis sein Blick auf einen halb im Sand vergrabenen Gegenstand fiel. Skanda kniff die Augen zusammen und schirmte sie gegen die Sonne mit den Händen ab.

Es war … ein Rohr? Der Wind zerzauste sein Haar, während er unschlüssig dastand. Schließlich setzte er sich in Bewegung. Er ging auf den Gegenstand zu und zog ihn aus dem Sand heraus. Tatsächlich war das längliche Gebilde ein Rohr, das an beiden Enden durch eine Kappe verschlossen worden war. Skanda entfernte den Verschluss und sah hinein. Ein altes vergilbtes Pergament kam zum Vorschein, die Ränder zerfranst und rissig. Vorsichtig entrollte er es und las:

Ich erwarte Dich in der Taverne zum goldenen Affen.

Skanda schreckte aus dem Schlaf auf. Schweiß tropfte ihm von der Stirn. Er wischte ihn fort und fühlte Sand zwischen den Fingern. Ungläubig starrte er die feinen, fast weißen Körnchen an. Nie zuvor hatte er einen so intensiven Traum gehabt, und der feine Sand auf seiner Hand zeugte davon, dass dies kein gewöhnlicher Traum war. An die Botschaft, die er im Schlaf erhalten hatte, konnte er sich so deutlich erinnern, dass man meinen konnte, sie wäre ihm in sein Hirn eingebrannt worden. Die Taverne zum goldenen Affen. Er kannte dieses Haus, es stand abgelegen am Rande des Deva Territoriums, nahe am Hanuman-Gebiet und hatte keinen guten Ruf. Skanda stand auf und wollte, wie an jedem Morgen, sein Bettzeug aufschütteln. Er hob das Kopfkissen hoch und fand Sand darunter. Er schluckte, seine Kehle war staubtrocken. Er drehte sich um, ließ sein Bett, wie es war und ging ins Bad.

Der warme Regen der Dusche wusch Schweiß und Sand von ihm ab. Danach fühlte er sich besser, dennoch ließ der Traum ihn nicht los.

Nach einem ausgedehnten Frühstück begab er sich zum Hangar. Der Eingang zur Dockbucht, wo sein Himmelswagen lag, war gänzlich umringt von einem halben Dutzend Devas, die sich verhalten miteinander unterhielten. Sie nickten ihm freundlich grüßend zu und ließen ihn vorbei ohne ihn in ihr Gespräch mit einzubeziehen. Er beschleunigte seine Schritte, denn Skanda wollte nicht von jemandem aufgehalten werden, der eventuell zu wissen verlangte, wohin er wollte. Dockbucht 63 unterschied sich in keiner Weise von den anderen Dockbuchten im Hangar. Genau wie alle übrigen Himmelswagen der Stadt, hatte auch sein Gefährt einen Anti-Schwerkraft-Antrieb, der den Wagen innerhalb des Schwerefeldes des Planeten abheben ließ. Anders als die großen Himmelsschiffe, die es den Devas ermöglichten, die Anziehungskraft des Planeten zu verlassen, konnte dieser Antrieb nur dann funktionieren, wenn es eine ausreichend große Schwerkraftquelle gab, von der sich der Wagen abstoßen konnte. Er stieg ein, setzte sich ins Cockpit und legte den Sicherheitsgurt an. Dann begann er den Start vorzubereiten und sandte sein Startgesuch an den Tower. Die Abflugerlaubnis erfolgte prompt, woraufhin er die Triebwerke startete. Der Himmelswagen erhob sich beinahe geräuschlos in die Luft und folgte der zuvor von Skanda eingegebenen Route.

In der Taverne zum goldenen Affen war es dunkler, als ihm lieb war. Vielleicht weil die Stammgäste nicht so genau gesehen werden wollten. Die helle Nachmittagssonne gestattete es den Gästen im Inneren jedoch, jeden Neuankömmling zu betrachten, bevor dieser sie sehen konnte. Skanda betrat den Gastraum und staunte über die

Anwesenden, die sich hier versammelt hatten. Da waren Affenmenschen mit ockerfarbenem Fell und Naga mit schuppigen Schlangenunterleibern. Selbst einige wenige Devas befanden sich im Schankraum.

„Dich habe ich hier noch nie gesehen, Süßer", sagte eine Affenfrau und verzog ihr Gesicht zu einem lasziven Lächeln. Sie entblößte dabei spitze Eckzähne und trat nahe an ihn heran. „Na, mein Lieber, hast du vielleicht Lust auf ein exotisches Vergnügen?", fragte sie und streichelte ihn mit ihrem langen Schwanz am Kinn.

„Nein danke", entgegnete Skanda schroff. Er schob sie mit einem missbilligenden Blick beiseite, durchquerte den Raum und ging auf die Theke zu. Dabei ignorierte er die misstrauischen Blicke der Gäste und das Getuschel, als er an ihnen vorüberging.

Der Wirt der Taverne war ein riesiger Affenmensch. Eine unschöne Narbe zog sich quer über sein Gesicht. Das eine, ihm verbliebene Auge starrte Skanda argwöhnisch entgegen, als er an den Tresen trat.

„Was darf's n' sein?", fragte die Gestalt unfreundlich.

„Ein Mahdi, bitte."

„Son feines Devagesöff, ham we nich." Der Wirt schien von der Sorte zu sein, mit dem nicht leicht auszukommen war.

„Was hast du sonst da?", fragte Skanda.

„Bier und verschiedene Obstbrände." Der Einäugige fixierte ihn spöttisch. Sein massiger und vollkommen behaarter Rumpf beugte sich zu ihm über den Tresen.

„Dann ein Bier, bitte", sagte Skanda und bemühte sich darum, ruhig zu bleiben. Die Blicke der übrigen Gäste ruhten auf ihm, und er hörte sie hinter seinem Rücken heimlich tuscheln. Er nahm das Glas entgegen, das der Affenmann zu ihm rüberschob, dann wandte er sich ab, um sich im Gastraum umzusehen. Eine kleine Gruppe robust aussehender Affenmenschen stand trinkend am anderen Ende des Tresens, dabei sahen sie lachend immer wieder zu ihm hinüber. Drei Devas saßen an einem Tisch beieinander und würdigten ihn keines Blickes. In einer abseits gelegenen Nische entdeckte Skanda einen Mann, der allein saß. Er konnte nicht genau sagen, ob es ein Deva war, doch seine scharfen Züge strahlten Selbstsicherheit aus und seine Erscheinung war auf seltsame Art nicht fassbar. Der Mann sah in seine Richtung und prostete ihm zu. Skanda ging zu ihm.

„Es freut mich, dass Ihr hergefunden habt", begrüßte ihn der Mann.

„Kennen wir uns etwa?", fragte Skanda.

„Noch nicht, doch ich hoffe, dass wir uns bald besser kennenlernen werden." Der Mann lächelte unergründlich und trank einen großen Schluck aus seinem Krug. „Bitte setzt Euch doch", forderte er ihn anschließend auf.

Zögernd und mit einem gewissen Unbehagen kam Skanda der Aufforderung nach. „Darf ich fragen, wer ihr seid?"

„Ich habe viele Namen", erwiderte der Mann. „Ihr Devas nennt mich Vritra Ahi."

Kaum gesetzt sprang Skanda wieder auf. „Der Gott des Chaos?"

„Ganz recht", bestätigte ihm der Mann gelassen.

„Mit Euch habe ich nichts zu schaffen."

„Dennoch seid Ihr meiner Aufforderung hierherzukommen gefolgt."

„Ich habe von dieser Taverne geträumt, aber nicht von Euch."

„Das war ein sehr realistischer Traum, nicht wahr?" Vritra Ahi zwinkerte ihm zu. „Wieso seid Ihr gekommen? Was habt Ihr erwartet, vorzufinden?"

„Ich weiß es nicht", erwiderte Skanda verunsichert und kam sich plötzlich sehr albern vor. „Ich habe auf Unterstützung gehofft für meinen Kampf gegen die Asura."

„Unterstützung sollt Ihr von mir bekommen, und genau deshalb habe ich Euch den Traum gesandt. Es war für mich der einzige Weg mit Euch in Kontakt zu treten, denn wie Ihr wisst, ist mir der Zugang zu Eurer Stadt verwehrt."

„Aus gutem Grund." Skanda ballte die Fäuste.

„Bitte lassen wir die Vergangenheit ruhen." Der Gott des Chaos setzte ein entwaffnendes Lächeln auf. „Die Asura sind auch meine Feinde. Es ist noch gar nicht so lange her, da habe ich versucht, Yama durch eine meiner Marionetten auszuschalten. Das wäre mir auch gelungen, wenn, ja wenn Indra meinen sorgsam ausgefeilten Plan nicht vereitelt hätte. Dass ein Deva bereit sein würde, einem Asura zu helfen und ihn zu unterstützen, hatte selbst ich nicht ahnen können."

„Indra hat Yama geholfen?", fragte Skanda und war mit einem Mal ganz Ohr.

„Oh ja", bestätigte Vritra Ahi. „Meine Marionette hatte Yama in einer von mir sorgsam konstruierten Falle gefangen, und sollte ihn mit einem Götterspeer töten. Yama war schon fast tot, als Indra in das Geschehen eingriff. Euer König ermordete meine Marionette und befreite Yama aus der Falle. Ich weiß bis heute nicht, wie er von meinem Plan erfahren konnte und warum er dem Herrn der Unterwelt half, wo ich doch glaubte, Devas würde alle Dämonen hassen genau wie ich selbst."

„Das dachte ich auch, bis ich erfuhr, dass er Yama erlaubt hat, die Nachkommen der Asura nach Nirva zu bringen, damit er die Reihen seiner Dämonenarmee vergrößern kann. Indra muss den Verstand verloren haben."

Vritra Ahi nickte. „Genau das glaube ich auch. Indra bringt dadurch sein eigenes Volk in Gefahr."

„Ja, jemand muss ihn aufgehalten. Wir müssen die Asura, die auf Nirva heranwachsen, schnellst möglichst vernichten, bevor sie für uns alle zu einer Gefahr werden."

„Ihr seid ein weitsichtiger Gott. Die Devas achten und hören auf Euch, deshalb möchte ich Euch auch in Eurem Bestreben unterstützen."

Skanda musterte sein Gegenüber misstrauisch. „Und wie wollt Ihr das tun?"

„Nun, Ihr seid bereits auf dem richtigen Weg. In weiser Voraussicht habt Ihr die Bürger von Meru über die bestehende Gefahr aufgeklärt. Jetzt verlangt das Volk verständlicherweise die vollständige Aufklärung aller Vorkommnisse. Ihr dürft nun nicht nachlassen in Eurem Bemühen, denn Ihr habt bereits erkannt, dass Indra die Gefahr, die von den Asura ausgeht, nicht richtig einschätzen kann. Ihr dagegen seid ein erfahrener Krieger. Wer wäre besser geeignet, als Ihr, um die Devas in diesen gefährlichen Zeiten zu führen?"

„Ich soll Indra das Misstrauen aussprechen und sein Amt übernehmen? Ist es das, was ihr mir sagen wollt?"

„Entscheidet nicht das Volk darüber, wem sie das Königsamt anvertrauen?"

„Das schon."

„Wenn sich also das Volk Eurer Meinung anschließt, bedeutete das doch, dass sie Euch mehr Vertrauen entgegenbringen, als ihrem jetzigen König. Was liegt da näher, als Indra das Misstrauen auszusprechen und Neuwahlen zu fordern?"

„Daran habe ich schon gedacht", erwiderte Skanda. „Mich selbst habe ich aber nie in dieser Position gesehen."

„Ein Krieger muss stehts bereit sein, unbekannte Pfade zu beschreiten. Hat das nicht einer Eurer größten Feldherren gesagt?"

„Die Worte meines Vaters waren das", bestätigte Skanda mit gewissem Stolz. „Sein Name war Kandan."

„Ein großer Deva."

Skanda nickte. „Er wurde von einem Asura ermordet direkt vor meinen Augen. Ich war damals acht Jahre alt. Das war noch bevor wir die Unsterblichkeit erlangten."

„Ein wahrhaft tragisches Ereignis, das aber deutlich zeigt, wie gefährlich die Dämonen sind."

„Man kann ihnen nicht trauen. Was auch immer Yama versprochen hat, er wird sich nicht daran halten, wenn es ihm nicht mehr nützlich erscheint."

Vritra Ahi nickte zustimmend. „Wenn ihr Indra nicht Einhalt gebietet, wird er mit dieser schädlichen Politik fortfahren."

„Mag sein, doch um ihm das Misstrauen auszusprechen, benötige ich Eure Hilfe nicht, das wird allein die Entscheidung des Volkes sein."

„Doch falls das Volk die richtige Entscheidung trifft und Euch zu ihrem neuen König wählt, könnte ich noch von großem Nutzen für Euch sein."

„Wie das?"

„Nun." Der Gott des Chaos lehnte sich zurück und fixierte ihn mit den Augen. Sein Blick erinnerte an eine Schlange, kurz bevor sie auf ihre Beute niederstößt. „Soweit ich weiß, hat nur der König Zugang zu allen Bereichen des Palastes, nicht wahr?"

„Ja, das stimmt", erwiderte Skanda und wurde plötzlich misstrauisch.

„Und er ist es auch, der sämtliche Somavorräte kontrolliert, die den Devas noch verblieben sind. Ebenso hat er allein freien Zugang zur Artefaktensammlung, wenn ich richtig informiert bin."

„Worauf wollt ihr hinaus?"

„Ich bin, wie Ihr wisst, ein sehr alter Gott."

„Verdammt noch mal, kommt zur Sache!"

„Einige der Artefakte stammen noch von den alten Göttern. Darunter befindet sich eine sehr mächtige Waffe. Sie ist in drei Teile zerfallen. Wenn ihr mir diese Teile bringt, kann ich sie wieder zusammenfügen und die Waffe instandsetzen."

„Derartiges werde ich für Euch ganz sicher nicht tun!" Skanda stand auf.

Vritra Ahi hob beschwichtigend die Hände. „Bitte setzt Euch doch wieder. Das ist ein Missverständnis, ich will die Waffe doch nicht für mich, sondern für Euch. Sie ist ein mächtiges Werkzeug gegen alle unreinen Wesen. Für Asura ist es daher eine tödliche Waffe, doch für ein edles und lichtes Volk, wie ihr Devas es seid, stellt sie keinerlei Gefahr dar. Darauf habt Ihr mein Wort."

Mit einem Mal interessiert setzte sich Skanda wieder. „Von einer derartigen Waffe habe ich noch nie zuvor etwas gehört."

„In Eurem Traum habt Ihr sie bereits benutzt. Vielleicht erinnert ihr Euch noch daran, wie leicht die Asura gefallen sind?"

„Sie starben, noch bevor sie mich erreichen konnten", bestätigte Skanda.

„Mit dieser mächtigen Waffe könntet Ihr Euer Volk vor allen unreinen Geistern beschützen. Allerdings, das möchte ich fairerweise noch erwähnen, besteht bei der Nutzung für Euch ein kleines Problem."

„Was genau meint Ihr?"

„Nun ja, wie ich schon sagte, stammt diese Waffe von den alten Göttern. Ein Deva hat nicht genug Macht, sie ohne Weiteres nutzen zu können. Ihr müsst deshalb Eure Kraft durch den Genuss von Soma verstärken."

Skandas Züge verhärteten sich. „Ich soll also drei Artefakte aus dem Palast entwenden, damit Ihr sie zu einer Waffe zusammenfügen könnt, die Ihr mir anschließend übergeben wollt. Doch um sie benutzen zu können, benötige ich Soma, zu dem ich nur Zugang habe, wenn mich das Volk als seinen neuen König anerkennt."

„Exakt", bestätigte Vritra Ahi.

„Einen solchen Handel könnt Ihr vergessen." Skanda stand auf und diesmal war sein Entschluss endgültig. „Auf ein Geschäft mit Euch lasse ich mich nicht ein." Er drehte sich um und verließ die Taverne, ohne sich noch einmal umzudrehen.

Orb Ria

Die letzten zwei Tage, nach der Anhörung im kleinen Rat, hatte Orb in Meru verbracht und war erst gestern, am Abend, zum Feld zurückgekehrt. Familie, Freunde, einfach jeder, auf den sie traf, hatte sie mit besorgten Fragen bedrängt, sodass sie froh war, endlich die Stadt wieder verlassen zu können. Hier, in der Abgeschiedenheit, stellte ihr niemand Fragen, die sie nicht beantworten wollte.

„Es muss für dich doch eine Tortur sein, so isoliert von jeder Gesellschaft ganz allein zwischen Asura zu leben", hatte ihre Mutter gemeint und sie äußerte diese Ansicht mit Nachdruck. Orb hatte zustimmend genickt, denn sie wollte ihr nicht erklären müssen, dass sie sich inzwischen an die Einsamkeit gewöhnt hatte, ja, dass sie ihr sogar gefiel. Ihr Vater dagegen wollte alles über ihre Gefangennahme wissen und hörte ihr aufmerksam zu, ohne sie ein einziges Mal zu unterbrechen. „Faszinierend", sagte er dann, „und erschreckend zugleich. Die Naga sind ein äußerst primitives Volk. Wir sollten sie für das, was sie dir angetan haben, büßen lassen."

„Nein, das möchte ich nicht", entgegnete Orb. „Die Nagakönigin hat sich bei mir in aller Form für den Angriff und meine Gefangennahme entschuldigt. Vergeltungsmaßnahmen halte ich darum für unnötig."

„Du bist zu großmütig mit diesen Wilden", entgegnete er, legte einen Arm um ihre Schulter und drückte sie an sich. Orb fühlte sich wie ein Kind als er das tat, doch ihr Vater bemerkte es nicht und sprach weiter. „Unsere Technologien sind für die primitiven Völker unverständlich. Einem Volk wie den Naga, müssen unsere Errungenschaften doch beinahe wie Magie erscheinen."

Orb versuchte zu erklären, dass Naga keinesfalls so primitiv und ungebildet waren, wie er offenbar annahm. Doch ihr Einwand stieß auf taube Ohren, und so gab sie es auf. Zum ersten Mal in ihrem Leben erkannte sie, wie blasiert und selbstzufrieden Devas waren, dabei wusste sie genau, dass sie vor gar nicht so langer Zeit die Ansichten ihrer Freunde und Verwandten geteilt hatte. Als sie sich schließlich von allen verabschiedete, konnte sie es sich nicht verkneifen zu sagen: „Euer Bild von den Naga ist ganz falsch und auch Asura sind vollkommen anders, als ihr glaubt. Yama war immer freundlich zu mir und wenn ihr mich fragt: ich halte ihn für einen verständigen und klugen Herrscher. Es wäre furchtbar dumm von uns, den Vertrag zu brechen, den Indra mit ihm geschlossen hat."

Jetzt, wo sie ihre Tafel in den Händen hielt und Skandas neuste Nachrichten las, begriff sie, dass es ein Fehler war, Derartiges zu sagen.

Hat Yama etwa die Macht, den Geist eines Devas zu manipulieren? Die jüngste Aussage Orb Rias legt diese Vermutung nahe. Zitat: „Yama ist ein äußerst freundlicher Asura und ein verständiger und kluger Herrscher. Deshalb wäre es furchtbar dumm, den Vertrag zu brechen, den Indra mit ihm eingegangen ist.

Mit einem Seufzer steckte sie die Tafel zurück in die Tasche und stand auf. Sie hatte in Meru einige Spielsachen besorgt, von denen sie glaubte, dass sie für Asurakinder interessant sein könnten. Sie nahm die Spielzeugkiste auf, öffnete die Luke und ging zum Feld. Bereits von Weitem hörte sie den jungen Asura ihren Namen rufen, als wolle er sie begrüßen.

Sie stellte die Kiste ab und beugte sich vor. „Ich bin wieder da. Hast du mich vermisst?", fragte sie freundlich.

„Orrrb! Orrb! Orb!"

Sie lächelte. „Ich habe etwas mitgebracht und bin gespannt, ob es dir gefällt." Sie wandte sich ab und kramte in der Kiste herum. „Sieh mal hier!" Sie hielt dem Jungen einen dottergelben Ball entgegen. „Das ist ein Ball."

„Ba ... Bah ...BAH!"

Geduldig wiederholte sie das Wort: „Ball."

Substanzärmchen lösten sich von der Rinde und betasteten neugierig das Spielzeug. „Ball", sagte es dann mit Nachdruck.

Orb kicherte. „Richtig. Gut gemacht", lobte sie.

„Ball, BALL, Bhahall." Eine ganze Weile hörte sie noch zu, wie der junge Asura vor sich hin brabbelte, bevor sie das Spielzeug in die Kiste zurücklegte. Dann richtete sie sich auf und sah über das Feld. Viele Somabäume standen kurz vor der Blüte, sie freute sich schon darauf, dieses Ereignis miterleben zu können.

Erst gegen Mittag, nach getaner Arbeit, ging sie zum Schiff zurück, um wie üblich eine Pause einzulegen. Als sie dann am Nachmittag wieder ins Freie trat, wehte ein frischer Wind über die Ebene. Er strich über ihr Haar und hinterließ auf dem Gesicht eine Ahnung von Kühle, denn es war heiß an diesem Sommertag. Eine Weile genoss Orb die Erfrischung, bevor sie ihre Haare zu einem Zopf zusammenband und ins Schiff zurückkehrte. Außer der Kiste hatte sie noch einiges mehr von zu Hause mitgebracht.

Einen Klapptisch stellte sie vor der Bank auf und lehnte die beiden dazugehörenden Stühle gegen die Wand der Hütte. Zusätzlich hatte sie zur Unterhaltung ein Multiphon mitgenommen. Orb war schon gespannt, ob und wie die Nachkommen auf Musik reagieren würden. Sie legte das Tasteninstrument auf den Tisch und begann sofort mit dem Spiel. Dabei sang sie ein einfaches Kinderlied:

„Die Regenbogenspinne webt dir ein buntes Nest.
Und fängt dich mit der Schlinge,
wenn du dich fangen lässt.

In schimmernd weiche Seide wickelt sie dich ein und
schneidert dir ein Kleide aus zartem, buntem Schein.

Dort träumst du dann auf ewig, den kunterbunten
Traum, und bist du dort auch selig, so ist es doch nur
Schaum.

Zerreiß die bunten Fäden und werde endlich wach!
Denn Schmerz bedeutet Leben
und Leiden tausendfach."

Orb hielt inne. Erstaunt lauschte sie. Die von ihr
gespielte Melodie wiederholte sich vielfach auf dem
Feld, sprang über von einem Asura zum nächsten. Als
die Klänge schließlich verebbten, schlug sie eine neue
Melodiefolge an, und auch diese wurde von den
Asurakindern aufgenommen und weitergegeben. Das
Phänomen war so verblüffend, dass Orb für einen
Augenblick der Atem stockte. Damit, dass Asura die
Melodie aufnehmen, ja sogar variieren konnten, hätte sie
niemals gerechnet. Aufgeregt und äußerst gespannt
entschloss sie sich, eines ihrer Lieblingsstücke zu
spielen. Kein Kinderlied diesmal, sondern anspruchs-
volle Musik. Orb beherrschte ihr Instrument meisterlich
und dazu hatte sie eine warme Singstimme, was ihr auch
andere immer wieder bestätigt hatten. Jetzt schwebte
eine komplizierte Weise über das Feld, doch diesmal
nahmen die Jungen die Melodie nicht auf. Sie waren still
und hörten zu.
Das dachte sie jedenfalls oder war das alles nur ein
Zufall? Erneut stimmte sie ein Kinderlied an, das sofort
von den Jungen aufgenommen wurde. Es war klar, dass
dies kein Zufall sein konnte. *Asura sind für Musik
empfänglich!* Aufgeregt griff sie in ihre Tasche und zog

die Tafel heraus, um diese neue Erkenntnis mit Yama zu teilen, doch eine Antwort ließ auf sich warten. Erst eine Stunde später schrieb Yama zurück: *Das klingt alles sehr interessant. Leider habe ich heute keine Zeit zu dir zu kommen, um es mir selbst anzusehen. Wenn es dir recht ist, werde ich aber morgen Nachmittag bei dir vorbeischauen.*

Es war Orb recht, obwohl sie ein wenig enttäuscht war, dass Yama nicht gleich zu ihr kam.

* * *

Die Rinde des Somabaumes schimmerte silbrig in der Morgensonne. Der junge Asura war fort. An seiner statt saß am Fuße des Baumes ein Baumgeist, der schlaftrunken mit kugelrunden Augen zu ihr aufsah. Das Feenwesen gähnte, wie nach einem langen Schlaf und umarmte beinahe zärtlich den Baum. Orb sah über das Feld, den Asura konnte sie jedoch nirgends entdecken. Etwas ratlos wandte sie sich schließlich an den Somageist: „Sag mal Kleiner, weißt du, wo dein Beschützer geblieben ist?" Das neugeborene, halb durchsichtige Männchen sah sie verständnislos an. Orb seufzte, dann drehte sie sich um und ging zur Hütte. Da hörte sie plötzlich ein Rascheln und blieb wie angewurzelt stehen. Stille. Ihr war, als wäre das Geräusch aus Richtung der Bank gekommen, deshalb bückte sie sich und sah darunter. An der Hüttenwand, hinter der Bank, entdeckte sie in einer schmalen Spalte das Junge.

„Hey, du brauchst keine Angst vor mir zu haben, du kennst mich doch. Komm schon raus! Komm zu Orb!" Lockend klopfte sie sich auf die Schenkel, woraufhin sich der Asura jedoch nur noch tiefer in den Spalt hineinzwängte. Orb überlegte kurz, dann drehte sie sich um und ging in die Hütte, um gleich darauf mit der Spielzeugkiste zurückzukehren. „Es wäre doch gelacht, wenn ich dich da nicht herauslocken könnte", sagte sie, griff nach dem Ball und warf ihn vor die Bank. Das Junge blieb, wo es war. „Verdammt, hab ich dir etwa einen Grund gegeben, so ängstlich zu sein?", schimpfte sie. Wieder kramte sie in der Kiste herum, bis sie fand, was sie suchte. Sie nahm das Laserlicht heraus, ging damit auf die Knie und ließ den Lichtpunkt des Lasers direkt vor der Spalte tanzen. Fröhlich hüpfend sprang er mal hier hin, mal dort hin. Das Junge wagte sich ein kleines Stück vor, dann, plötzlich übermütig geworden versuchte es, das Licht mit seinen Substanzärmchen einzufangen. Es dauerte nicht lange, da jagte es ihm hinterher und die anfängliche Scheu war vergessen. Seine Bewegungen wirkten dabei so ungelenk und drollig, das Orb spontan losprusten musste. „Du bist ein lustiges Kerlchen. Sag, wie soll ich dich nennen?"

„Orb!"

Die Devi brach in schallendes Gelächter aus. „Nein, Kerlchen, das ist mein Name. Ich glaube, ich nenne dich Snippy. Gefällt dir das?"

„Orrrb?", gurrte es und sah sie fragend an, was beinahe niedlich wirkte.

„Also Snippy, du darfst gern mit allen Spielsachen spielen, die ich mitgebracht habe." Orb rüttelte an der Kiste, um die Aufmerksamkeit des Jungen darauf zu lenken. Snippy krabbelte daraufhin mit unsicheren Schritten auf die Kiste zu, zog sich an einer Kante hoch und sah hinein. Er griff nach einer Rassel, ließ sie aber sofort wieder los, als das Spielzeug durch die Bewegung ein Geräusch von sich gab. Erschreckt sprang Snippy davon. Erst in sicherer Entfernung blieb er stehen und wandte sich um.

Orb nahm das Instrument auf. „Das ist eine Rassel", erklärte sie. „Die tut dir nichts." Sie schüttelte sie und hielt sie ihm dann entgegen. Misstrauisch kam Snippy näher. Orb hockte sich hin. „Nimm!" Sie legte die Rassel ins Gras und trat einen Schritt zurück.

Der Asura duckte sich flach auf den Boden und kroch langsam weiter darauf zu, dann plötzlich sprang er und stürzte sich auf den Gegenstand. Orb sah amüsiert zu, wie Snippy sein Opfer mit der Substanz erforschte und immer wieder begeistert schüttelte. Nachdem seine wissenschaftliche Neugier gestillt war, wandte es sich den noch unentdeckten Sachen in der Kiste zu.

„Damit bist du sicher für ne Weile beschäftigt", meinte Orb und wandte sich ab, um mit ihrer Arbeit zu beginnen. Doch die Spielzeugkiste schien für Snippy nicht halb so interessant zu sein, wie Orb glaubte, denn das Junge folgte ihr im gebührenden Abstand über das Feld, jagte Schmetterlingen hinterher, erschreckte Feenwesen und gab dabei unentwegt vergnügte Laute von sich. Die anfängliche Furcht war ganz offensichtlich vergessen. Gegen Mittag kehrte Orb zum Schiff zurück, um sich, wie an jedem Tag, ein wenig auszuruhen und sich einen kleinen Imbiss zuzubereiten. Snippy folgte ihr im respektvollen Abstand, bis zum Tor.

Orb war ein wenig besorgt, als sie das Tor aufschob, denn sie fürchtete, dass der junge Asura fortlaufen könnte, doch diese Sorge war unbegründet. Als sie das Tor beiseiteschob, verharrte Snippy und wirkte dabei wie erstarrt.

Als sie am Nachmittag zurückkehrte, begrüßte sie Snippy mit lauten „Orb" rufen. Offenbar freute es sich, sie zu sehen. Orb ging zur Bank, legte ihr Multiphon auf den Tisch und setzte sich, dann wartete sie ungeduldig auf Yamas Erscheinen. Sie freute sich mehr auf seinen Besuch, als sie es sich eingestehen wollte, denn sie hatte viel zu erzählen. Während sie dem Asurajungen dabei zusah, wie es das Spielzeug in der Kiste erforschte, trommelte sie ungeduldig mit den Fingern auf dem Tisch. Als Yama endlich auf dem Feld materialisierte, stieß Snippy einen erschreckten Schrei aus und flüchtete panisch in den Spalt unter der Bank.

Freundlich und offen sah ihr Yama entgegen, als sich die erschreckende Gestalt des Dämons zurückzog. Orb stand auf und ging auf ihn zu, um ihn zu begrüßen.

„Du hast hoffentlich nicht zu lange auf mich warten müssen?", fragte Jeng.

„Nein, nicht sehr lange", sagte Orb und dann sprudelten die Worte nur so aus ihr heraus. Sie erzählte von der Anhörung im kleinen Rat und darüber, was ihre Familie und Freunde über ihn dachten, über die Gerüchte die Skanda verbreitete und erst ganz zum Schluss berichtete sie ihm über Snippy.

„Snippy? Das ist doch kein Name für einen Asura", meinte Jeng und lachte. „Wie kommst du nur darauf, ihn so zu nennen?"

„Er hat mich ein wenig an einen jungen Snipp erinnert. Das sind kleine Raubtiere, die in den Wäldern im Norden leben. Die Jungen haben ein dunkles seidiges Fell, das ihnen in alle Richtungen absteht. Sie sind sehr drollig, eben genau wie Snippy." Orb legte den Kopf schief und sah ihn mit einem verschmitzten Lächeln an.

Jeng schmunzelte und fragte: „Wo ist denn der Kleine?"

„Er versteckt sich in einer Ritze unter der Bank. Warte! Ich werde versuchen, ihn herauszulocken." Orb griff in ihre Tasche und holte die Laserlampe heraus, dann ließ sie das Licht, wie am Morgen, vor dem Asura tanzen, doch diesmal blieb das Junge, wo es war. „Das verstehe ich nicht", sagte Orb schließlich enttäuscht, „am Morgen konnte ich ihn auf diese Weise aus der Spalte locken."

„Lass es mich mal versuchen." Jeng trat einen Schritt vor und befahl: „Komm zu mir!"

Ein kläglicher Laut erklang, bevor Snippy sich aus dem Spalt zwängte und folgsam und schicksalergeben auf Yama zugekrochen kam. „Soll ich ihn mit in die Unterwelt nehmen, wenn ich dorthin zurückkehre?"

„Er stört mich nicht, von mir aus darf er gern noch hier bleiben, natürlich nur, wenn du nichts dagegen hast"

„Sag mir einfach Bescheid, wenn ich ihn abholen soll."

„So kann ich ihn noch ein wenig länger studieren, außerdem mag er mich, das glaube ich jedenfalls, denn er hat mich den ganzen Vormittag begleitet."

„Du interpretierst da zu viel hinein. Du bist einfach das Interessanteste auf diesem Feld und Snippy hat die anfängliche Furcht vor dir abgelegt und dich als harmlos eingestuft, das ist alles."

Orb sah enttäuscht den kleinen Asura vor ihr an. „Bist du dir wirklich sicher, dass ein Asura niemals Verbundenheit, Freundschaft oder Zuneigung zu einem anderen entwickeln kann?"

„Sicher bin ich mir da nicht. Vielleicht wäre es möglich, wenn man sie an ein soziales Miteinander gewöhnen könnte, das jedenfalls hat noch niemand versucht."

„Du glaubst, man könnte sie erziehen?"

Jeng nickte. „Genau das meine ich." Snippy sah zu ihm auf, als wüsste er, worüber sie sprachen. „Kannst du mir sagen, was ich mit euch machen soll?", fragte ihn Jeng. Natürlich bekam er keine Antwort von ihm, darum wandte er sich wieder an Orb: „Wolltest du mir nicht das musikalische Talent der Jungen demonstrieren?"

„Das wollte ich", entgegnete sie und setzte sich auf die Bank. „Gestern habe ich ihnen zuerst ein einfaches Kinderlied vorgespielt und die Asura haben die Melodie aufgenommen und wiederholt. Ich hoffe, sie tun das auch jetzt." Sie legte ihre Hände auf die Tasten und begann mit dem Spiel, und genau wie am Tag davor verbreiteten sich die Klänge über das Feld.

„Faszinierend", sagte Jeng und schien so beeindruckt zu sein wie sie.

„Komplizierteren Tonfolgen können sie noch nicht folgen, aber mir scheint, dass sie trotzdem aufmerksam zuhören." Orb schlug eine weitere Lieddichtung an. Es war ein Liebeslied, das sie sehr mochte und diesmal spielte sie nicht für die Asurajungen, sondern für sich selbst und hoffte insgeheim, Yama mit ihrem Spiel zu beeindrucken.

Sie sang:

„Wohin ich schau in des Himmelsweiten,
Geliebter, sehe ich nur dich allein;
Der ganze Himmel scheint von allen Seiten
Mit einem Bild von dir geschmückt zu sein.

Und kommst du dann,
was soll ich tun?
Was soll ich sagen?
Was wird nun?

So zittre ich
vor freudiger Qual
und mein Verlangen zehrt,
doch ich hab keine Wahl.

Denn wenn die Somablüten blühen,
zieht es mich an deine Brust,
Dann herze und dann küss ich dich,
im Rausche unserer Lust."

Als die letzte Strophe verklang, fühlte Orb wie ihr die Hitze ins Gesicht stieg. Sie errötete. Doch Jeng sah über ihre plötzliche Verlegenheit hinweg. „Du hast eine wunderschöne Singstimme", sagte er und in seinen Worten schwang echte Bewunderung mit. „Und dein Instrument beherrscht du meisterlich."

„Danke", sagte sie und sah verlegen auf ihre Hände.

„Es scheint so zu sein, dass Asura ein natürliches Gespür für Melodie und Rhythmus in sich tragen. Dabei habe ich bis jetzt immer gedacht, das Varuns Talent für Musik nur eine Ausnahme ist."

Überrascht sah Orb auf. „Spielt Varun ein Instrument?", fragte sie.

„Nein, genau wie die Asura hier auf diesem Feld erzeugt auch er die Klänge in seiner Substanz. Ich allerdings spiele auf einem Zupfinstrument, das man Lyra nennt. Allerdings bin ich nicht so gut wie du."

„Ich würde gerne hören, wie die Musik eines erwachsenen Asura klingt."

„Es ist uns eine Freude, Varun liebt es, anderen sein Talent vorzuführen." Ohne auf eine Antwort zu warten, erhob sich Yama in die Luft. Klänge schwebten zum Himmel empor in dunkler Schönheit. Orb stockte der Atem. Varuns Musik war schön, lebendig und voller Emotion, dann, für sie vollkommen unerwartet, begann Jeng zu singen mit einer Stimme, so warm und ausdrucksstark, dass ihr ein Schauer über den Rücken lief.

„Musik schwebt empor auf Engelsschwingen,
einzig für dich, um zu dir vorzudringen.
Dich zu umschmeicheln mit ewigen schönen Klängen,
Dich zu betören, ohne zu bedrängen.

Du scheinst mir klug, du Schöne Sondergleichen.
Ich habe Durst, magst du mir Wasser reichen?"

Da sprach die Devi: „Wer mich begehret, muss seinen
Namen nennen! Dich nehm ich nicht, ohne dich zu
kennen."

„Ich bin ein Göttersohn, doch mich wird nie das
Paradies umfangen. Kein Wunsch bleibt mir, kein
Hoffen, kein Verlangen."

So sagt die Devi: „Trinke Wasser! Und setze dich
daneben. Das, was du wünschst, will ich dir gerne
geben."

„Und die Musik tanzt auf Engelsschwingen,
allein für dich, um Freude dir zu bringen.
Umschmeichelt mit ewigen schönen Klängen,
um zu betören, ohne zu bedrängen."

Die sphärischen Klänge, die das Lied begleiteten,
schwangen noch lange nach. Orb schwieg ergriffen, bis
schließlich Stille eintrat und die Musik endete, erst dann
sagte sie: „So etwas habe ich noch nie gehört. Das war
so schön." Sie seufzte. „Du bist ein großartiger Sänger."

„Danke." Jeng lächelte, dann sog er tief die Luft durch die Nase ein und fragte: „Was ist das für ein betörender Duft?"

Orb schnupperte. Ihre Augen weiteten sich und sie sprang auf. „Das ist der Duft der Somablüten!" Sie eilte zu den jungen Bäumchen und blieb ergriffen davor stehen. „Ich konnte mich kaum mehr an diesen Geruch erinnern. Er ist wundervoll." Orb schloss die Augen und atmete tief ein. „In unserer Kultur gibt es viele Lieder und Gedichte, in denen der Duft des Soma als unwiderstehliches Aphrodisiakum gepriesen wird."

„Hm! Das kann ich verstehen, es ist beinahe berauschend", sagte Jeng und sah sie auf eine Weise an, die ihre Haut zum Kribbeln brachte. Ihr Herz begann, schneller zu schlagen, als er näher trat. Er zog sie an sich in sanfter Umarmung und dabei wanderten seine Hände ihre Wirbelsäule hinauf bis zum Nacken. Dort verweilten sie, als sie er küsste. Die Knie wurden ihr weich bei diesem Kuss. Sie erwiderte ihn gierig und fühlte, wie ihr Geschlecht vor Erregung pochte. Da plötzlich ließ sie eine Abfolge von dissonanten Tönen zusammenschrecken. Orb löste sich aus der Umarmung, wandte sich um und sah Snippy auf dem Tisch, wie er ganz begeistert auf die Tasten ihres Multiphons schlug.

„Geh da weg, Snippy!", schimpfte Orb und ging auf den Asura zu. „Das ist kein Spielzeug, das gehört mir." Das Asurajunge fauchte, als sie versuchte, es zu verscheuchen. Seine Substanz vergrößerte sich und er sprang ohne Vorwarnung drohend auf sie zu. Im ersten Moment wich die Devi erschrocken zurück, doch dann wurde sie wütend. „Werd ja nicht frech, Kleiner. Auf diesem Feld habe noch immer ich das Sagen!", rief sie und baute sich vor ihm auf. Natürlich verstand Snippy nicht, was sie sagte, doch ihre drohende Haltung verstand er sehr wohl. Blitzschnell sprang er vom Tisch und warf dabei das Multiphon herunter. Er flüchtete in die sichere Spalte unter der Bank.

Hinter ihr lachte Jeng schallend. „Nun weiß er ganz sicher, wer hier das Sagen hat."

Orb kicherte. „Es ist gut, dass er das von Anfang an begreift." Sie bückte sich und hob ihr Instrument vom Boden auf.

„Ist es beschädigt?", fragte er.

„Nein, alles was wir Devas herstellen, ist äußerst robust und langlebig. So leicht geht mein Multiphon nicht kaputt, aber einige Kratzer hat es abbekommen", sagte sie und spürte genau, dass der Zauber des Augenblicks vorüber war.

„Ich werde jetzt gehen, Orb."

„Schon?" Ihre Enttäuschung klang in der Stimme mit.

Er sah sie mit diesen seltsamen blauen Augen an und schien einen Moment zu zögern, doch dann sagte er: „Ich glaube, es ist besser. Ruf mich, wenn ich die Asura fortbringen soll. Einer mag noch ganz amüsant sein, aber ein halbes Dutzend …"

Orb nickte und biss sich auf die Lippen. Sie hätte etwas sagen können, aber sie schwieg, doch als Jeng verschwand, fühlte sie einen Stich in ihrem Herzen, schmerzhaft und brennend.

* * *

Die nächsten drei Tage verbrachte Orb mit geschäftiger Routine, während Snippy sie stetig in gebührendem Abstand begleitete. Orb beschäftigte sich jeden Nachmittag mit dem jungen Dämonenkind, sie zeigte ihm Puzzle und Ballspiele oder sang ihm vor, so wie sie es auch bei einem Devakind getan hätte, und genau wie alle

Kinder, schien Snippy die Zuwendung, die sie ihm zukommen ließ, zu genießen.

Immer mehr Knospen brachen mit der Zeit auf und der intensive Blütenduft war so berauschend, dass es ihre Sinne vernebelte. Feenwesen flogen von einer tief violetten Blüte zur nächsten und sammelten den Nektar und Pollen der Somablüten und Orb hörte ihre zarten Stimmchen singen, so leise, dass der Gesang vielleicht auch nur in ihrer Einbildung erklang:

„Nach langer Zeit,
nach tiefstem Leide,
da blüht uns wieder süße Freude.
Soma kehrt zu uns zurück,
groß ist die Hoffnung,
groß das Glück!"

Am vierten Tag weckte sie lautes Gekreische und Geschrei und Orb beeilte sich, zum Feld zu kommen. Als sie das Tor beiseiteschob, entdeckte sie sogleich die Ursache des Gezeters. Ein weiterer Asura hatte sich von seinem Baum gelöst, was Snippy offenbar gar nicht gefiel, denn er schlug erbost auf den Eindringling ein, der sich verbissen wehrte.

„Ihr Zwei, hört sofort auf damit!", rief Orb ihnen zu, ohne dass ihre Worte eine Wirkung erzielten. Eilig lief sie zur Hütte und kam kurz darauf mit dem Besen zurück, um, damit bewaffnet, die beiden Kontrahenten auseinanderzutreiben.

„Schluss jetzt", befahl sie noch einmal, was den Neuling offenbar beeindruckte, denn der wich vor dem Besen zurück, nicht jedoch Snippy, der ihm geschickt auswich, um sich danach nur noch verbissener auf den Eindringling zu stürzen. Orb holte mit dem Besen aus und traf Snippy, der im hohen Bogen einige Meter davonflog. Empörtes Fauchen folgte. Noch einmal drohte ihm Orb mit dem Besen, woraufhin das Junge kehrt machte und in die sichere Spalte unter der Bank flüchtete. „So!", sagte Orb zufrieden, „Jetzt gebt ihr hoffentlich Ruhe." Der Neuling sah in respektvollem Abstand zu ihr auf. Orb grinste gutmütig. „Das war nicht nett von mir, nicht wahr?" Sie beugte sich vor und der Asura wich ängstlich zurück. Orb seufzte und wandte sich ab. Sie wollte gerade mit ihrem Tagwerk beginnen, da hörte sie das Summen eines näherkommenden Himmelswagens und blickte auf.

Skanda

Skanda landete direkt neben Orbs Himmelsschiff, stieg aus und ging zügig auf das ummauerte Feld zu. Das Tor wurde von innen beiseitegeschoben. Orb trat hinaus, verschloss es sorgfältig und eilte ihm entgegen. Skanda mochte sie noch immer und genau deshalb war er gekommen um einen letzten Versuch zu starten, sie zur Vernunft zu bringen. Wie sehr er sie in den vergangenen Monaten vermisst hatte, wollte er sich selbst nicht eingestehen. Er brauchte sie an seiner Seite und konnte es nicht verstehen, warum sie die Gefahr, die von den Asura ausging, nicht erkennen konnte. Jetzt wo sie auf ihn zukam, wusste er wieder, warum er sie liebte. Sie war nett anzusehen, klug und vor allem besaß sie ein freundliches, warmherziges Wesen.

In Gedenken an die vielen schönen Stunden, die er mit ihr zusammen verbracht hatte, war er im Stande, ihr gelassen gegenüberzutreten – er war sogar in der Lage, etwas von dem alten Vergnügen zu empfinden beim Anblick des sanften Wogens ihres Busens, der ihren Overall ausfüllte. Doch als sie näherkam und er ihren besorgten, ja beinahe abweisenden Blick sah, schwand seine Zuversicht.

„Was willst du hier?", fragte sie, ohne ihn zu begrüßen. „Sagtest du nicht, es wäre aus zwischen uns?"

Bleib ruhig, befahl Skanda sich selbst, bevor er antwortete: „Ich möchte noch einmal ganz in Ruhe mit dir reden. Bist du allein?"

„Ja." In ihren Augen war ein Flackern und er kannte sie zu gut, um nicht zu bemerken, dass etwas sie beunruhigte. „Also gut, Skanda, lass uns reden, aber du musst mir versprechen, dass du bereit bist, mir auch zuzuhören." Er erklärte sich einverstanden und Orb lächelte ihn unsicher an, bevor sie sich bei ihm unterhakte und ihn mit sich zog, zu ihrem Schiff.

„Warum gehen wir nicht zum Feld?", fragte Skanda. „Es ist doch so ein schöner Tag. Wir könnten in der Sonne sitzen und du erzählst mir alles, was du mir sagen möchtest."

„Später vielleicht, komm erst mal mit. Ich mach uns einen Tee und dann können wir uns unterhalten."

„In Ordnung." Skanda folgte ihr und war fest entschlossen, sich zurückzunehmen und sie zuerst reden zu lassen.

Er hörte ihr zu und bemühte sich, offen zu bleiben, doch das was sie erzählte, klang vollkommen verrückt und war kompletter Unsinn. Dennoch stellte er fest, dass Orb tief in ihrem Inneren von dem überzeugt war, was sie sagte.

Nach ihren verrückten Äußerungen folgte eine Reihe von Vorwürfen, für die ER sich rechtfertigen sollte.

ER würde das Volk gegen Indra aufhetzen? ER würde mit Halbwahrheiten und Übertreibungen das Volk beunruhigen? Wie absurd!

Doch anstatt sich aufzuregen, überkam Skanda plötzlich eine gewisse Gelassenheit. Er war ein Krieger und manchmal war es in einer Schlacht notwendig, einen kühlen Kopf zu bewahren, denn eins wurde immer deutlicher, Orb würde sich durch nichts und niemanden von ihren Überzeugungen abbringen lassen und das hieß: SIE war der Feind und stand den eigenen Zielen im Weg.

Schließlich erhob er sich mit einem gewinnenden Lächeln und sagte: „Also gut Orb, ich werde mir das, was du erzählt hast, durch den Kopf gehen lassen."

Sie wirkte erleichtert. „Ja, bitte tu das."

„Zeigst du mir jetzt das Feld?"

Ein unsicheres Lächeln umspielte ihren Mund. *‚Sie hat Angst'*, erkannte Skanda. *‚Wovor? Etwa vor mir?'*

„Na gut, gehen wir", sagte sie. „Aber bitte versprich mir nichts Unüberlegtes zu tun."

UNÜBERLEGT? Er war doch kein Kind mehr!

Gerade traten sie aus der Luke ins Freie, da erklang plötzlich ein unerträgliches Kreischen, das vom Feld herzukommen schien. Er wollte hinlaufen, doch Orb hielt ihn fest.

„Das sind nur zwei Asurajungen, die sich streiten", erklärte sie ihm.

Skanda verlor die Fassung, packte Orb fest an beiden Schultern und schüttelte sie. „Es laufen Asura frei auf dem Feld herum?"

„Sie sind jung und vollkommen harmlos. Der Erste hat sich vor vier Tagen von seinem Baum getrennt und heute

Morgen ein weiterer." Sie klang so unbekümmert, als sie das sagte, dass Skanda an ihrem Verstand zweifelte. Er zwang sich ruhig zu bleiben, ließ Orb los und ging auf das Tor zu. Sie folgte ihm und hakte sich wieder bei ihm unter. Wie früher.

Beim Tor angekommen öffnete sie es und schob es ohne Quietschen oder Rattern beiseite nur um es danach sofort hinter sich zu schließen.

An der entgegengesetzten Seite des Feldes entdeckte Skanda sofort die beiden Asura, die verbissen gegeneinander kämpften. Tatsächlich waren sie noch sehr klein. Sie reichten ihm höchstens zum Knie, doch ansonsten glichen sie in allem einem ausgewachsenen Exemplar, schwarz, formlos und aggressiv.

Während Orb einen Besen zur Hand nahm und damit bewaffnet auf die Dämonen zueilte, stand Skanda noch einige Minuten wie angewurzelt da, um die Szenerie zu betrachten. Orb ging mit dem Besen zwischen die streitenden Asura und schimpfte sie aus, als wären es ungezogene Kinder.

Skanda biss die Zähne zusammen und ballte die Fäuste.

‚Es sind Bestien, Orb! Bestien, erkennst du das nicht?‘

Das, was er dachte, sagte er nicht laut. Instinktiv zuckte seine Hand an die Seite. Er ging niemals unbewaffnet aus dem Haus, auch wenn es nur ein Dolch war, den seinen Hände jetzt fest umschlossen, so war es doch ein Dolch aus Götterstahl.

Zügig ging er auf Orb zu, schob sie beiseite, packte blitzschnell einen der verbissen gegeneinander kämpfenden Asura und stach zu.

„Nein", schrie sie entsetzt. „Tu das nicht!"

Doch ihr Einwand kam zu spät. Der Asura zerstob und löste sich vor seinen Augen auf. Der andere fauchte und floh Hals über Kopf in Richtung der Hütte. Skanda folgte. Mit einem kraftvollen Tritt stieß er die Bank beiseite unter der das Geschöpf verschwunden war, dann beugte er sich zu dem Spalt hinab, indem es Zuflucht gesucht hatte. Hinter ihm hörte er Orb hysterisch kreischen.

„Hör auf! Es sind doch Kinder, das darfst du nicht tun."

Skanda schnaubte verächtlich. Kinder? Dieses Biest dort im Spalt hatte nicht die geringste Ähnlichkeit mit einem Kind. Er ging auf die Knie und hielt dabei den Dolch fest in seinen Händen, bereit, jederzeit zuzustechen. Da sprang ihm das Vieh unerwartet entgegen. Davon überrascht wich Skanda zurück, doch er fing sich schnell wieder und stach zu. Der Dolch verfehlte den Asura nur um Haaresbreite. Das Biest flüchtete in Panik auf das Feld hinaus und gab dabei nervenzehrende Schreie von sich. Skanda folgte, so schnell er konnte.

Aus den Augenwinkel sah er, wie Orb zum Tor lief und es beiseiteschob, dann klopfte sie an die schwere Metalltür und erzeugte so ein scheppernd, lautes Geräusch. Sie schrie: „Snippy, Snippy komm zu mir! Hierher, schnell!" Das verdammte Biest reagierte und hielt geradewegs auf sie zu. Skanda rannte, doch der Asura war flink. Bevor er bei Orb ankam und das Tor wieder schließen konnte, rannte es an Orb vorbei auf das offene Gelände hinaus.

Orb jubelte und klatschte in die Hände. „Lauf zum Dschungel! Schnell! Dort kann er dich nicht finden", rief sie dem Biest nach. „Lauf! Lauf! Lauf!" Und der Asura lief, so als hätte er verstanden, dass es um sein Leben ging.

Als Skanda das Tor erreichte, war er rasend vor Wut. Orb stellte sich ihm in den Weg, und er schlug ihr mit dem Handrücken so hart ins Gesicht, dass sie mit dem

Hinterkopf gegen das Tor prallte und zusammensackte. Er ließ sie achtlos liegen und sah dem schwarzen Fleck nach, der inzwischen viel zu weit entfernt war, um ihn noch einholen zu können. Er fluchte, dann wandte er sich ab und Orb zu, die angelehnt an das Tor noch immer auf dem Boden saß.

Eine Mischung aus Unglauben und Verwirrung lag auf ihrem Gesicht, während sie das Blut betrachtete, das aus der Platzwunde am Hinterkopf sickerte, mit dem ihre Hand benetzt war.

Bei diesem Anblick verflog seine Wut schlagartig und wich der Bestürzung. „Es tut mir leid, glaub mir, das wollte ich nicht tun."

Mit weit aufgerissenen Augen sah sie zu ihm auf. Alle Wärme war aus ihren Blick verschwunden und kaltem Zorn gewichen. Orb stand auf.

„Du gehst jetzt auf der Stelle! Ich will dich niemals mehr auf diesem Feld sehen, und falls wir uns doch einmal in Meru begegnen sollten, dann wage es nicht, mich anzusprechen."

Skanda wusste nicht, was er darauf erwidern sollte. Seine Hände zitterten. Das Herz klopfte ihm langsam und schwer in der Brust, sein Mund war so trocken wie eine Wüste, und im Magen hatte er ein flaues Gefühl. Trotzdem wollte er sich nicht einfach umdrehen und fortgehen. Er sagte: „Ich wollte, ich hätte das nicht getan." Seine Stimme klang ruhig und merkwürdig sachlich, doch gleichzeitig traten ihm Tränen in die Augen.

Orbs Züge verhärteten sich und wirkten wie eine undurchdringliche Wand. „Geh einfach!", sagte sie und ihre Stimme klang rau wie der Nordwind an einem stürmischen Winterabend. Da begriff er, dass es nichts mehr zu sagen gab.

Orb Ria

Orb war kalt. Eiskalt. Sie zitterte am ganzen Leib, eine entsetzliche Schmerzwelle explodierte in ihrem Kopf. Kraftlos sackte sie vor dem Tor in sich zusammen, presste beide Hände gegen die Schläfen und weinte bitterlich. Erst geraume Zeit später griff sie, mit steifen klammen Fingern in die Tasche, die neben ihr lag und zog die Tafel heraus. Ihre Finger zitterten, als sie die Worte eintippte:

BITTE KOMM SCHNELL!

Kurz darauf wurde ihr schwarz vor Augen. Orb hatte keine Ahnung, wie lange sie ohne Bewusstsein dort lag, als jemand ihren Kopf anhob und sanft die Haare aus dem Gesicht strich. Ihre Lieder hoben sich und sie sah Augen von unvorstellbar tiefem Blau. Sie waren so groß und so nahe, dass sie das Gefühl hatte, durch sie hindurchzufallen und darin zu ertrinken.

„Was ist dir geschehen?", fragte Jeng und seine Stimme klang besorgt und zärtlich zugleich. Sie schluchzte und war nicht imstande, auf seine Frage eine Antwort zu geben.

„Schon gut", sagte er und schloss sie in seine Arme. „Du bist eiskalt", stellte er fest. Kurz entschlossen hob er sie hoch. „Ich nehme dich mit mir in mein Haus", erklärte er. „Dort kannst du dich ausruhen, und wenn es dir besser geht, erzählst du mir alles."

Sie nickte nur, legte ihren Kopf an seine Brust und schloss die Augen. Kurz darauf spürte sie, wie sie behutsam ins Bett gelegt wurde und er eine Decke über sie warf. Sie rollte sich zur Seite und schlief sofort ein.

Als sie erwachte, lag sie noch einige Zeit da, denn sie fühlte sich zu kraftlos, um aufzustehen.

„Bist du wach?", fragte jemand im Flüsterton.

„Ja", sagte sie und setzte sich auf.

„Hungrig?"

„Sehr."

„Gut, dann komm. Setz dich an den Tisch, ich hole das Essen und dann erzählst du mir alles, was passiert ist."

Jeng stellte eine Kanne Tee auf den Tisch, dann verschwand er in der Küche und kam mit zwei dampfenden Tellern zurück.

Wie alles was Jeng kochte, war die Mahlzeit ungewohnt und sehr einfach, doch sie schmeckte vorzüglich. Während sie aßen, berichtete Orb langsam und zögernd von dem, was sich auf dem Feld zugetragen hatte. „Du musst wissen, dass ich Skanda das niemals zugetraut hätte." Sie brach ab und fühlte sich mit einem Mal hilflos. Sie wusste noch, was sie sagen wollte, doch es fiel ihr schwer, das in Worte zu fassen und es kostete sie große Anstrengungen, fortzufahren. „Ich habe ihn geliebt, viele, viele Jahre lang. Niemals zuvor hat er mich geschlagen." Sie hielt inne und wischte sich mit einer Hand die Tränen aus dem Gesicht.

„Orb", sagte Jeng und legte seine Hand auf ihr Handgelenk. Die blauen Augen blickten unverwandt in ihre. „Manchmal ist die Furcht vor bestimmten Dingen übermächtig, sodass man nicht mehr in der Lage ist, einen anderen Standpunkt einzunehmen, als den, der von diesen Ängsten beherrscht wird. Skanda kann die Asura nur als Monster wahrnehmen, und da ist es egal, wie jung sie noch sind. Es ist bestimmt nicht deine Schuld, was auf dem Feld passiert ist."

Sie stimmte ihm zu und nickte. Nach wie vor lag seine Hand auf ihrem Handgelenk. „Weißt du", sagte sie. „Ich habe so viele schöne Erinnerungen, wenn ich an ihn denke, und ich weiß, dass es ihm wirklich leidtat, dass er mich geschlagen hat. Ich konnte sehen, wie er dabei vor sich selbst erschrak."

„Warte erst einmal ab, wie die Devas sich in der Somafrage entscheiden werden", riet ihr Jeng. „Sollten sie auch, wie Skanda, der Meinung sein, dass die Asura getötet werden müssen, sobald sie sich von den Bäumen trennen, wäre das zwar enttäuschend, aber zumindest wüssten wir dann, woran wir sind. Möglicherweise schließen sie sich aber auch Indras Meinung an, wer weiß."

Wieder nickte sie, brachte aber kein Wort heraus, ihre Kehle war wie zugeschnürt. Die Augen füllten sich erneut mit Tränen. „Ich wollte nicht, dass es so zu Ende geht", schluchzte sie. „Er wird mir fehlen."

„Ich weiß." Er hielt sie fest, um ihr so viel Trost zu spenden, wie sie benötigte.

Orb sah zu ihm auf. „Und weißt du auch, dass ich die ganze Zeit Gewissensbisse hatte, weil ich mit dir geschlafen habe?"

„Ja, auch das weiß ich", sagte Jeng ganz ruhig. „Aber du weißt sicher auch, dass ich nicht der Grund für eure Trennung bin."

„Indirekt vielleicht schon. Wenn …" Orb brach den Satz ab. Jeng sah sie fragend an. „Wenn ich mich nicht so sehr für die Jungen und für dich eingesetzt hätte, dann …"

Er unterbrach sie: „Hättest du das tatsächlich gewollt?"

„Nein, aber am Anfang habe ich dasselbe gedacht wie Skanda", erklärte sie beschämt. „Auch ich hätte die Asura bedenkenlos getötet, sobald sie für die Entwicklung des Soma nicht mehr nötig gewesen wären, erst viel später habe ich erkannt, wie falsch das ist."

„Wenn dich die Trennung so sehr schmerzt, könntest du zu ihm gehen und nochmals ein Gespräch suchen. Du könntest ihm sagen, dass du die Entscheidung des Großen Rates vorbehaltlos akzeptieren wirst, wie auch immer die Entscheidung ausfallen mag. Wenn er darauf eingehen sollte und dir desgleichen verspricht …"

„Nein", widersprach sie. „Ich werde nicht, nur um meine Beziehung zu retten, gegen meine Überzeugungen handeln. Die Grundlage der Beziehung gründete auf Vertrauen und das hat er durch sein Handeln zerstört."

Jeng drückte tröstend ihre Hand, nickte zustimmend, sagte aber kein Wort.

„Weißt du", sagte sie, „Ich fühle mich nicht mehr sicher so allein auf dem Feld. Was, wenn Skanda zurückkommt, um weitere Asura zu töten?"

„Und ich kann keine Asura zu ihrem Schutz nach Nirva bringen."

„Aber könnte man nicht die Naga um Hilfe bitten? Hat Manassa dir das nicht angeboten?"

„Das hat sie in der Tat, doch möchte ich sie nicht in diesen Konflikt einbeziehen."

„Verstehe."

„Wenn du es möchtest, könnte ich mit meinem Kundschafter das Feld im Auge behalten. Würdest du dich dann sicherer fühlen?"

„Ja, das würde ich."

„Gut dann werde ich das tun", versprach Jeng.

Orb war erleichtert und stand auf. „Wenn du erlaubst, werde ich mir kurz das Blut aus den Haaren waschen."

„In Ordnung, in der Zeit räume ich den Tisch ab. Danach bringe ich dir ein Handtuch."

Den Rest des Tages blieb sie bei ihm und, als er sie fragte, ob sie auch über Nacht bleiben wollte, sagte sie ja. Sie legte sich zu ihm, rückte näher an ihn heran und legte den Kopf auf seine Brust, dann hörte sie zu, wie sein Herz ganz ruhig schlug, bis er die Augen öffnete und sie ansah. Ohne nachzudenken, küsste sie ihn und fühlte, dass daran nichts Falsches war. Nein, es war richtig. Jeng erwiderte den Kuss auf eine Weise, die ihr Blut in Wallung brachte. Sie schmiegte sich an ihn und ihre Hände glitten begehrlich über seine Brust, abwärts, tiefer bis zu seinem Geschlecht. Spontan richtete sie sich auf und schlang geschmeidig wie eine Katze die Beine um ihn. Sie war feucht und glitschig wie ein Fisch, sodass sein Gemächt fast wie von selbst seinen Weg in ihre Öffnung fand. Genießerisch schloss sie die Augen, während sich ihr Becken bewegte. Sie spürte seine Hände auf ihrem Gesäß, die ihr den Rhythmus vorgaben. Er bewegte sich mit der gleichen Geschmeidigkeit und wusste dabei genau, wie er sie erregen konnte. Er ließ von ihrem Po ab, stattdessen suchten seine Finger die Klitoris und drückten mit sanfter Gewalt dagegen. Orb stöhnte und atmete schneller. Sie beugte sich vor und schlang ihre Arme um seinen Hals, dabei küsste sie ihn gierig. Jeng richtete sich auf. „Festhalten, meine Schöne", sagte er und lachte dabei. Er drehte sie auf den Rücken und dann tat seine Zunge da unten Dinge, an die sie nie auch nur gedacht hatte. Ihr Orgasmus war so überwältigend, dass sie sich unkontrollierbar wand und zuckte. Sie rief seinen Namen und hatte keinen Zweifel mehr, dass es gut und richtig war, ihn zu lieben.

Indra

Indra schüttelte fassungslos den Kopf und brauchte etwas Zeit um sich zu beruhigen, nachdem er Skandas neuste Hetzschrift gelesen hatte.

Die Stimmung in Meru war inzwischen so aufgeheizt, dass er den Palast kaum mehr verlassen konnte, ohne auf den Straßen auf entrüstete Bürger zu treffen, die ihrem Unmut lauthals Luft machten, sobald sie ihn sahen. Die Respektlosigkeit, mit der sie ihm dabei begegneten, hätte Indra niemals für möglich gehalten.

Die Debatten im Großen Rat begannen in vier Tagen und es war höchste Zeit, Yama darauf vorzubereiten.

Er tippte eine kurze Botschaft an ihn ein und bat um ein persönliches Treffen. Yamas Antwort ließ nicht lange auf sich warten:

Heute Nachmittag begebe ich mich auf das Feld, um von dort aus nach dem verschwundenen Asurajungen zu suchen. Du kannst mich begleiten, wenn du möchtest.

Er runzelte die Stirn, am Nachmittag hatte er eine gemeinsame Jagd mit seinem Freund Matali geplant, um der angespannten Lage in der Stadt für einige Stunden entkommen zu können. Matali würde enttäuscht sein,

153

wenn er ihm wieder einmal absagen musste. Kurz entschlossen zog er die Tafel zu sich heran.

,*Fragen kostet ja nichts*', dachte er und tippte:

Am Nachmittag bin ich bereits mit Matali zur Jagd verabredet und ich möchte ihn nur ungern enttäuschen. Ich denke, ich könnte ihn aber dazu überreden, mich zum Feld zu begleiten, dann müsste ich ihm nicht absagen. Wärest du damit einverstanden?

Zwar war Yama nicht sonderlich erfreut gewesen, als er anstelle von sich selbst, Matali zum Feld gesandt hatte, doch er hoffte, dass sein Unmut in der Zwischenzeit verflogen war. Auch dieses Mal dauerte es nicht lange, bis Yama ihm eine Antwort sandte:

Ich erwarte Matali und dich am Nachmittag zur Jagd auf den entflohenen Asura!

Ein zufriedenes Lächeln flog über Indras Gesicht. Eins musste man sagen, Yama war keineswegs nachtragend.

Yama

Varun stand dicht neben der Devi, als das Himmelsschiff des Königs auf den Boden aufsetzte. Der Rumpf glänzte goldfarben in der Sonne und an den Seiten prangte unübersehbar Indras Wappen: ein weißer Elefant mit drei Köpfen.

„Am liebsten würde ich euch begleiten", sagte Orb. „Du wirst Snippy doch nicht wehtun?"

Varun betrachtete sie von der Seite. „Wehtun? Nein, seine Spur ist noch frisch, ich kann ihr mühelos folgen, und wenn ich ihn finde, wird mein Ruf ihn zwingen, zu mir zu kommen."

Die Außenluke öffnete sich und zwei Gestalten traten nacheinander ins Freie. Indra schloss Orb zur Begrüßung in seine Arme. „Es ist so schön, dich zu sehen. Geht es dir gut?", fragte er.

„Ja, soweit geht es mir gut", erwiderte sie und nickte.

Auch Matali begrüßte sie mit einer Umarmung. „Indra hat mich auf den Weg hierher über das, was geschehen ist, ins Bild gesetzt. Es tut mir so leid. Skanda und du ihr ward doch so lange ein Paar."

„Ja", bestätigte die Devi, „für eine sehr lange Zeit."

„Du kannst froh sein, dass du im Moment nicht in Meru bist", sagte Indra. „Seit Skanda seine Hetzschriften verbreitet und damit das Volk aufwiegelt, wird die Stimmung in der Stadt von Tag zu Tag feindseliger."

„Versuchst du seine Behauptungen denn nicht zu entkräften?", fragte Yama dazwischen.

Indra wandte sich ihm zu, um nun auch ihn zu begrüßen. „Zumindest habe ich das versucht", erwiderte er. „Skanda hat jedoch ein Talent meine Stellungnahmen zu verdrehen und dem Volk sofort weitere Unwahrheiten als Fakten zu präsentiert." Der König seufzte. „Aber lass uns später darüber reden." Ein gequältes Lächeln huschte über sein Gesicht und er wechselte das Thema. „Wenn es dir recht ist, möchte ich jetzt gleich aufbrechen, um nach dem geflohenen Asura zu suchen.

Vielleicht bleibt uns dann später noch etwas Zeit für die Jagd."

„Seine Spur ist noch frisch, ich kann ihr mühelos folgen", sagte Varun und ließ sich auf alle Viere nieder.

„Gut." Indra wandte sich von ihm ab. „Wir haben zwei Jalans dabei, außerdem habe ich Proviant mitgebracht, damit wir uns später ein wenig stärken können." Er öffnete den hinteren Teil seines Fluggefährts und führte seinen Laufvogel am Halfter hinaus.

Matali dagegen musste alle körperliche Kraft aufbieten, um sein eigenes Jalan zu bändigen. Es schlug wild mit den Flügeln und versuchte, sich loszureißen. Er fluchte. „Verdammt, was ist los mit dir, Putri?"

„Yama macht ihr Angst", vermutete Indra. „Gupti war bei der ersten Begegnung mit ihm genauso nervös. Aber das hat sich offenbar gelegt." Wie zur Bestätigung krächzte das Tier lauthals. Indra saß auf, während Matali seinen Vogel noch immer zu beruhigen versuchte.

„Ich habe Wein, Gewürze und Brot mitgebracht", sagte Yama. „Ich dachte, wir könnten unsere Jagdbeute später über dem Feuer zubereiten."

„Das ist …" Indra brach den Satz ab und sah kurz zu Matali hinüber, bevor er fortfuhr: „Normalerweise bringen wir das Wild nach erfolgreicher Jagd nach Meru zurück, dort übergeben wir es der Küche, die es für uns zubereitet. Deinen Vorschlag halte ich aber für keine so schlechte Idee. So könnte dich mein Freund etwas besser kennenlernen."

„In meiner Position kann ich Verbündete gut gebrauchen."

„Sprecht ihr über mich?", rief Matali dazwischen.

„Yama schlägt vor, einen Teil unserer Jagdbeute gleich hier auf dem Feld zuzubereiten", wiederholte Indra.

„Aha!", sagte Matali geistesabwesend, während er sich auf den Rücken seines widerspenstigen Laufvogels schwang. Er ruckte kräftig am Zügel. „Schluss jetzt, Putri!" Der energische Ton zeigte Wirkung und der Vogel stand still. „So ist's brav", lobte er und tätschelte ihm den Hals. „Meinetwegen kann's losgehen." Matali grinste breit und sah dabei seinen Freund auffordernd an.

„Da Yama die Spur des Asura wahrnehmen kann, wird er uns führen."

„Ich freue mich schon auf eure Rückkehr und wünsche euch viel Erfolg", sagte die Devi.

„Bis später", knurrte Varun, dann spurtete er ohne Vorwarnung los. Jengs Tadel ließ nicht lange auf sich warten. *Das war sehr unhöflich, Varun.*

„Pah! Dieses Getue nervt mich. Später bleibt noch genügend Zeit für Geschwätz." Er sah zurück. *„Im Übrigen folgen sie mir schon nach."*

Am Waldrand angekommen, stoppte er und wartete, bis die Devas zu ihm aufschlossen. Er wandte sich ihnen zu. „Hier ist der Asura ins Dickicht eingedrungen. Um ihm folgen zu können, müsste ich uns an dieser Stelle einen Weg hindurchschlagen. Ich denke aber, bevor ich das tue, ist es besser die Naga über unser Vorhaben zu informieren und Manassa um ihre Erlaubnis zu bitten." Varun zog seine Tafel aus der Substanz hervor, doch, noch bevor er eine Nachricht eingeben konnte, fragte jemand: „Seid Ihr gekommen, um nach dem kleinen Asura zu suchen?" Verwirrt versuchte Varun im Blättergewirr die Naga zu entdecken, die ihn ange-sprochen hatte, aber erst, als sie sich bewegte und sie sich von einem Ast zu Boden gleiten ließ, sah er sie.

„Ja, aus diesem Grund sind wir hier", bestätigte er.

„Ich habe ihn gesehen und ein Stück weit verfolgt. Wenn Ihr es wünscht, zeige ich Euch die Stelle, wo ich ihn aus den Augen verloren habe", bot die Naga ihm an.

„Das wäre äußerst freundlich", mischte sich Indra in das Gespräch ein. „Yama wollte gerade Eure Königin um Erlaubnis bitten, Euer Territorium für die Suche nach dem Asura betreten zu dürfen."

„Für die Suche nach einem entlaufenen Kind benötigt Ihr das Einverständnis unserer Königin nicht. Später, wenn Ihr den Asura gefunden und eingefangen habt, werde ich die Königin über alles in Kenntnis setzten."

„Gut, geh vor, wir folgen dir", entgegnete Varun.

Die Naga nickte ihm freundlich zu, bevor sie sich umwandte und zwischen den riesigen verschlungenen Wurzeln eines Baumes verschwand.

„Mist", fluchte Matali und saß ab. „Reiten können wir da wohl vergessen. Er hielt Putri an den Zügeln fest und ging der Naga nach, Indra und Varun folgten. Im Zwielicht der Bäume wurde es langsam dunkler. Varun sah nach oben, konnte aber durch das Blattgewirr den Himmel nicht mehr erkennen.

„Die Spur führte genau durch das Dickicht, doch die Naga führt uns davon weg", sagte Varun in Gedanken zu Jeng.

„Sie zeigt uns die Stelle, an der sie Snippy zuletzt gesehen hat, dort solltest du die Spur dann wiederfinden", erwiderte Jeng zuversichtlich.

„Vorausgesetzt, sie will uns nicht täuschen."

„Und warum sollte sie das wollen? Wirklich, du bist viel zu misstrauisch, Varun."

Der Pfad wurde breiter, sodass Indra und Matali wieder aufsitzen konnten. So kamen sie schneller voran.

Die Jalans sprangen anmutig über Wurzeln und Büsche hinweg, dabei wirbelten sie den Nebel auf, der in dichten

Silberschichten über dem Boden hing. Sie folgten ihrer Führerin, bis diese stehenblieb und sich zu ihnen umwandte. „Das ist die Stelle", sagte sie. „Bis hierher habe ich den Asura verfolgen können."

Varun sah sich die von ihr angezeigte Stelle genau an. Die Spur führte tief hinein in das wild verschlungene Wurzelgewirr eines toten Baumriesen. Die geschwärzte, trockene Rinde war morsch und bröckelte.

„Hm! Es ist schwer, da durchzukommen", stellte Matali fest.

„Das müssen wir vielleicht nicht", erwiderte Varun. „Für einen jungen, verängstigten Asura ist dieser Baum sicher ein ideales Versteck."

„Du meinst, er ist noch da drin?"

„Vielleicht, das werden wir gleich wissen." Varun trat zwei Schritte vor und befahl: „Komm zu mir, Snippy!"

Hinter ihm prustete Matali laut los. „Snippy? Soll das etwa sein Name sein?"

„Ich fand diesen Namen auch unpassend. Orb Ria hat ihn so genannt."

„Snippy der Schreckliche", scherzte Matali und ignorierte dabei Indras mahnenden Blick. „Snippy der Grausame, der erbarmungslose Snippy, der Un …"

„HÖR AUF!" Drohend baute Varun seine Substanz zur vollen Größe aus. Ein Grollen erfüllte die Luft, das Matali tief in der Magengrube spürte. „Wieso gibst du ihm solche Beinamen? Glaubst du, Asura müssen grausam, schrecklich oder unbarmherzig sein? Warum nicht: Snippy der Gütige, der Mutige oder Ehrliche Snippy? Orb nannte ihn so, weil sie ihn mochte und ihn niedlich fand. Sie weiß, dass er noch jung ist. Er kann Güte und Freundlichkeit lernen, falls man ihm freundlich und mit Güte begegnet. Jedenfalls bin ich fest davon überzeugt. Aber nur wenn man ihm nicht bereits jetzt einen Stempel aufdrückst, so wie du es offenbar tun möchtest."

Betroffen hob Matali die Hände. „Es tut mir leid. Ich entschuldige mich für meine unbedachten Worte und meinen dummen Scherz."

„Ich nehme deine Entschuldigung an, weil ich weiß, wie es gemeint war." Varun wandte sich wieder dem toten Baum zu. „Er ist irgendwo da drin, da bin ich mir sicher. KOMM ZU MIR!", befahl er noch einmal und konzentrierte sich ganz auf die Spur, die in das düstere Wurzelgeflecht hineinführte. Etwas bewegte sich auf ihn zu. „Komm her, Kleiner", wiederholte er.

„Ama?", klang es fragend aus der Dunkelheit.

„Ja, Yama ruft dich zu sich", bestätigte Varun. Der kleine Asura kam näher und fing an zu plappern: „Ama, Ma, Ammama, Mama."

Indra, der hinter Varun stand, begann schallend zu lachen. „*Mama*? Da haben wir's, der Asura hat seine Mutter erkannt." Die Naga und Matali ließen sich von Indras plötzlicher Heiterkeit anstecken und lachten amüsiert.

Varun drehte sich zu ihnen um. „Ich habe ein sehr fürsorgliches Wesen", sagte er mit Nachdruck, was für weitere Heiterkeit sorgte.

Inzwischen war Snippy aus dem Wurzelgewirr herausgekrochen. Folgsam stand er vor seinem Herrn und sah zu ihm auf. Der junge Asura hatte sich verändert, seine Substanz war nicht mehr formlos wie zuvor und er bewegte sich geschickt auf vier Beinen vorwärts. Seine Gestalt ähnelte jetzt entfernt an das eines grotesk entstellten Äffchens.

Matali deutete auf ihn und prustete los: „Tatsächlich, jetzt kann ich es auch erkennen. Snippy ist ein niedliches Kerlchen, den nur eine Mutter lieben kann."

Seine Worte führten zu weiteren Lachsalven. Snippy sah verständnislos zu ihnen auf. Ohne zu ahnen, was Lachen bedeutet, ahmte er das Geräusch nach, es klang hoch, schrill und leicht verzerrt, was weiteren Anlass zur Heiterkeit bot.

„Das reicht jetzt! Schluss damit!", knurrte Varun. Snippy verstummte sofort, während Varuns Worte auf alle übrigen keine Wirkung hatte.

„Gib schon zu, diese Situation ist sehr komisch", sagte Indra noch immer heiter und beugte sich zu Snippy hinab. „Bitte Snippy, sag noch einmal Mama für mich."

„Mama?"

„Sehr gut", lobte er, „und kannst du auch Indra sagen?"

„Ina!"

„Bravo." Der Gott grinste breit. „Und darf ich dir vorstellen? Dies ist mein Freund Matali. Kannst du das auch sagen? Matali?"

„Ma, … Ma … ali."

„Der Kleine ist sprachbegabt, ohne Zweifel", stellte Indra fest und war beeindruckt. „Dabei hat er sich erst vor ein paar Tagen von seinem Baum getrennt."

„Ja", bestätigte Varun, „ich habe auch den Eindruck, dass er recht clever ist. Orb möchte ihn gern noch eine Weile bei sich behalten, um zu sehen, wie er sich unter ihrer Aufsicht entwickelt. Und ich möchte ihn nur ungern mit in die Unterwelt nehmen."

„Wieso das?", fragte Matali dazwischen.

„Weil diese Welt ihre natürliche Heimat ist und weil sie in der Unterwelt auf sich allein gestellt wären, dort wird sich niemand um sie kümmern oder sich die Mühe machen ihnen etwas beizubringen."

„So wie es aussieht, kann ich im Moment nur wenig für die Jungen tun", meinte Indra. „Wir müssen abwarten, wie sich die Mehrheit der Devas entscheiden wird und hoffen, dass sie sich meiner Argumentation anschließen. Ihnen jetzt vorzuschlagen, die jungen Asura auf Nirva zu belassen, halte ich für sehr unklug."

„Arrr, lassen wir dieses Thema", sagte Varun. „Ich werde mit Snippy zum Feld zurückkehren."

„Ich dachte, du wolltest dich an der Jagd beteiligen", sagte Indra und klang ein wenig enttäuscht.

„Und was ist mir Snippy, soll er uns auch begleiten?", fragte Varun.

Der Gott betrachtete den Asura nachdenklich und nickte schließlich. „Natürlich, daran habe ich nicht gedacht. Bring ihn zum Feld, wir kommen später nach."

Snippy folgte ihm ohne Widerstand, doch als Varun aus dem Zwielicht des Dschungels heraustrat, zögerte er und erstarrte. Der wolkenlose Himmel tauchte die Ebene in grelles Licht. Nur wenige, vereinzelt stehende Bäume und Büsche versprachen noch Deckung und Schutz.

„Er hat Angst", vermutete Jeng.

„Wahrscheinlich." Varun musterte den kleinen Asura und sagte: „Solange ich in deiner Nähe bin, hast du keinen Grund, dich zu fürchten. Doch so oder so, musst du mir folgen."

„Glaubst du, er versteht, was du sagst?", fragte Jeng.

„Woher soll ich wissen, was und wieviel er versteht? Doch er spürt meinen Willen. Siehst du?"

Snippy trat aus der schützenden Deckung heraus ins Freie und kam geduckt auf ihn zu. „Gut so", lobte Varun, drehte sich um und setzte seinen Weg fort.

Die anfängliche Scheu des Jungen vor dem offenen Gelände hielt jedoch nicht lange an und schon bald begann Snippy Schmetterlinge und Käfer zu jagen, die zahlreich um ihn herumflogen. Als dann plötzlich einige im Gras versteckte Diamanthühner aufflogen, die

Snippy aus ihrem Versteck aufgeschreckt hatte, sprang er hoch und erwischte einen Vogel mitten im Flug.

Varun lachte. „Offenbar wäre er doch lieber mit Indra und Matali zur Jagd gegangen."

„Ja, diese Hühner wären außerdem ein gutes Abendessen", bemerkte Jeng.

„Komm Kleiner! Bring mir das Hühnchen!", befahl Varun. Folgsam legte Snippy seine Beute vor ihm ab. „Das hast du gut gemacht", lobte er. „Hol mir noch eins!" Der Asura gab einen erfreuten Laut von sich, bevor er im hohen Gras verschwand.

„Nie zuvor habe ich einen Asura erlebt, der seine Freude so deutlich zeigt wie Snippy", bemerkte Jeng.

„Natürlich nicht, erwachsene Asura haben gelernt, dass es besser für sie ist, ihre Gefühle vor anderen zu verbergen, ganz besonders die Freude."

„Aber warum?"

„Wer sich so offensichtlich freut, zieht schnell den Neid Anderer auf sich und diesen bekommt er dann zu spüren. Es gibt in der Unterwelt wenig, über das sich ein Asura freuen könnte und diese Momente teilt er mit niemandem."

„Die Jungen kennen diese Art Missgunst aber noch nicht."

„Nein, mit der Vertreibung aus unserer Heimat wurde uns alle Freude und Schönheit genommen. Kannst du es ihnen da verdenken, dass sie zornig sind?"

Snippy brachte einen weiteren Vogel und legte ihn neben dem anderen ab. Varun lobte ihn erneut und schickte ihn wieder fort. Während Snippy davonschoss, nahm Varun die beiden Vögel auf. Das bunte Gefieder der Tiere leuchtete in der Sonne so prächtig und bunt wie Edelsteine.

„Ich hoffe, die schmecken so gut, wie sie aussehen", sagte Jeng.

„Du wirst es herausfinden." Varun zog die Hühner in seine Substanz ein und ging langsam weiter. Bevor er das Feld erreichte, brachte Snippy ihm noch drei weitere Vögel und jedes Mal lobte Varun ihn dafür.

„Vielleicht sollten wir ihn für das Töten der Tiere nicht allzu sehr loben", gab Jeng zu bedenken.

„Warum nicht? Du jagst doch auch."

„Ja, um sie zu essen. Snippy braucht diese Art Nahrung aber nicht. Wenn du dieses Verhalten lobst, bringst du ihm bei, Spaß am Töten anderer Lebewesen zu empfinden."

„Ich lehre ihn, dass es Freude macht, mir zu dienen und ich bringe ihm bei, mir zu vertrauen", widersprach Varun.

„Na gut, nur solltest du bedenken, wie jung er noch ist. Alles, was er jetzt lernt, wird prägend sein für später."

Am Feld angekommen, schob Varun das Tor beiseite und ließ den kleinen Asura ein.

Als Snippy die Devi entdeckte stürmte er, unter lauten „Orb" rufen auf sie zu. Es war offensichtlich, dass er erfreut war, sie zu sehen. Ausgelassen sprang er um sie herum und hörte dabei nicht auf, sie beim Namen zu nennen.

„Da bist du ja wieder", begrüßte sie ihn. „Ich freue mich, dich wiederzusehen. Geht es dir gut? Hast du mich vermisst?" Snippy vollführte übermütig Pirouetten in der Luft und wiederholte immer wieder ihren Namen. Die Devi lachte.

Varun sah dem Treiben für eine Weile amüsiert zu, dann trat er zurück, um es Jeng zu überlassen, sie angemessen zu begrüßen. Als er Orb in seine Arme schloss, hörte Snippy abrupt auf, um sie herum zu springen und sah zu ihnen auf.

„Wo sind Indra und Matali?", fragte die Devi.

„Noch auf der Jagd."

„Ich dachte, du würdest sie begleiten."

„Ich hielt es für besser, mit Snippy hierher zurückzukehren, aber wir haben unsere eigene Jagd abgehalten. Sieh her!" Jeng zog die fünf Diamanthühner hervor. „Die hat Snippy ganz allein für uns gefangen."

Orb runzelte missbilligend die Stirn. „So was solltest du ihm nicht beibringen."

„Wenn wir Indra begleitet hätten, hätte er nichts anderes gesehen, nicht wahr?"

Sie zuckte mit den Schultern. „Mag sein. Er musste auch schon mit ansehen, wie Skanda seinen Artgenossen ermordet hat."

„Genau, und auch bei der Auseinandersetzung mit den Naga war er dabei. Wer weiß, was ihm davon im Gedächtnis geblieben ist." Jeng sah zur Hütte hinüber. „Wie ich sehe, hast du bereits Holz aufgeschichtet, dann werde ich jetzt mit den Vorbereitungen für das Abendessen beginnen."

„Ist das nicht zu früh?"

„Nein, bevor ich die Hühner zubereiten kann, müssen sie noch ausgenommen und gerupft werden. Das alles wird seine Zeit brauchen."

„Na gut, das überlasse ich dir. Ich habe wenig Ahnung vom Kochen und weiß noch viel weniger darüber, wie man die Tiere ausnimmt oder rupft. Inzwischen werde ich mich weiter um meine Arbeit kümmern. Übrigens, es haben sich heute noch vier weitere Asura von ihren Bäumen getrennt."

„So?" Jeng sah sich um. „Ich kann keinen Einzigen von ihnen entdecken und hören kann ich sie auch nicht. Müssten sie sich nicht streiten?"

„Oh, das haben sie getan und ich habe sie immer wieder mit dem Besen auseinander getrieben, doch das hat immer nur kurzfristig geholfen. Schließlich habe ich es aufgegeben und sie einfach machen lassen. Und dann, für mich vollkommen unerwartet, hörten sie plötzlich auf, sich zu streiten. So, als ob sie sich auf einen Waffenstillstand geeinigt hätten."

„Sie haben wahrscheinlich um die Rangordnung und um ein Revier auf dem Feld gekämpft", vermutete Jeng.

„Ja, vielleicht. Jedenfalls liegen sie jetzt als formlose Lache flach auf dem Boden. Ich glaube, sie schlafen."

„Asura schlafen nicht, doch sie ruhen sich auf diese Weise aus, was dem Schlaf sehr nahe kommt. Allerdings fürchte ich, dass der Frieden nicht mehr lange hält, jetzt, wo Snippy wieder da ist."

Orb seufzte resigniert und verschränkte die Arme vor der Brust. „Jedenfalls werde ich mich nicht mehr einmischen, wenn sie sich streiten."

Beide sahen sie den jungen Asura an, der still da saß und zu ihnen aufschaute. „Also gut, Snippy", sagte Jeng schließlich zu ihm. „Du kommst mit mir. Lassen wir Orb ihre Arbeit machen." Er wandte sich ab, legte die Hühner auf den Tisch und begann damit, das erste Tier zu rupfen. Snippy hüpfte von der Bank auf den Tisch, um besser sehen zu können, was Jeng tat. Neugierig stupste er eines der toten Hühner an, so als erwartete er, dass sie wieder zum Leben erwachten und davon flögen.

„Die Vögel sind tot", erklärte Jeng, obwohl er sich sicher war, das der junge Asura kein einziges Wort von dem verstand, was er sagte. „Leben nährt sich von Leben und bringt wiederum neues Leben hervor. Du hast den

Vögeln das Leben genommen und ich werde sie jetzt zubereiten, damit ihr Tod nicht sinnlos war."

Seine Erklärung lief sichtlich ins Leere. Snippy griff in das Federkleid eines Vogels, rupfte ihm einige Federn aus und warf sie dann übermütig in die Luft, wo sie von einer Windböe erfasst, davonflogen. Daraufhin sprang er vom Tisch und jagte ihnen hinterher. Jeng sah ihm nach und kam sich plötzlich furchtbar albern vor. Im Kopf spürte er Varuns amüsiertes Kreisen. *„Lach du nur"*, dachte er.

„Das war der nutzloseste Vortrag, den du je gehalten hast", entgegnete Varun.

„Vielen Dank."

„Du hättest ihn auch gleich an die toten Hühner richten können, und, wenn du schon dabei bist, solltest du dich noch dafür entschuldigen, dass sie tot sind."

Jeng seufzte und konzentrierte sich nun ganz darauf, die Vögel von ihrem Federkleid zu befreien. Als er damit fertig war, nahm er ein Messer zur Hand und schlitzte den Tieren den Bauch auf, um ihnen die Innereien zu entnehmen. Die Leber und das Herz legte er auf einen Teller und den Rest warf er in eine Schüssel unter den Tisch. Danach entzündete er das Lagerfeuer. Snippy kam zu ihm und schaute interessiert zu, wie sich die schmale Flammenzunge langsam vergrößerte.

„Das nennt man Feuer", erklärte Jeng.

Vorsichtig streckte Snippy ein Substanzärmchen aus und tastete neugierig in die Flammen. „Feu?"

„Feuer."

„Feu Er, Feu Errrr!" Ganz offensichtlich war er von den auflodernden Flammen fasziniert.

„Du darfst dir das anschauen, aber nicht damit spielen", ermahnte ihn Jeng und kehrte zum Tisch zurück, während der Asura vor dem Feuer wie gebannt sitzen blieb. Er behielt ihn im Auge, während er getrocknete Aprikosen in feine Würfel schnitt, danach mörserte er schwarzen Pfeffer, hackte Thymian, Rosmarin und Knoblauch ganz fein und zerrieb dann alles zusammen mit Salz und Olivenöl zu einer feinen Paste.

Er rieb gerade das Fleisch mit der Marinade ein, als Snippy plötzlich mitten durch das Feuer schoss. Die brennenden Holzscheite flogen zur Seite und entzündeten das trockene Gras ringsherum, während Snippy sich auf einen Artgenossen stürzte, der unbemerkt nähergekommen war.

Jeng fluchte und hastete um den Tisch herum. „Hört auf, sofort!", befahl er den Streitenden. Die beiden Asura erstarrten mitten im Kampf. Jeng sammelte hektisch die brennenden Scheite auf und legte sie zurück auf die Feuerstelle. Danach löschte er die Brandherde, die sich im trockenen Gras rasend schnell ausbreiteten. Aus dem Augenwinkel sah er Orb auf sich zu rennen. Er richtete sich auf und sagte: „Es ist alles in Ordnung, ich habe das Feuer unter Kontrolle."

„Wenn du nicht aufpasst, stecken sie noch das ganze Feld in Brand."

„Ich habe aufgepasst", erwiderte Jeng. „Da es ihnen nichts anhaben kann, fürchten sich Asura nicht vor Feuer. Sie können sich deshalb kaum vorstellen, wie verheerend es sich auswirken kann."

„Vorsichtshalber werde ich hier bleiben und dir helfen, sie im Auge zu behalten", sagte Orb und lächelte ihm zu.

„Indra und Matali sind bereits auf dem Weg hierher und werden bald eintreffen, und ich bin mit meinen Vorbereitungen fast fertig."

„Woher? …. Ah! Dein Bote."

„Stimmt", bestätigte Jeng, „mein Bote hat die Jagd verfolgt, aber nur um den richtigen Zeitpunkt herauszufinden, um das Feuer zu entzünden, nicht um ihnen nachzuspionieren, falls du das glauben solltest."

Das Erstaunen auf ihrem Gesicht war nicht zu übersehen und er spürte, wie er vor Scham errötete.

„Derartiges habe ich nie gedacht", versicherte sie.

„Es tut mir leid, ich weiß nicht ..." Jeng brach den Satz ab und sah zu Boden. Plötzlich fühlte er sich entsetzlich allein.

„Hey! Ist schon gut." Er fühlte, wie ihre Arme seinen Oberkörper umschlangen. Er wandte sich ihr zu und verbarg sein Gesicht in ihrer Halsbeuge. Ihr Haar duftete nach Somablüten.

Sie hob seinen Kopf an und küsste ihn. „Ist es jetzt wieder gut, Dummerchen?"

Jeng nickte, sagte aber kein Wort.

„Gut, wenn Indra und Matali hier eintreffen, möchte ich mit euch allen feiern. Denn trotz allem gibt es etwas zu feiern. Findest du nicht?"

„Oh ja", bestätigte Jeng und lächelte ihr zu. „Feiern wir ein Somablütenfest!"

„Wunderbar!" Orb strahlte. „Ich freue mich schon, mit euch zusammenzusitzen. Seit ich hier bin, bin ich die meiste Zeit allein gewesen."

Jeng wollte darauf noch etwas erwidern, da wurde das Tor beiseitegeschoben. Gleichzeitig zog sich die Substanz über seinem Kopf zusammen, um seine menschliche Gestalt zu verbergen.

„Du bist doch unter Freunden", meinte Orb, „ und Matali kannst du genauso vertrauen, wie Indra und mir."

„Vielleicht", sagte Jeng zögerlich.

„Bitte, Jeng. Verbirg dein Gesicht nicht unter dieser Maske. Nicht heute."

„Es ist mein Gesicht!", erwiderte Varun mit solchem Nachdruck, dass die Devi zwei Schritte von ihm zurücktrat, bevor sie die Fassung wiedererlangte.

„Gerade du kannst Freunde gebrauchen, Varun."

„Gerade *ich* muss vorsichtig sein. Es ist gewiss besser, wenn nur wenige Devas meine wahre Natur kennen. Es mag sein, dass ich Matali vertrauen kann, doch kannst du mir garantieren, dass er dieses Wissen nicht an andere weitergibt, die weit weniger vertrauenswürdig sind als er?"

„Nein, das kann ich nicht", gab sie zu.

Als Indra bei ihnen ankam, stellte er einen rechteckigen Kasten auf den Tisch. „Ihr habt ja schon einiges vorbereitet", bemerkte er.

„Die fünf Diamanthühner hat Snippy erbeutet", berichtete Orb. „Und Yama hat sie für uns vorbereitet. Siehst du?" Sie zeigte auf die Schüssel, in der das Fleisch in der bräunlichen Marinade lag und wenig appetitlich aussah.

Für einen kurzen Moment verzog Matali angewidert das Gesicht, bevor er sich zusammenriss und ihr zulächelte. „Wir haben drei Goldböcke erbeutet."

„Aber das Fleisch der Böcke brauchen wir nicht", fügte Indra hinzu, „die Hühner und das, was wir mitgebracht haben, reicht vollkommen aus, um uns alle satt zu bekommen."

„Dann fang ich jetzt an", sagte Jeng. Er stellte einen Gitterrost über die Glut des Feuers und legte das marinierte Fleisch darauf. Schon bald entwickelte das Fleisch durch die Gewürze und Kräuter einen appetitlichen Duft.

Orb schnupperte. „Das riecht aber gut", sagte sie. „Ich bin schon richtig hungrig."

„Dauert noch", erwiderte Jeng und wendete das Fleisch.

Indra öffnete die Kiste, stellte den sich darin befindenden Proviant auf den Tisch und sagte: „Wer Hunger hat, darf sich gerne bedienen. Ich habe drei Flaschen Madhi dabei, Wolkenbrot, Gemüseschiffchen, Pilzpastete und einige Kleinigkeiten mehr."

Begeistert nahm Orb sich ein Pilzpastetchen. „Jeng, das musst du unbedingt probieren", sagte sie und bemerkte erst dann, dass sie sich verplappert hatte.

Matali sah sie fragend an, während Yama sich zu ihr umwandte und Indra den Kopf schüttelte.

„Ach verdammt", setzte sie an, „ich kann so etwas nicht. Es tut mir leid."

Verwirrt fragte Matali: „Worum geht es hier überhaupt?" Indra und Orb sahen Yama an.

„Das hat sie doch mit Absicht gemacht", grollte Varun.

„Hat sie nicht und ich bin der Meinung, dass wir Matali ruhig einweihen können."

„Das wäre dann einer mehr, der sich genau wie sie verplappern kann, aber gut, ich überlasse es dir."

„Danke, Varun."

„Na gut, Matali. Da sowohl Indra, als auch Orb der Meinung sind, dass du vertrauenswürdig bist, sollst du die Wahrheit über mich erfahren, aber du musst mir dein Wort geben, dass du dieses Geheimnis niemandem sonst verrätst."

Matali sah zu Indra hinüber. Erst als dieser ihm zunickte, sagte er: „Du hast mein Wort, Yama. Ich verspreche, dass ich über alles was du mir jetzt sagst, schweigen werde."

„Gut." Varun zog die Substanz vom Kopf zurück und enthüllte das Gesicht darunter.

171

„Was?", fragte Matali überrascht und sah den Mann, den die Substanz Varuns vor ihm verborgen hatte, entgeistert an.

„Ich werde dir alles von Anfang an erzählen, wenn sich jemand anderes inzwischen um das Fleisch kümmern kann."

„Ich verstehe zwar nicht viel davon, aber ich gebe mein Bestes", sagte Indra und ging zur Feuerstelle.

„Es ist ganz einfach", rief Jeng ihm zu. „Das Fleisch darf nur nicht schwarz werden."

Der Gott lachte. „In Ordnung. Braun ist gut, schwarz nicht. Das kann ich mir merken."

Auch Jeng lächelte, bevor er sich Matali zuwandte und ernst wurde.

„Aber dann ist doch alles ganz einfach", meinte Matali, nachdem er Jeng aufmerksam zugehört hatte. „Dasselbe was Jeng mir gerade eben erzählt hast, brauchst er doch nur allen im Großen Rat zu erzählen, dann …"

„So einfach ist das nicht", mischte sich Indra ein und drehte sich zu ihnen um. „Die wenigsten von uns sind so aufgeschlossen wie du oder ich."

Orb nickte zustimmend. „Ich habe mich bemüht, ruhig und vernünftig mit Skanda zu reden, ohne ihm Yamas Geheimnis zu verraten. Zuerst dachte ich, er würde mich verstehen, aber dann …" Sie schwieg für einen Moment und schluckte, bevor sie weitersprach: „Skanda wird sich von seinem jetzigen Kurs nicht abbringen lassen, und viele andere werden seine Ansichten teilen, davon bin ich fest überzeugt."

„Auch Indra hatte zuerst Zweifel, als ich ihm meine wahre Natur offenbarte. Er wollte lange Zeit nicht glauben, dass Varun und ich gleichberechtigt nebeneinander existieren können und vereint zu Yama geworden sind."

„Zweifellos würde Skanda dieses Wissen für seine Zwecke nutzen und verdrehen", vermutete Indra. „Ich halte es deshalb für klüger, wenn niemand, außer uns davon weiß." Er wandte sich wieder dem Fleisch zu. „Ich glaube, das ist jetzt gut", sagte er ein wenig unsicher und sah zu Jeng hinüber, der aufstand und zu ihm kam.

Nach einem kurzen prüfenden Blick sagte er: „Wunderbar, lasst uns essen!"

Skanda

Es dauerte lange, bis Skanda endlich einschlief. Einige Zeit wälzte er sich unruhig im Bett herum. Als ihn endlich der Schlaf übermannte, träumte er.

Im Traum sah er Orb. Er ging auf sie zu. Sie stand mitten auf Merus belebtem Marktplatz und unterhielt sich angeregt mit dem weißhaarigen Mann, der nahe, viel zu nahe, neben ihr stand.

„Sie reden über mich!', schoss es Skanda durch den Kopf. Diese Erkenntnis beunruhigte ihn zutiefst.

Da plötzlich wandte sich der Weißhaarige zu ihm um und sah ihn an. Sein Blick war durchdringend.

Diese Augen!

Das Blau dieser Augen, die ihn ansahen, war schrecklich. Sie sprachen zu ihm und sagten: „Ich sehe dich und habe dich erkannt!"

Der Mann lachte. Er lachte über ihn und Orb stimmte in sein Lachen mit ein. Im Traum hörte Skanda das Gelächter ganz deutlich. Er ballte vor Wut die Fäuste.

Er schrie: „Hört auf mich auszulachen oder ihr werdet es bereuen!"

Sie verstummten tatsächlich. Aber der spöttische Blick des Fremden ruhte noch für einen kurzen, schrecklichen Moment auf ihm, bevor er Orb in seine Arme schloss und sie inniglich küsste.

Vor Zorn außer sich stürmte Skanda auf sie zu, doch, noch bevor er sie erreichen konnte, wandelte sich die Gestalt des Mannes.

Skanda blieb für einen langen Augenblick da stehen, wo er sich befand und sah mit vor Entsetzen weit aufgerissenen Augen zu, wie sich die Gestalt vor seinen Augen in einen gewaltigen, furchteinflößenden Dämon verwandelte. Den Größten, den er je gesehen hatte.

Sein Herz begann so schnell zu schlagen, wie die Flügel eines zerbrechlichen Schmetterlings. Endlich brachte er ein einziges, heiser klingendes Wort heraus: „ … Du?!"

Er erwachte wild um sich schlagend und schreiend aus dem Schlaf, setzte sich auf und schaute sich fassungslos um. Alles war ruhig. Verwirrt erhob er sich und ging wie ein Schlafwandler ins Badezimmer, um sich kaltes Wasser ins Gesicht zu spritzen. Seine Hände zitterten dabei. War das wirklich nur ein Traum gewesen? Oder hatte der Gott des Chaos ihm auch diesmal diese Vision gesandt? Er wusste es nicht und wollte es auch nicht wissen. Das Gesicht, das ihm im Spiegel entgegen sah, war das Gesicht eines Fremden. Es wirkte grau und alt.

Ich muss mich zusammenreißen', dachte er.

Am Nachmittag würde die Sitzung im Großen Rat beginnen. Darauf war er gut vorbereitet und deshalb brauchte er sich nicht zu sorgen.

„Ich bin einfach nur nervös‘, redete er sich ein und atmete tief durch. Auf diese Weise versuchte er, sich zu beruhigen. Er stellte die Dusche an, kalt, so kalt wie möglich und trat darunter. Die Tropfen bissen in seine Haut wie feine Nadelstiche, doch danach ging es ihm besser. Er frühstückte ausgiebig und aß mit großem Appetit. Heute war sein Tag. Es gab nichts, was Indra sagen könnte, auf das er keine Antwort wüsste. Der Debatte im Rat sah er zuversichtlich entgegen.

Indra

Gegen zwei Uhr betrat Indra die Audienzhalle und ging nervös auf und ab. Während er auf Yama wartete, sah er mit wachsender Unruhe der Versammlung entgegen. Möglicherweise war es ein Fehler, ihm zu erlauben zum Sachverhalt im Rat Stellung zu nehmen. Die Fronten waren verhärtet und jede Diskussion von Angst bestimmt. Der Anblick eines Asura inmitten des Rates würde diese Angst wahrscheinlich noch verstärken. Indra seufzte und wünschte sich sehnlichst, das ganze Verfahren bereits hinter sich zu haben. Nie zuvor in seinem Leben hatte sein Volk ihm so viel Feindseligkeit entgegen gebracht wie zurzeit, und er war es leid, sich ständig für seine Entscheidungen rechtfertigen zu müssen. Hatte er nicht immer alles für das Wohl der

Bürger getan? Jahrhundertelang hatte das niemand infrage gestellt. Bis jetzt. Zwar war er gut vorbereitet und wusste, was er im Rat sagen wollte, doch zuversichtlich war er keineswegs.

Er hatte das Gefühl, es diesmal mit einem Gegner zu tun zu haben, den er nicht besiegen konnte, und dieses Gefühl hatte sich hinterrücks an ihn herangeschlichen.

Indra kannte sein Volk nur zu gut. Deshalb war es für ihn ein Leichtes vorauszusehen, wie die Devas reagieren würden, wenn die Vereinbarung, die er mit dem Herrn der Unterwelt getroffen hatte, bekannt werden würde. Er war seinem Gewissen gefolgt, obwohl er wusste, dass kaum ein anderer Deva seine Entscheidung nach- vollziehen konnte. Nun stand er allein, mit nur wenigen Freunden einer Übermacht gegenüber. Er hatte nur wenig Hoffnung, das Volk von der Richtigkeit seines Tuns noch überzeugen zu können.

Die Luft begann zu flimmern und schwarzer Rauch verdichtete sich zu einer Gestalt. Yama war pünktlich.

Indra überprüfte rasch den korrekten Sitz seiner Robe, obwohl er genau wusste, dass Yama sein Erscheinungs- bild herzlich egal war, dann trat er vor, um ihn ange- messen zu begrüßen.

„Bin ich zu früh?", fragte Varun und ließ, wie üblich, jede Form von Höflichkeit vermissen.

„Nein", erwiderte der Gott, „ich habe dich bereits erwartet."

„Gut, dann können wir es gleich hinter uns bringen."

Abwehrend hob Indra die Hände. „Die Ratsversammlung beginnt erst in einer Stunde", erklärte er.

„Und warum sollte ich jetzt schon hierherkommen?", grollte Varun. „Haben wir nicht alles Wichtige bereits auf dem Feld besprochen?"

„Ja, das haben wir. Trotzdem kann es doch nicht schaden, das Ganze noch einmal durchzugehen."

Varun gab einen Ton von sich, der düster wie ein herannahendes Gewitter klang, erwiderte jedoch nichts.

Indra fuhr fort: „Zunächst möchte ich dir vorschlagen, dass du dein äußeres Erscheinungsbild etwas abmilderst."

„Was stimmt denn nicht damit?"

„Es ist ... monströs."

„Ganz egal, in welcher Gestalt ich vor den Rat treten werde, ja, selbst wenn ich mich vor allen entblößte, würden die Devas dennoch nur einen Asura in mir sehen."

„Mag sein Varun, doch die Aufgeschlosseneren unter ihnen könntest du mit einer etwas freundlicheren Erscheinung vielleicht leichter für dich gewinnen."

„Ich bin, was ich bin und sie werden nur das sehen, was sie sehen wollen."

Indra seufzte resigniert. „Also gut, lassen wir das. Wichtig ist vor allem, dass du ruhig bleibst. Skanda wird wahrscheinlich versuchen, dich zu provozieren, um dich aus der Fassung zu bringen."

„Es wird ihm nicht gelingen", entgegnete Varun selbstbewusst.

Der Gott war sich da nicht so sicher. „Gut", sagte er zögerlich, „aber vielleicht wäre es klüger, wenn du Jeng das Reden im Rat überlässt."

„Diese Diskussion haben wir bereits am Lagerfeuer geführt. Du scheinst mir nicht zu vertrauen, also sage ich es noch einmal: Für die Nachkommen der Asura bin ich verantwortlich, nicht Jeng. Aber, auch wenn ich während dieser Versammlung der dominantere Teil in Yama bin, so ist doch Jeng in mir und hat jederzeit Einfluss auf mich."

Indra ballte nervös die Hände zur Faust und öffnete sie wieder.

„Du hast Angst", stellte Varun trocken fest.

„Natürlich habe ich Angst. Auch für mich steht viel auf dem Spiel. Nie zuvor hat sich mein Volk gegen mich gestellt. Ich kenne die Devas. Ich bin einer von ihnen und ich wusste um die Konsequenzen, als ich dir erlaubte, die Jungen nach Nirva zu bringen. Ich hätte deine Bitte auch erst dem Rat vortragen können, und dieser Weg wäre aus Sicht meines Volkes der richtige gewesen. Doch bis sie eine Entscheidung getroffen hätten, wären viele Asuranachkommen gestorben. Das wollte ich nicht verantworten, und ich konnte einfach nicht gegen mein Gewissen handeln. Verstehst du das? Jetzt glauben sie, ich hätte sie verraten. Sie vertrauen mir nicht mehr, sie …" Indra brach den Satz ab und ließ sich kraftlos in einen Sessel fallen. Yama trat zu ihm und legte eine Hand auf seine Schulter. Überrascht sah Indra zu ihm auf.

„Ich danke dir", sagte Varun. „Für alles, was du für mich und mein Volk getan hast. Und ich bin der einzige Asura, der dir jemals dafür danken wird, denn ich bin der Einzige, der versteht, wie schwer das für dich war."

Indra nickte und verzog seinen Mund zu einem schwachen Lächeln. „Schon gut, Varun. Ich habe getan, was ich für richtig hielt und jetzt muss ich die Konsequenzen tragen, die sich daraus ergeben. Er stand auf. „Ich werde jetzt Jana zu mir rufen. Von allen Wachen im Palast ist sie diejenige, der ich am meisten vertraue. Sie wird dich zum Rat eskortieren."

„Ich dachte, wir gehen zusammen dorthin."

Indra schüttelte den Kopf. „Nein, das wäre nicht klug."

Yama

Fünf Minuten später öffnete sich die Tür zur Audienzhalle. Jana trat ein und blieb wie erstarrt am Eingang stehen, als sie Yama erblickte.

„Komm ruhig näher", rief Indra ihr zu, „und bitte schließ die Tür hinter dir." Die Wächterin tat, um was Indra sie gebeten hatte und kam dann zögernd auf sie zu.

„Ich möchte, dass du Yama zum Rat begleitest", erklärte der Gott. „Er hat einen Anspruch darauf, vor dem Rat gehört zu werden, um seine Sicht der Dinge darzulegen. Es geht schließlich um den Fortbestand seiner Art."

Jana warf ihm einen kurzen Seitenblick zu, bevor sie Indra antwortete: „Es wird einen Aufstand geben, wenn ich mit ihm durch die Straßen laufe."

„Die Empörung wäre noch viel größer, wenn *ich* mit ihm Seite an Seite durch die Stadt gehen würde. Aber es ist nur eine Bitte, Jana, kein Befehl. Ich wäre dir aber sehr dankbar, wenn du das für mich tun würdest."

Die Wächterin biss sich auf die Unterlippe und zögerte. Schließlich nickte sie. „Ich werde Eurer Bitte entsprechen, Indra."

„Ich danke dir", erwiderte der Gott sichtlich erleichtert. Er lächelte sie an, dann sagte er: „Ich habe den Alarm abgeschaltet. Für die Zeit, in der Yama sich in der Stadt aufhält, werden keine Wächter alarmiert werden. Bitte wartet hier noch für ein paar Minuten, bevor ihr mir nachfolgt. Ich werde mich jetzt auf den Weg zum

Ratsgebäude machen." Indra schien es plötzlich sehr eilig zu haben, die Audienzhalle zu verlassen. Sein Abschied viel kurz aus.

Varun wartete und während die Zeit sich scheinbar endlos ausdehnte, gab sich die Wächterin alle Mühe, Yama zu ignorieren. Er stand geduldig neben ihr, bis auch sie sich endlich zum Aufbruch entschloss.

Unvermittelt eilte sie zur Tür und warf einen schnellen, prüfenden Blick in beide Richtungen des Flurs, bevor sie hinaustrat. „Gehen wir", sagte sie und sah hastig über die Schulter, um sich zu vergewissern, das Yama ihrer Aufforderung nachkam.

Sie eilten über den Flur, der vollkommen verlassen da lag und verließen schließlich den Palast durch einen Seiteneingang. Auch außerhalb des Gebäudes trafen sie niemanden an. Jana schien erleichtert zu sein und eilte weiter. Sie gingen die Straße hinunter zum Zentrum der Stadt, erst da stießen sie auf Leute. Als der erste Deva Yama bemerkte, schrie er mit höchster Lautstärke: „Ein Asura, mitten unter uns in der Stadt! Kommt schnell!" Im Nu waren sie von einem wütenden Mob umringt.

„Macht Platz", sagte Jana ruhig. „Ich soll Yama in die Ratshalle bringen."

„Auf wessen Befehl?", wollte daraufhin jemand wissen.

„Indra hat mir den Auftrag erteilt."

Zorniges Gemurmel erklang, dann aufgebrachte Schreie. „Wir wollen keine Asura in der Stadt!"

„Geht mir aus dem Weg!", befahl Jana. Niemand rührte sich. Jemand aus der Menge warf einen Stein, der Yama im Rücken traf. Varun gab daraufhin einen drohend, grollenden Laut von sich.

„Bleib ruhig, Varun!"

„Ich bin die Ruhe selbst."

„*So? Seltsam, mir ist, als spürte ich ein leichtes Vibrieren.*"

„*Einen Hauch Aufregung vielleicht.*"

„*Wirklich? Ich bewundere deinen Gleichmut.*" Jeng spürte, wie kreiselnde Heiterkeit den Anflug von Zorn verdrängte.

„Hört auf", schrie Jana nun ebenfalls zornig den aufgebrachten Massen zu. „Ich führe nur Indras Befehle aus. Yama hat ein Recht darauf, zu dieser Sache Stellung zu nehmen."

„Du solltest dir gut überlegen, zu wem du stehst", fuhr eine Devi sie an. „Indra wird nicht mehr lange König sein."

Die Wächterin atmete tief ein, bevor sie der Frau antwortete: „Falls das Volk beschließt, Indra abzuwählen, werde ich dem künftigen König genauso treu dienen wie ihm, doch solange er noch unser König ist, befolge ich seine Anweisungen. Jetzt macht Platz!"

Eine schmale Gasse bildete sich. Jana wandte sich zu Yama um und sah ihn unsicher an.

„Du solltest dich schämen!", rief einer ihr zu.

Sie ignorierte das. „Kommt weiter. Es ist nicht mehr weit", sagte sie und schritt beherzt durch Menge. Weitere Steine und andere Gegenstände wurden geworfen und verfehlten Varun nur knapp.

„Wo sind die Wächter?", fragte einer. „Jemand muss die Wachen rufen."

„Treiben wir den Asura aus der Stadt!", schlug ein anderer vor.

„Ja, er hat hier nichts zu suchen. Schlagen wir ihn tot!"

Jana wandte sich zu ihnen um. „Hört auf!", schrie sie. Alle Blicke der Umstehenden richteten sich auf sie. Sie wirkte erschöpft und zornig, doch keinesfalls verängstigt. „Seht ihr denn nicht, was ihr tut? Ihr verhaltet euch wie ein aufgebrachter Mob. Bedeuten euch unsere Gesetze gar nichts mehr und das nur, weil ein Dämon unsere Welt betreten hat, der vor dem Rat zu euch sprechen möchte?"

„Wir wollen nicht hören, was er zu sagen hat!"

„Dennoch werdet ihr ihm zuhören müssen, weil es sein Recht ist, gehört zu werden, genauso wie es euer Recht ist, nach dieser Anhörung euch dafür oder dagegen zu entscheiden. Jetzt geht endlich aus dem Weg!"

Die Devas traten vor ihr zurück. Die Wächterin führte Yama weiter durch die nun schweigende Menge hindurch.

„Danke, dass Ihr Euch für mich eingesetzt habt", sagte Varun.

Jana wirbelte zu ihm herum. „Redet nicht mit mir", fauchte sie. „Ich führe Indras Auftrag aus, das heißt aber nicht, dass er mir gefällt."

„Unsere Begleitung ist ein wenig reizbar, wie mir scheint", bemerkte Varun.

„Kein Wunder unter diesen Umständen."

Sie näherten sich einem gewaltigen Kuppelbau, dessen vergoldetes Dach erhaben in der Nachmittagssonne glänzte. Auf dem Platz vor dem Gebäude waren bereits viele Devas versammelt, die, als sie Yama entdeckten, genauso empört reagierten, wie diejenigen, die sich ihnen auf dem Weg hierher entgegengestellt hatten. Laute Buhrufe und Schreie waren zu hören. Jana beeilte sich und lief beinahe zu dem Gebäude, Yama folgte. Wächter eilten herbei, und bemühten sich, den wütenden Mob davon abzuhalten, den so verhassten Eindringling anzugreifen. Weitere Steine und andere Dinge wurden geworfen. Varun fing einiges davon auf, warf es aber nicht zurück. Mit kraftvollem Schwung zerschmetterte er die Wurfgeschosse auf dem Boden. Ein Stein zerbarst dabei in viele kleine Stücke. Drohend baute er seine Substanz zur vollen Größe aus und unheilvolles Grollen erklang. Davon alarmiert wandten sich die Wächter zu ihm um und liefen mit gezogenen Waffen auf ihn zu. Auch Jana griff nach ihrem Bogen. Ein Ausdruck aus Abscheu und Angst lag auf ihrem Gesicht.

Varun hob die Hände zum Zeichen seiner Friedfertigkeit. Laut sagte er: „Ich werde niemanden einen Schaden zufügen!"

Die Wächter umringten ihn, griffen ihn aber nicht an, gleichzeitig versuchten sie, die wütende Menge zurückzudrängen und zu beruhigen.

„Ist eigentlich die ganze Stadt auf diesem Platz versammelt?", fragte er Jeng.

„Es sieht ganz danach aus."

„Bleib so ruhig, wie dir möglich ist, und versuche, nicht so bedrohlich zu wirken."

„Bedrohlich? Was glaubst du, wie dieser Pöbel auf MICH wirkt?"

„Es ist mir vollkommen klar, wie das auf dich wirkt. Doch wenn du dich provozieren lässt, ist die Debatte bereits jetzt verloren."

Varun entgegnete nichts, änderte jedoch seine Haltung. Seine Substanz schrumpfte, während er gleichzeitig Musik erklingen ließ. Sphärisch zart und überirdisch schön schwebten die Melodien über den Platz. Daraufhin verstummten die Devas fast im gleichen Moment. Nicht wenige starrten ihn fassungslos an und betrachteten ihn mit einer Mischung aus Unglauben und Angst, doch alle blieben sie stumm und wirkten erstarrt, wie von einem Zauber ergriffen.

Varun stupste Jana an, die daraufhin zwei Schritte vor ihm zurückwich und so aussah, als wäre sie gerade aus einem tiefen Schlaf erwacht. „Geht vor!", knurrte er.

„Tut Eure Pflicht und bringt mich endlich in das Gebäude hinein."

„Kommt!", sagte sie und schritt eilig durch die Menge hindurch, die ihnen nun bereitwillig Platz machte.

Sie betraten das Ratsgebäude durch den Haupteingang, dann durchquerten sie die Vorhalle ohne weitere Zwischenfälle. Als sie den Sitzungssaal betraten, richteten sich alle Augen im Rund auf ihn. Für kurze Zeit wurde es still im Saal, dann, so als hätte jemand dafür ein Startsignal gegeben, brach ein Tumult los.

„Beruhigt euch!", dröhnte es durch die hohe Halle. Offenbar wurde die Stimme des Sprechers durch ein stabähnliches Gerät verstärkt, denn seine Worte übertönten mühelos die Lautstärke im Saal. „Yama wurde von Indra hierher eingeladen. Es ist sein Recht, vor uns allen sprechen zu dürfen."

„Das ist ein Sakrileg!", schrie ein Mann aus den oberen Reihen. „Nie zuvor hat ein Asura die Stadt betreten. Seine Anwesenheit besudelt die Heiligkeit dieses Ortes. Es ist eine Beleidigung für uns alle." Zustimmende Rufe kamen von allen Seiten.

„Bitte, benehmt euch zivilisiert", bat der, dessen Stimme durch den Stab verstärkt wurde. Varun vermutete, dass er ein Staatsdiener war. Ein anderer Deva trat auf ihn zu, den Varun kannte.

Skanda nahm dem Ordnungshüter den Stab aus der Hand, dann wandte er sich an die Menge: „Kommt endlich zur Ruhe und setzt euch! Je schneller wir anfangen, umso schneller wird dieser Dämon wieder aus unserer Mitte verschwinden. Vergesst aber nicht, wer diesem Asura erlaubt hat, unsere geliebte Stadt zu betreten." Während er das sagte, sah Skanda provozierend zu Indra hinüber.

Der Gottkönig erwiderte seinen Blick mit ausdruckslosem Gesicht, sagte aber kein Wort. Mehrere Devas umringten ihn, Varun kannte aber nur einen von ihnen. Es war Dhan Vantari, dem sich Indra nun zuwandte, offenbar um etwas mit ihm zu besprechen. Dhan nickte und sah zu Yama hinüber, dann trennte er sich von der Gruppe, um auf ihn zuzugehen. Sein breites freundliches Lächeln passte so gar nicht zu der feindseligen Atmosphäre im Raum. Demonstrativ streckte ihm der Gott zur Begrüßung beide Hände entgegen. Varun ergriff sie.

„Es freut mich, dich zu sehen, Yama", sagte Dhan freundlich und so laut, dass die Umstehenden ihn hören mussten.

„Ich freue mich auch, dich zu sehen", entgegnete Varun, „es ist schon eine Weile her, seit du das letzte Mal bei mir zu Gast gewesen bist."

„Wohl wahr", bestätigte der Gott der Heilkunst, „Es tut mir sehr leid, dass die heutigen Umstände so unglücklich sind. Für gewöhnlich ist mein Volk sehr gastfreundlich, nur zurzeit …" Er hob bedauernd die Arme.

„Umso mehr freut es mich, unter all den Fremden ein freundliches Gesicht zu sehen." Varun verbeugte sich betont höflich vor ihm.

Der Gott lachte herzlich. „Mir ist es eine Freude, dich zu deinem Platz begleiten zu dürfen", erklärte er. „Als unser Gast hast du Anspruch auf eine Loge. Komm mit, ich zeige sie dir!"

Der Logenplatz war durch eine vertäfelte Holzbrüstung begrenzt. Dhan öffnete die niedrige Tür und ließ ihn ein. „Bitte nimm Platz", forderte er ihn auf und wartete höflich bis Varun der Bitte nachkam, bevor er sich zu ihm setzte.

Von seinem Platz aus hatte Varun einen guten Überblick über den Saal. Auf den trapezförmig angeordneten Bänken saßen die Devas im Rund dicht gedrängt beisammen.

„Ich glaube, so voll wie heute war es noch nie", kommentierte Dhan. „Manche Devas sind von sehr weit hergekommen, um mit dabei sein zu können, doch für so viele Devas hat das Ratsgebäude nicht genug Sitze, deshalb müssen viele draußen bleiben. Trotzdem sind sie vom Geschehen im Rat nicht ausgeschlossen. Wir haben Bildschirme aufgestellt, auf denen sie die Debatten im Inneren mitverfolgen können."

„Was sind Bildschirme?", fragte Varun.

„Ein Bildschirm ermöglicht es, anderen die Vorgänge zum Beispiel hier im Saal zu sehen und das, was gesagt wird, zu hören, auch wenn sie sich nicht mit uns am gleichen Ort befinden."

„So? Interessant", erwiderte Varun geistesabwesend, denn im Gedränge hatte er Orb entdeckt. Sie stand am gegenüberliegenden Ende der Halle und war von Devas umgeben, die aufgeregt auf sie einredeten. Die Devi wirkte blass und zerbrechlich wie dünnes Porzellan, als sie kurz zu ihm herüber sah.

„Wie ich hörte, ist es auf dem Weg hierher zu unschönen Zwischenfällen gekommen. Ist das wahr?", fragte Dhan.

„Ja, man hat mir den Weg abgeschnitten und Gegenstände nach mir geworfen."

„Es tut mir leid, das zu hören", sagte der Gott und klang dabei aufrichtig. „Ich schäme mich für mein Volk."

„Das ist ja nicht deine Schuld."

„Zum ersten Mal bin ich froh, dass es den Bürgern nicht gestattet ist, innerhalb der Stadtgrenzen Waffen bei sich zu tragen. Außer den Wachen ist dies nur einigen wenigen erlaubt. Ansonsten wäre die Situation vielleicht eskaliert."

„Mir war durchaus klar, dass die Reaktionen nicht freundlich ausfallen, wenn ich durch eure Stadt marschiere."

Dhan nickte gedankenverloren und ließ seinen Blick über die Anwesenden schweifen. „Bevor die Debatte beginnt, möchte ich dir noch kurz den Ablauf erklären", sagte er dann.

„Indra hat mich bereits über alles aufgeklärt", erwiderte Varun.

„So? Na es kann nicht schaden, wenn ich es noch einmal wiederhole. Also", begann er. „Sobald man Indra den Stab der Rede überreicht, wird die Debatte beginnen. Nur derjenige, der diesen Stab in Händen hält, hat die Erlaubnis zu den Versammelten zu sprechen. Die anderen müssen schweigen, solange nicht das Wort an sie gerichtet wird. Seine Redezeit ist nicht begrenzt. Erst, wenn Indra alles gesagt hat, was er seinem Volk mitteilen möchte, wird er den Stab weiterreichen. Voraussichtlich zuerst an Orb, dann an dich. Skanda wird ihn erst als Letztes erhalten, damit auch er seine Sicht der Dinge darlegen kann. Möglicherweise wird er Zeugen aufrufen. Wahrscheinlich wird er dir, Indra und auch Orb Fragen stellen, die ihr hier vor allen Bürgern beantworten müsst. Dabei ist es vor allem wichtig, ruhig zu bleiben und sich nicht von ihm aus der Fassung bringen zu lassen, denn zweifelsohne wird er versuchen, gerade dich zu provozieren. Beinahe jeder hier im Raum erwartet nahezu, dass ihm das mühelos gelingen wird. Doch nur, wenn du vollkommen gelassen bleibst, kannst du ihm und allen anderen beweisen, wie sehr du dich von den Asura unterscheidest, die wir bisher kannten."

„Ich bin kein Asura."

„Nun ja, das weiß ich sehr wohl, jetzt geht es aber darum, die Mehrheit der hier Anwesenden ebenfalls davon zu überzeugen."

„Ah! Jetzt verstehe ich, warum Indra ausgerechnet dich darum gebeten hat, dich zu mir in die Loge zu setzen. Er glaubt, du wirkst wie Medizin auf mich, die mich beruhigen wird, falls es drauf ankommt", sagte Varun amüsiert.

„Ich glaube zwar nicht, dass ich das kann, aber ja, ungefähr das hat Indra sich dabei gedacht."

„Hm!" Varun warf dem Arzt einen kurzen Seitenblick zu. „Ich brauche kein Kindermädchen. Aber gut, ich werde ihm beweisen, dass er mir vertrauen kann."

„Ich denke, das weiß er. Sonst hätte er dir niemals erlaubt, heute bei dieser Debatte dabei zu sein."

Ein Gong ertönte und der volle Klang hallte durch den Saal. „Es geht los", sagte Dhan und setzte sich aufrecht hin. Das anhaltende Gemurmel in der Halle wurde leiser. Ein Deva trat vor und überreichten Indra feierlich den Stab der Rede, der daraufhin vortrat, um zu den Anwesenden zu sprechen. Er berichtete von seinem Kampf mit dem Dämon Asrun und wie er von diesem besiegt, schwer verletzt in Yamas Haus erwachte. Er erzählte, wie Yama ihn pflegte und nachdem es ihm wieder besser ging, zurück auf die Erde brachte, damit er von dort aus heimkehren konnte. „Ich weiß noch, wie irritiert ich damals war, weil Yama sich so vollkommen anders verhielt, als alle anderen Asura, denen ich zuvor begegnet bin", erklärte er und fuhr fort: „Nach dieser ersten Begegnung, traf ich den Herrn des Totenreichs noch mehrere Male und jede dieser Begegnungen stärkte mein Vertrauen und überzeugten mich schließlich davon, das Yamas Worte aufrichtig gemeint sind …"

188

Varun beugte sich vor und sagte im Flüsterton zu Dhan: „Indras Rede wirkt wenig überzeugend, selbst auf mich."

„Ja, leider", pflichtete Dhan ihm bei. „Um dein Geheimnis zu bewahren, muss er sehr viele Dinge verschweigen, die wichtig wären, um die Anwesenden von der Richtigkeit seiner Entscheidungen überzeugen zu können."

Varun nickte und winkte ab, er wollte hören, was Indra weiter zu sagen hatte.

„Als Yama mich dann um eine Audienz ersuchte und mich um Hilfe bat, weil die Asuranachkommen in der Unterwelt starben, fühlte ich mich verpflichtet, ihm zu helfen. Schließlich hatte auch er mir Hilfe gewährt und ich stand in seiner Schuld.

Um mir sein Problem besser erläutern zu können, brachte Yama einen jungen Asura zu dieser Besprechung mit, der mich unerwartet ansprang. Er riss mir mein Amulett von der Brust und stahl den Somasamen, der sich in der Mitte befand. Damit flüchtete er in den Palastgarten. Als wir ihn dort fanden, hatte sich seine Gestalt vollkommen gewandelt. Er sah nun wie eine Pflanze aus, in dessen Inneren der Somasamen gut geschützt verborgen lag. Ich vermutete deshalb, dass zwischen dem Soma und dem Gedeihen der Asura ein Zusammenhang bestehen müsse. Aus diesem Grunde habe ich Orb Ria hinzugezogen, denn sie ist eine führende Expertin für alle Somafragen. Sie war es dann, die eine Symbiose zwischen dem Soma und den Asurajungen festgestellt hat. Es ist also allein ihr Verdienst, dass nach so langer Zeit der heilige Somabaum zu uns nach Nirva zurückkehrt. Es steht außer Frage, dass die Somapflanzen und die Asuranachkommen sich gegenseitig für ihre Entwicklung benötigen. Wenn wir also in Zukunft nicht auf den Göttertrank verzichten wollen, müssen wir den Nachwuchs der Asura auf Nirva dulden." Indra schwieg für einen Moment, woraufhin die Unruhe im Saal wieder zunahm. Erneut ermahnte ein Ordner die Anwesenden, Ruhe zu bewahren und erst, als sich die Menge wieder beruhigte, fuhr Indra fort: „Einige von euch meinen jetzt vielleicht, dass man die Asura ohne weiteres töten könnte, sobald sie sich vom Soma getrennt haben, dabei solltet ihr aber bedenken, dass es noch Kinder sind, denen ihr das Leben nehmen wollt, wenn auch nicht von unserer Art." Bevor Indra den Rednerstab an Orb Ria weiterreichte, sah er noch mahnend zu den Devas auf, die in den Rängen saßen. Stille breitete sich in der Halle aus. Nicht wenige sahen betroffen zu Boden.

Orb Ria trat zögerlich vor und blickte sich unsicher um, bevor sie Indra den Stab aus den Händen nahm. Als sie mit ihrer Rede begann, wirkte sie ängstlich und unsicher, doch ihre Unsicherheit legte sich rasch, je länger sie sprach. Zunächst erzählte sie von ihrer ersten Begegnung mit Yama, als der König sie zu sich in den Palastgarten bat. „Ich habe mich entsetzlich vor ihm gefürchtet", gestand sie offen, „einzig Indras Anwesenheit hat mich davon überzeugt, dass ich mich nicht wirklich in Gefahr befand."

Dann berichtete sie davon, wie sie den jungen Asura in ihr Haus mitnahm. Sie gab ehrlich zu, dass auch sie es zunächst für das Beste hielt, die Asura zu töten, sobald diese für die Weiterentwicklung der Pflanzen nicht mehr nötig wären. Zudem übernahm sie in ihrer Rede die volle Verantwortung für all ihre Entscheidungen und begründete dies mit ihrem Auftrag, der es ihr erlaubte, alles Mögliche zu tun, um die Somapflanzen wieder zum Leben zu erwecken. Sie betonte dabei noch einmal die

Wichtigkeit des Göttertrankes, der in den glanzvollen vergangenen Zeiten für die Devas unentbehrlich war, und bat ihre Zuhörer, sich an diese Zeiten zu erinnern.

Danach berichtete Orb über ihre Arbeit auf dem Feld, von dem Angriff der Naga und von ihrer Gefangennahme durch sie.

„Es war erschreckend und beängstigend zusammen mit Yama in dieser Höhle gefangen zu sein", sagte sie und erzählte dann ausführlich von ihrer gemeinsamen Flucht durch das Höhlensystem. „Trotz großer Bedenken habe ich Yama dabei geholfen, das Feld von den Naga zurückzuerobern. Nach seinem Sieg hat er sich erstaunlich diplomatisch verhalten, als er mit Königin Manassa verhandelte." Abschließend berichtete sie beinahe leidenschaftlich von den Jungen, die sich von den Bäumen getrennt hatten. Sie erzählte, wie sehr sie den Kindern der Devas im Verhalten und Intelligenz ähnlich waren. „Gerade weil wir Devas uns als moralisch höherwertig betrachten, haben wir ihnen gegenüber eine Verpflichtung. Deshalb müssen wir die jungen Asura schützen. Ich jedenfalls bin inzwischen zutiefst davon überzeugt, dass es falsch wäre, sie umzubringen." Nachdem ihre Rede endete, ertönte vereinzelter Applaus, verhaltenes Gemurmel folgte.

Ein Ordner trat vor und bat die Anwesenden um Ruhe. „Ich erteile nun Yama, dem Herrn des Totenreiches das Wort und bitte ihn, zu mir herunterzukommen, um den Stab der Rede entgegen zu nehmen."

Als Varun aufstand, wurde das Gemurmel in der Versammlung lauter. Mit hoch erhobenem Kopf ging er auf den Sprecher zu und nahm den Stab entgegen, den dieser ihm reichte. Bevor er mit seiner Rede begann, ließ seinen Blick kurz über die Versammelten schweifen.

„Verehrte anwesende Devas und Devis", dröhnte seine Stimme und brachte damit alle anderen im Saal zum Schweigen. „Ich fühle mich geehrt, als Erster meiner Art in dieser heiligen Halle sprechen zu dürfen." Von dem höflichen Auftakt der Rede überrascht, begannen nicht wenige Devas, erneut miteinander zu tuscheln.

„Ruhe bitte!", wies der Ordner sie an.

Varun fuhr unbeirrt fort: „Seit Urzeiten sind Devas und Asura verfeindet, und ich weiß, dass der vergangene Krieg auf beiden Seiten viel Leid verursacht hat. Ich verstehe darum sehr gut, warum ihr Devas uns Asura hasst.

Ich war für sehr lange Zeit einer von Mahishas Generälen und habe ihm im vergangenen Krieg gedient. Doch ich erkannte schon sehr früh, wie sinnlos dieser Kampf im Grunde war, denn über ein unsterbliches Volk kann ein sterbliches niemals triumphieren.

Dies wollte Mahisha jedoch nicht erkennen. Er schickte uns starrköpfig in den Tod. Weil wir seinem Willen unterworfen waren, mussten wir seinen Befehlen folgen. Er hätte uns alle umgebracht, wenn Durga ihn nicht zuvor besiegt hätte.

Damals war ich der einzige meiner Art, der sich offen gegen seinen Herrn stellte und sich seinen Befehlen verweigerte. Für meinen Ungehorsam wurde ich von Mahisha hart bestraft.

Nach Durgas Sieg über ihn, stieg ich zum neuen Herrn der Unterwelt auf. Ich möchte Euch an dieser Stelle versichern, dass ich nicht so bin, wie er. Genauso wenig kann man mich mit irgendeinem anderen Asuraherrscher vergleichen, der vor ihm herrschte.

Ich sehne mich nach Frieden. Daher gebe ich euch mein Wort, dass es unter meiner Herrschaft keinen weiteren Krieg zwischen unseren Völkern geben wird."

Varun schwieg für einen Moment und sah zu den Devas in den Rängen hinauf, dann blickte er zu Indra hinüber, der in seiner Loge Platz genommen hatte. Der König nickte ihm ermutigend zu und Varun fuhr fort: „Wie die Devi Orb Ria bereits dargelegt hat, können die Kinder meines Volkes in der Unterwelt nicht überleben. Sie brauchen die Sonne Nirvas und den Samen des Soma, um zu gedeihen. Ihr alle wisst, dass das Totenreich nicht unsere wahre Heimat ist und ihr wisst auch, wie es dazu kam, dass wir jetzt dort leben.

Ihr Devas hattet gute Gründe, uns damals zu verbannen. Diese Gründe kann ich durchaus nachvollziehen und ich bin nicht zu euch gekommen, um euch dies vorzuwerfen. Aber ihr solltet vielleicht bedenken, dass ihr durch euer Handeln auch eine gewisse Verantwortung für das Fortbestehen meiner Art tragt. Die Kinder meines Volkes benötigen die Sonne Nirvas und den Samen des Soma zum Wachsen. Sie wissen noch nichts vom Krieg und dem Leid der Alten. Darum bitte ich euch, lasst die Nachkommen der Asura nicht unter dem alten Hass leiden, der zwischen uns steht und der uns in der Vergangenheit entzweit hat."

Gleich, nachdem seine Rede endete, schwoll das Stimmengewirr erneut an. Ein Gong ertönte und der Ordner rief: „Wir unterbrechen die Ratssitzung für eine kurze Pause." Dann kam er zu ihm und verlangte, sichtlich nervös, den Stab der Rede von ihm zurück.

Die Devas erhoben sich von ihren Sitzen und das Gemurmel im Saal wurde so laut, dass es von den Wänden widerhallte. Noch immer stand Varun im Zentrum der Halle und sah sich ratlos um.

Dhan kam auf ihn zugeeilt und sagte freundlich wie immer: „Das war eine sehr schöne Rede. Sie war kurz, aber dennoch prägnant und kraftvoll. Ich bin mir sicher, sie wird den Devas einiges zu denken geben."

„Danke", erwiderte Varun, „trotzdem habe ich das Gefühl, dass meine Worte nur wenige überzeugen werden."

„Das mag sein, es ist eben sehr schwierig, aber nicht unmöglich, die Devas davon zu überzeugen, dass deine Worte aufrichtig gemeint sind. Allerdings fürchte ich, dass diese Rede allein nicht ausreichen wird, um sie zu überzeugen."

„Wenn sie mir nicht glauben wollen, wäre es vielleicht besser gewesen, ich hätte nicht vor dem Rat gesprochen."

„Oh nein, das siehst du falsch, Yama. Es war äußerst wichtig, dass sie hören, was du zu sagen hast." Er lächelte ihm ermutigend zu. „Indra hat einen Raum für die Pausen, der sich hinter seiner Loge befindet. Komm, begleite mich, ich führe dich hin."

Dhan führte ihn die Treppen hinauf auf Indras Loge zu. Die Tür hinter der Loge zierte eine feine Intarsienarbeit, die Indras Wappen zeigte, einen dreiköpfigen Elefanten.

Schon bevor Dhan die Tür öffnete, vernahm Varun das Stimmengewirr aus dem Raum dahinter. Er entdeckte Indra, der von fünf Devas umgeben war, die hitzig mit ihm diskutierten. In einer anderen Ecke sah er Matali in einem Sessel sitzend. Ihm gegenüber hatte eine schöne, unbekannte Devi mit langen schwarzen Haaren und großen mandelförmigen Augen Platz genommen.

Als Varun eintrat, verstummten die meisten Gespräche. Nicht wenige warfen ihm ganz offen feindselige Blicke zu.

„Was starrt ihr alle so?", fragte Dhan. „Indra hat euch doch zuvor darüber informiert, dass er Yama in der Pause zu sich eingeladen hat." Daraufhin wandten sich die Gaffer hastig ab.

„Wo ist Orb?", fragte Varun, da er der die Devi nirgends entdecken konnte.

„Sie wurde auch eingeladen", erwiderte der Arzt. „Doch sie meinte, dass sie lieber die Pause nutzen möchte, um mit ihrer Familie und einigen Freunden zu sprechen. Wahrscheinlich hofft sie, noch einige umstimmen zu können."

Indra, der sich inzwischen von der hitzigen Diskussion gelöst hatte, kam auf sie zu. „Deine vortreffliche Rede hat bei allen, mit denen ich bisher gesprochen habe, einen starken Eindruck hinterlassen", sagte er lächelnd. „Leider, fürchte ich, war meine Rede weit weniger überzeugend."

„Du hast alles angesprochen, was gesagt werden musste", erwiderte Varun. „Mehr konntest du nicht tun."

Zögernd nickte der Gott. „Ich hätte gern mehr für dich und die Nachkommen getan, denn leider sieht es schlecht aus für unsere Sache. Den letzten Umfragen zufolge, stehen nur zwanzig Prozent der Bürger hinter meinen Entscheidungen. Noch nie gab es eine Zeit, in der ich so wenig Rückhalt im Volk hatte."

„Es tut mir sehr leid, dass ich die Ursache dafür bin", sagte Varun.

„Es besteht kein Grund, sich bei mir zu entschuldigen. Was ich tat, tat ich aus Überzeugung, weil ich es für richtig hielt." Indra wandte sich kurz von ihm ab und sah zu Matali hinüber, der noch immer neben der Devi saß. „Komm, ich möchte dir jemanden vorstellen", sagte er. „Folge mir." Bei der Sitzgruppe angekommen, wandte sich Indra ihm wieder zu, um ihm die Devi vorzustellen. „Dies ist Indrani, meine liebe Frau und treue Gefährtin."

Varun verbeugte sich höflich. „Es ist eine Freude, Euch kennenzulernen, werte Indrani."

„Auch ich freue mich, dass wir uns endlich begegnen, Yama. Mein Gatte hat mir bereits viel über Euch erzählt", erwiderte sie freundlich. „In Anbetracht der Sorgen und der vielen schlaflosen Nächte, die Ihr ihm bereitet habt, müsste ich Euch eigentlich böse sein."

„Verzeiht bitte, schönste Devi." Varun verbeugte sich noch einmal vor ihr.

Indrani lachte: „Mein Gatte hat es bisher versäumt, mir zu erzählen, wie charmant Ihr seid. Bitte setzt Euch doch zu mir." Yama kam der Aufforderung nach und nahm auf einem der bequemen Sessel Platz, während Indra und Dhan sich daneben setzten. „Darf ich Euch etwas anbieten?", fragte die Devi und hielt Varun zuvorkommend ein Tablett hin, auf dem viele reich garnierte Häppchen lagen.

„Nein danke."

„Du solltest dich etwas stärken", mischte sich Matali ein. „Nach dieser Pause wird es ernst werden, außerdem könntest du auf diese Weise jedem hier im Raum zeigen, dass du ganz und gar kein gewöhnlicher Asura bist, denn jeder hier weiß doch, was Dämonen normalerweise verzehren." Matali griff nach einem Häppchen und steckte es sich in den Mund. „Diese hier solltest du auf jeden Fall probieren", sagte er mit vollem Mund. „Die sind vorzüglich." Er nahm sich ein zweites.

„Oder vielleicht möchtet Ihr etwas trinken?", fragte Indrani dazwischen. „Berauschende Getränke sind zwar nicht erlaubt während einer Ratssitzung, aber wir haben diverse Erfrischungsgetränke hier, die ich Euch anbieten kann."

Varun zog sich zurück, damit Jeng an seiner Stelle antworten konnte. „Ich bin tatsächlich ein wenig durstig und nehme Euer Angebot gerne an", sagte er. „Was würdet Ihr mir empfehlen werte Indrani?"

Die Devi winkte eine Apsara herbei. „Bitte bring Sukha für uns alle."

Das Getränk, das die Nymphe ihnen kurz darauf reichte, schmeckte erfrischend, blumig und es prickelte dezent auf der Zunge. „Sehr angenehm dieser Trank", lobte Jeng und nahm sich dann eines der kunstvoll garnierten Häppchen.

Indra erhob sein Glas für einen Trinkspruch: „Trinken wir darauf, dass die Devas heute eine weise Entscheidung treffen werden und sich nicht durch ihre Ängste und Vorurteile leiten lassen." Er trank und alle anderen taten es ihm gleich.

Als Yama nach der Pause in den Sitzungssaal zurückkehrte, war das Rund der Ränge bereits wieder voll besetzt. Das Gemurmel in der Versammlung schwoll an, als er mit hoch erhobenem Kopf durch das Rednerrund schritt, um in seine Loge zurückzukehren. Wie zuvor setzte sich Dhan neben ihn. „Bist du nervös?", fragte er.

„Nein", antwortete Varun.

Der Gong ertönte abermals und ein Ordner rief die Versammelten zur Ruhe auf. „Jetzt wird es ernst", bemerkte Dhan, während er sich vorbeugte.

Skanda nahm den Stab der Rede entgegen und ließ selbstbewusst seinen Blick über die Anwesenden schweifen, bevor er mit seiner Rede begann. „Verehrte Devas und Devis", dröhnte seine Stimme und brachte damit alle andere im Saal zum Schweigen. „Wir haben aufmerksam den Reden unseres Königs und der ehrenwerten Devi Orb Ria gelauscht. Auch unserem Gast schenkten wir Gehör, dem Indra großzügig erlaubte, hier in dieser ehrwürdigen Halle sprechen zu dürfen.

Und was für rührende Geschichten haben wir gehört? Wie edel und wie gut muss doch dieser Asura sein, der hier mitten unter uns sitzt." Skanda deutete mit einer weit ausholenden Geste auf Yama. „Zum einen bringt er Indra in sein Haus und pflegt ihn dort aufopferungsvoll, bis es ihm wieder besser geht, zum anderen unterstützt er Orb Ria bei ihrer gemeinsamen Flucht, indem er ihr fürsorglich durch ein finsteres Höhlensystem hilft. Dazu habe ich eine Frage an euch: Klingt das etwa nach einem Asura, so wie wir sie kennen?"

„Nein!", rief jemand aus den oberen Rängen. Rufe der Zustimmung wurden laut.

„Ganz genau", bestätigte Skanda. „Es muss schon ein ganz ungewöhnlicher Asura sein, der hier vor uns sitzt, wenn wir den Aussagen von Orb Ria und Indra Glauben schenken wollen. Andererseits glaube ich aber nicht, dass unser geschätzter König uns bewusst Märchen erzählt. Er und auch die ehrenwerte Orb Ria scheinen von ihren Aussagen überzeugt zu sein. Es stellt sich also die Frage: Was haben beide Berichte miteinander gemein?" Skanda machte eine kurze Pause und sah sich in der Runde um. „Ihr wisst es nicht? Ich werde es euch sagen. Sowohl Indra, als auch Orb Ria waren für längere Zeit mit Yama allein und in engem Kontakt mit ihm." Noch einmal machte Skanda eine dramatische Pause, bevor er fortfuhr. „Unser *Gast* erwähnte in seiner ein-drucksvollen Rede Mahisha und betonte, wie sehr *er* sich von ihm unterscheidet, doch tut er das wirklich? Ist Yama nicht auch ein Asura, wie er? Ihr alle wisst, dass Mahisha mächtige Zauber beherrschte, wodurch er für uns unbesiegbar wurde. Ich behaupte nun, dass auch Yama derartige Zauber benutzt. Wie sonst konnte er so schnell und wie aus dem Nichts zum Herrn der Unterwelt aufsteigen? Ihr alle habt ihn reden gehört und bemerkt, wie gut er sich darauf versteht. Gab es je zuvor einen Asura, der so redegewandt war wie er? Wo hat er das gelernt? Ich behaupte nun, dass er einen Zauber benutzte, um Orb Rias und Indras Verstand zu manipulieren, als sie ihm schutzlos ausgeliefert waren."

Empört sprang Varun auf und entfaltete seine Substanz instinktiv zur vollen Größe, sodass er Dhan beinahe aus der Loge verdrängte.

„Bleib ruhig, Yama", ermahnte ihn der Gott. „Er will dich provozieren. Ein wütender und tobender Asura ist genau das, was er sich erhofft. Nur, wenn du ruhig bleibst, zeigst du jedem hier in dieser Halle, dass du anders bist, als er glaubt."

Varun hatte Dhans Worte wohl vernommen, gleichzeitig hörte er Jeng, der ihm ebenfalls zur Besonnenheit riet. Trotzdem fiel es ihm schwer, sich zu beherrschen. Varun war ans Geländer der Loge getreten, und seine Hände umklammerten die Brüstung. Das Holz splitterte, als sich seine Krallen langsam hineinbohrten.

Auf der anderen Seite der Halle war Indra ebenfalls aufgesprungen. „Das ist unerhört!", donnerte er. „Für diese Behauptung gibt es keinerlei Beweise."

„Ihr könnt aber auch nicht das Gegenteil beweisen", konterte Skanda. „Und Ihr könnt nicht leugnen, dass diese Möglichkeit besteht. Seit Orb Ria Yama begegnet ist, verhält sie sich irrational. Ich erkenne sie kaum wieder, und ihr alle wisst, dass sie seit sehr vielen Jahren meine Lebensgefährtin ist. Ein Zauber könnte diese Wesensveränderung erklären."

„Du bist es, der sich irrational verhält, nicht ich", schrie Orb ihm wütend mit hochrotem Kopf entgegen.

Skanda deutete mit ausgestrecktem Arm auf sie und sah in das Rund, so als würde ihre Empörung alles zuvor Gesagte bestätigen, dann hob er abwehrend die Hände.

„Ich möchte jetzt nicht weiter darauf eingehen", sagte er. „Das alles wird sich später sicher noch aufklären lassen. Kommen wir jetzt lieber zu den Aussagen, die Yama so wortgewaltig vorgebracht hat.

Er behauptete, sein Volk vor dem drohenden Untergang bewahren zu wollen. Nur deshalb möchte er, dass wir ihm erlauben, die Nachkommen der Asura auf Nirva heranzuziehen. Seid ihr so naiv, oder glaubt ihr wirklich, was er sagt? Hat es irgendwann einen Asura vor ihm gekümmert, ob ein anderer seiner Art lebt oder stirbt? Jeder hier im Saal kennt die Antwort, doch jetzt sollen wir das genaue Gegenteil glauben.

Seht ihn euch an! Da steht ein Asura, schwarz, grauenvoll, hässlich und monströs. Wollt ihr diesem Dämon tatsächlich vertrauen?"

„Niemals", schrie jemand aus der Menge.

„Nein", rief ein anderer und erhob sich. Weitere folgten und schlossen sich ihm an. Bald war der halbe Saal aufgestanden. Die Ermahnungen des Ordners, Ruhe zu bewahren, gingen im allgemeinen Tumult unter.

„Beruhigt euch und hört mir zu!", schrie Skanda und tatsächlich wurde die Menge daraufhin ruhiger. „Aus der allgemeinen Unruhe schließe ich, dass ihr mir beipflichten wollt. Es ist Wahnsinn auch nur anzunehmen, dass Yamas schöne Worte aufrichtig gemeint sein könnten. Um zu erkennen, dass er lügt, reicht allein ein Blick auf dieses Monster schon aus."

Applaus erklang.

Varuns Substanz begann, zornig zu vibrieren und erzeugte einen grollenden, unheilvollen Ton.

„Er soll sich rechtfertigen!", forderte jemand lautstark.

„Ja, wir wollen hören, was er dazu zu sagen hat."

„Wie ihr wollt", erwiderte Skanda und verbeugte sich respektvoll vor den Anwesenden, dann wandte er sich

Yama zu und hielt ihm den Stab der Rede entgegen. „Ich erteile also noch einmal dem Herrn der Unterwelt das Wort."

Varun schritt diesmal nicht die Stufen hinab, um den Rednerstab entgegenzunehmen, vielmehr erhob er sich senkrecht in die Luft und schwebte, über alle Köpfe hinweg, auf Skanda zu. Davon vollkommen überrascht wich der Gott einige Schritte zurück, bevor er sich wieder fing.

Wortlos nahm Varun ihm den Stab aus den Händen und bedachte ihn dabei mit einem vernichtenden Blick, dann wandte er sich ab, um zu den Anwesenden zu sprechen: „Verehrte Devas und Devis, ich gebe euch mein Ehrenwort, dass alles, was ich sagte, aufrichtig gemeint war. Ich weiß nicht, was meine äußere Gestalt mit dem zu tun haben soll, was ich sagte. In euren Augen mag ich wie ein Monster aussehen, doch glaubt ihr im ernst, dass die Dinge so einfach sind, wie sie euch erscheinen? Ist ein Deva zwangsläufig gut, nur weil er schön ist? Kann nicht auch ein Hässlicher innere Schönheit und sogar Güte besitzen? Mir scheint, ihr wünscht euch eine einfache Lösung eures Problems, doch nichts in der Welt ist einfach. Ja, ich bin ein Asura und noch viel mehr als das. Es braucht Zeit, *meine* Schönheit zu entdecken, denn ich trage sie nicht außen wie ihr, sondern verberge sie in meinem Inneren. Ihr aber, die ihr so schön von Angesicht seid, was verbergt ihr in eurem Inneren?"

Genau wie Skanda hielt auch Varun kurz inne, bevor er weitersprach. „Indra und auch Orb Ria waren bereit, ihre Furcht und ihre Vorurteile mir gegenüber abzulegen. Nur so war es ihnen möglich, mein wahres Selbst hinter der Maske eines Dämons zu erkennen. Dafür bin ich ihnen für immer dankbar. Doch mir scheint, dass ihr noch nicht dazu bereit seid. Ihr wollt meinen Worten keinen Glauben schenken. Auch Indra und Orb vertraut ihr nicht mehr, weil nicht sein kann, was nicht sein darf. Stattdessen seid ihr bereit, Skanda zu glauben, der Misstrauen und Angst in eure Herzen sät.

Ihr behauptet: einen Dämon kümmert es nicht, ob der Nachwuchs seines Volkes lebt oder stirbt? Doch ist es nicht eher so, dass es euch nicht kümmert? Seid ihr es nicht, die bedenkenlos die Nachkommen meines Volkes ermorden wollt? Ich werde euch nicht bitten eure Einstellung noch einmal zu überdenken, denn ich weiß, dass nichts, was ich sage könnte, euch umstimmen wird. Also trefft eure Entscheidung und tragt die Konsequenzen." Varun hielt den Stab der Rede Skanda entgegen, doch als der danach greifen wollte, ließ er ihn fallen, sodass der Gott ihn vom Boden aufheben musste.

Als Skanda sich wieder aufrichtete und zu ihm aufsah, war ihm sein Zorn deutlich anzusehen. „War der letzte Satz als Drohung gemeint?", fragte er.

„Nein", erwiderte Varun gelassen. „Doch jede Entscheidung, die man im Leben trifft, zieht Konsequenzen nach sich. Gerade Ihr solltet das wissen. Oder wollt Ihr das etwa leugnen?" Ohne auf eine Antwort zu warten, wandte Varun sich von ihm ab. Er schwebte empor und kehrte zu seinem Platz zurück.

„Das war ein eindrucksvoller Auftritt", sagte Dhan zu ihm, als er sich wieder neben ihn setzte.

„Meinst du? Warum habe ich dann das Gefühl, dass meine Worte an ihrer Einstellung nichts ändern werden?"

„Es mag sein, dass du mit dem, was du sagtest, die vorgefasste Meinung der meisten nicht ändern kannst, doch einige und da bin ich mir sehr sicher, hast du zum Nachdenken gebracht."

Während ihres kurzen Gespräches war es in der Ratshalle erneut laut geworden, einige forderten lautstark eine sofortige Abstimmung.

Skanda ignorierte das Geschrei, denn er war in eine Unterhaltung mit einem anderen Deva vertieft. Schließlich drehte er sich um und wandte seine Aufmerksamkeit den Anwesenden zu. „Bitte beruhigt euch", forderte er. „Ich habe noch einiges zu sagen, bevor wir zur Abstimmung kommen." Die Rufe klangen ab, schließlich verstummten sie ganz.

Skanda ergriff das Wort: „Mir ist durchaus klar, dass einige unter euch befürchten, dass durch den Bruch der Vereinbarungen, die Indra so voreilig mit Yama abgeschlossen hat, auch die Rückkehr des Soma gefährdet ist. In diesem Punkt kann ich euch aber beruhigen. Soeben versicherte Ruma mir, dass die Daten, die von der ehrenwerten Orb Ria auf dem Feld gesammelt wurden, ausreichen, um ein Verfahren entwickeln zu können, das die Keimung der Samen künstlich herbeiführen kann. Anders ausgedrückt, wir benötigen keinesfalls die Nachkommen der Asura zu diesem Zweck und müssen sie daher auch nicht auf Nirva dulden."

Orb Ria sprang auf. Sie rief etwas, doch ihre Worte gingen im begeisterten Beifall der anderen unter. Erst als sich die Menge wieder beruhigte, hörte man sie rufen: „Ich verlange, gehört zu werden!"

„Natürlich", entgegnete Skanda großmütig. „Bitte, sag was du uns zu sagen hast."

Sie eilte die Stufen zum Rund hinab und nahm Skanda hastig den Stab aus den Händen. „Hört mir zu!", forderte sie. „Wie schon zuvor erwähnt, habe ich das Wachstum der Pflanzen und ihre Wechselwirkung mit den Asurajungen überwacht und darüber gewissenhaft Buch geführt. Dabei stellte ich fest, dass die Symbiose, die zwischen beiden besteht, äußerst komplex ist. Aus diesem Grunde kann selbst ich nicht mit Sicherheit sagen, ob es in naher Zukunft möglich sein wird, diese Bedingungen künstlich herbeizuführen. Niemand kann das zu diesem Zeitpunkt behaupten, weder Ruma noch ein anderer. Wenn er euch das verspricht, ist er ein Lügner oder im besten Fall ein Optimist."

„Danke für deine Meinung Orb", entgegnete Skanda und nahm ihr den Stab der Rede einfach aus der Hand. Den wütenden Blick, den Orb ihm dabei zuwarf, sah er nicht mehr. Er wandte sich den Bürgern zu und sagte: „Ich denke, es wurde alles zur Sprache gebracht, was es zu sagen gibt. Ich bin mir sicher, dass ihr euch bereits eine Meinung gebildet habt, sodass wir jetzt sofort zur Abstimmung übergehen können."

Zustimmende Rufe und Beifall erklangen. Skanda verbeugte sich förmlich, dann gab er den Rednerstab dem Ordner zurück.

„Wir unterbrechen die Sitzung für dreißig Minuten", informierte der Beamte die Anwesenden, „anschließend wird die Abstimmung erfolgen."

Auch diesmal verbrachte Yama die Pause in Indras privatem Raum. Die Stimmung der Anwesenden war gedrückt und nahm das erwartete Ergebnis bereits vorweg. Matali, der neben ihm Platz genommen hatte, seufzte, während er sich mit den Händen nervös durchs Gesicht fuhr.

„Was ist los?", fragte ihn Varun. „Du siehst aus, als ginge es hier um das Fortbestehen deines Volkes, nicht um meines."

„Es geht hier noch um weit mehr, als nur um die Nachkommen. Es ist schon lange her, seit die Devas das letzte Mal so zerstritten waren wie zurzeit." Matali sah ihn besorgt an.

„Und du glaubst, das ist meine Schuld?"

„Deine Schuld? Nein, auch wenn du mit deiner Bitte der Anlass für diesen Streit bist, liegt die Ursache viel tiefer. Seit wir die Unsterblichkeit erlangt haben, sind wir Devas selbstgefällig und maßlos arrogant geworden. Hochmütig sehen wir auf alles herab, was nicht ist, wie wir selbst. Wir versuchen nicht einmal mehr, andere zu verstehen. Wir glauben sogar, das Recht zu haben, über Leben und Sterben entscheiden zu können."

„Wenn du *wir* sagst, dann schließt du dich mit ein?"

„Richtig", stimmte Matali ihm zu. „Ich schäme mich dafür, denn ich habe ähnlich gedacht wie alle anderen. Aber seit ich dich kenne, bin ich nachdenklich geworden und habe erkannt, wie hochmütig wir doch sind."

„Auch ich habe Vorurteile", gab Varun offen zu, „davon kann sich niemand ganz freisprechen."

„Mag sein", sagte Matali. „Trotzdem hoffe ich, dass du nicht allzu enttäuscht sein wirst, wenn gleich das Ergebnis der Abstimmung bekannt gegeben wird."

„Das Ergebnis ist absehbar, doch das ist keine Niederlage für mich, sondern für euch."

Als sie in die Halle zurückkehrten und ihre Plätze einnahmen, herrschte angespannte Ruhe im Saal. Die Devas hielten ihre Tafeln in Händen und Varun fragte: „Nutzt ihr die Tafeln auch für die Abstimmung?"

„Ja, das tun wir", bestätigte Dhan. Er zog seine eigene aus dem Gewand hervor, „es wird deshalb nicht lange dauern, bis das Ergebnis feststeht."

Abermals ertönte ein Gong und ein Staatsdiener trat vor: „Verehrte anwesende Devis und Devas, ihr alle habt den Reden aufmerksam zugehört, das Für und Wider sorgfältig abgewogen, sodass wir jetzt zur Abstimmung kommen können. Ihr findet das Abstimmungsfenster auf eurer Tafel, unter dem Begriff: Abstimmung zur Somafrage. Bitte gebt jetzt eure Stimmen ab!"

Tatsächlich dauerte es nicht lange, bis der Staatsdiener erneut vortrat und das Ergebnis verkündete: „Die Wahlbeteiligung am heutigen Tage lag bei achtundneunzig Prozent. Die Abstimmung ist somit gültig und das Ergebnis eindeutig. achtunddreißig Prozent aller Bürger stimmten für die Einhaltung des Vertrages, den Indra mit Yama, dem Herrn des Totenreiches, abgeschlossen hat und sechzig Prozent stimmten dagegen. Zwei Prozent zogen es vor, sich zu enthalten. Die Mehrheit der Devas ist somit nicht gewillt, die Nachkommen der Asura auf Nirva zu dulden. Der Vertrag ist damit ungültig"

Eine Devi sprang auf und rief: „Ich möchte einen Antrag stellen!"

Der Beamte winkte sie zu sich. „Ich erteile hiermit der ehrenwerten Shari das Wort!"

Sie nahm den Stab der Rede entgegen und wandte sich an das Volk: „Bürger", sagte sie, „wenn es stimmt, was Skanda behauptet hat, dann steht unser König unter dem Einfluss eines Zaubers. Solange dieser Vorwurf im Raum steht, können wir ihm nicht länger vertrauen."

Sie hielt einen Augenblick inne und es schien, als überlegte sie, wie sie fortfahren sollte. „Aus diesem Grund möchte ich ein Misstrauensvotum gegen Indra beantragen, außerdem möchte ich vorschlagen, dass der Rat noch heute einen neuen König wählt."

Die Devas sprangen von ihren Sitzen auf, zustimmende Rufe wurden laut, während andere lautstark dagegen protestierten. Das Geschrei schwoll rasch an und hallte von den Wänden der hohen, weitläufigen Halle wider. Indra stand sprachlos in dem Tumult. Er wirkte aufs Äußerste geschockt, aber auch Skanda schien von dem unerwarteten Antrag überrascht worden zu sein. Seine Züge verhärteten sich, als er begriff, was die Devi gesagt hatte. Der König warf ihm einen vernichtenden Blick zu, dann wandte er sich ab und verließ seine Loge.

„Ich bitte um Ruhe!", schrie der Staatsdiener in den Tumult hinein. Tatsächlich wurde es ruhiger und die Devas setzten sich wieder auf ihre Plätze. „Alle, die für ein Misstrauensvotum sind, bitte ich jetzt um ein Handzeichen." Viele Hände hoben sich auf den Rängen. „Dem Antrag wird stattgegeben. Wen schlagt ihr als neuen König vor?"

„Skanda!"

Donnernder Applaus erklang, sowie zustimmende Jubelrufe. Die Bürger sprangen erneut von ihren Sitzen auf und begannen in einem rhythmischen Singsang Skandas Namen zu wiederholen.

„Der Antrag ist angenommen", rief der Beamte. Seine Worte gingen in der allgemeinen Aufregung unter.

Dhan beugte sich zu Yama hinüber. Er war aschfahl im Gesicht. „Es wäre klug, wenn du jetzt die Stadt verlassen würdest", sagte er.

Stumm nickte Varun, stand auf und verschwand noch im gleichen Moment.

Kurz darauf erschien er auf dem Feld.

„Alle zu mir!", dröhnte sein Befehl, so eindringlich, dass nicht nur die Asura die sich bereits auf dem Feld bewegten, zu ihm kamen, sondern auch zwei weitere sich von ihren Bäumen lösten und mit unsicheren Bewegungen auf ihn zu torkelten.

„Es tut mir leid", sagte er, „aber ich muss euch jetzt an einen anderen Ort bringen." Blitzschnell griff er nach Snippy und zog ihn in seine Substanz hinein. Der junge Asura schlug wild um sich und wehrte sich nach Kräften, dann mit einem Mal erschlaffte er. Auch die anderen packte Varun auf gleiche Weise und verließ mit ihnen das Feld.

Harkandas

Ich spürte den Ruf meines Herrn bereits, bevor seine Substanz sich vollständig materialisierte. Ich stürzte hinab und landete nicht weit von ihm entfernt.

Als Varun mich sah, schien er überrascht zu sein. „Da bist du ja schon, Harkandas", sagte er, „gerade wollte ich dich zu mir rufen."

„Ich befand mich in Eurer Nähe", erwiderte ich und war insgeheim stolz, wie gut ich ihn inzwischen kannte.

„Ich habe Neuigkeiten", fuhr er fort, „aber zuerst …"

Etwas purzelte aus seiner Substanz heraus und blieb im ersten Moment benommen liegen, bevor es sich hektisch umsah. Es war klein und schwarz.

Es brauchte Zeit, bis ich begriff, dass es ein junger Asura war. Nach diesem ersten, folgten acht weitere. „Schön hier bei mir bleiben!", sagte Varun zu ihnen und wandte sich dann zu mir um. „Ich musste sie mitnehmen, denn auf dem Feld sind sie ab jetzt nicht mehr sicher."

Vorsichtig fragte ich: „Haben die Naga das Feld noch einmal überfallen?"

„Nein, die Naga halten sich an den Vertrag, den ich mit ihnen abgeschlossen habe. Es sind die Devas, die unsere Jungen nicht länger auf Nirva dulden wollen. Sie werden mir wahrscheinlich auch nicht erlauben, die Asura, die sich bisher noch nicht vom Soma getrennt haben, in die Unterwelt zurückzubringen."

„Dann hat Indra sein Wort gebrochen?"

„Indra hätte sein Wort gehalten, aber leider ist er seit heute nicht mehr der König der Devas."

„Dann wurde er von einem anderen besiegt?"

„Nicht ganz", sagte Varun. „Du musst wissen, Devas regeln viele Dinge anders als wir. Es gab keinen Herausforderer, der den König in einem Duell bezwang. Indra wurde durch Worte besiegt."

Verständnislos sah ich kurz zu ihm auf. Wie sollte es möglich sein, einzig durch Worte die Herrschaft zu erringen?

Mein Herr schien zu wissen, dass ich ihn nicht verstand. „Devas wählen ihren König", erklärte er. „Jeder von ihnen hat dabei eine Stimme, mit der er entscheiden kann, wen er für am Fähigsten hält, sie zu führen."

„Sie wählen?", wiederholte ich. Diese Vorstellung schien mir absurd. Wie sollte man herausfinden können, welcher von ihnen tatsächlich der Stärkere war, wenn er es nicht im Kampf beweisen musste?

„Ganz recht", bestätigte mein Herr. „Die Mehrheit hat sich gegen Indra entschieden, weil sie die jungen Asura auf Nirva nicht länger dulden wollten. Deshalb haben sie einen anderen König gewählt. Aus diesem Grund habe ich die Nachkommen, die sich bereits vom Soma getrennt haben, mit hierher gebracht, denn das Feld ist für uns verloren." Varun sah auf die Nachkommen herab und schien nachzudenken. „Diese Asura sind noch sehr klein, deshalb möchte ich sie nur ungern sich selbst überlassen."

„Herr?"

„Bei den Devas ist es üblich, sich um den Nachwuchs zu kümmern und ihnen alles beizubringen, was sie wissen müssen. Das ist ihre Stärke. Wir sollten es ihnen gleichtun und unsere Kinder beschützen, solange sie noch klein sind."

„Aber Herr", widersprach ich. „Wenn wir mit diesen Jungen unser Wissen teilen, könnten sie uns eines Tages an Wissen und Kraft übertreffen."

„Das ist durchaus möglich und wünschenswert."

„Aber wieso?"

„Sollten die Jungen die Alten überflügeln, wird das auch unser Verdienst sein. Das bedeutet, dass es uns durch sie ermöglicht wird, die Welt ein kleines bisschen besser zu machen. Wir sollten ihnen helfen, ihr Potenzial zu entdecken und sie lehren, es zu nutzen. Man kann ihnen beibringen zu fliegen, doch wird es nicht unser Flug sein. Wenn es auch unmöglich ist, sie vor allem Leid zu bewahren, können wir ihnen beibringen, alle Schwierigkeiten zu überstehen."

Auch diese Erklärung blieb für mich unverständlich und hörte sich vollkommen falsch an, dennoch erwiderte ich nichts darauf. „Was soll nun mit ihnen geschehen?"

„Wir müssen eine Schutzzone für sie einrichten und ich möchte, dass du dich darum kümmerst."

„Ja, Herr."

„Trenne einen Bereich ab, in dem sich die Jungen ohne Furcht vor den Alten bewegen können. Wähle dann ein oder zwei Asura aus, die sie beaufsichtigen. Sie sollen verhindern, dass ausgewachsene Asura sie angreifen. Hast du das verstanden?"

„Ja, Herr."

„Gut", sagte Varun zufrieden. „Ab und zu werde ich nachsehen, wie sie sich entwickeln, sorge also dafür, dass es ihnen gut geht." Mit diesen Worten ließ mich mein Herr allein.

Skanda

Der tosende Beifall und die begeisterten Jubelschreie hielten lange an. Die Devas feierten euphorisch ihren neu gewählten König. Skanda nahm den Jubel triumphierend entgegen und lächelte. Er hatte gesiegt.

Sogar für ihn war der Misstrauensantrag unerwartet gekommen. Er hätte die Wahl ablehnen können, doch das wäre furchtbar dumm gewesen. Die Bürger vertrauten ihm, und er würde sich dieses Vertrauens als würdig erweisen. Ihre Zustimmung war schließlich der Beweis, dass er im Recht war.

Die Königsloge war leer und auch Yama hatte die Ratshalle unbemerkt verlassen.

Er sah sich um und entdeckte eine Palastwächterin ganz in seiner Nähe. „Du bist Jana, nicht wahr?" Sie nickte. „Hast du gesehen, wohin der Asura verschwunden ist?"

Ihre Antwort fiel knapp aus: „Nein, hab ich nicht."

„Ist der Alarm noch immer deaktiviert?"

„Ja."

„Es war unverantwortlich von Indra, ihn abzuschalten. Sorge dafür, dass er wieder aktiv ist. Der Feind hätte mit einer Armee in die Stadt eindringen können, ohne dass wir etwas davon mitbekommen hätten."

Die Devi sah ihn skeptisch an. „Und wie sollte eine Armee von Dämonen unbemerkt nach Nirva gelangen und bis nach Meru vordringen?"

„Ich wollte damit nur sagen, dass es leichtsinnig war, den Alarm abzustellen."

„Es bestand nur ein geringes Risiko. Yama hatte weder jetzt noch in Zukunft vor, uns mit seinen Armeen anzugreifen und das sage ich nicht, weil ich unter irgendeinem Zauber stehe." Die Wächterin warf ihm einen feindseligen Blick zu, doch das ließ ihn kalt.

„Ich habe dich nicht nach deiner Meinung gefragt", erwiderte er. „Tu einfach, was ich sage!"

Ohne ein weiteres Wort drehte Jana sich um und ging. Ihm blieb keine Zeit, sich weiter über ihr respektloses Auftreten zu ärgern, denn ein hoher Staatsbeamter trat an ihn heran, gleich, nachdem die Wächterin fortgegangen war.

„Eure königliche Hoheit", sagte er ehrerbietig und war kaum imstande, seine Aufregung zu verbergen. Er verbeugte sich hastig, bevor er weitersprach: „Habt Ihr bereits erste Anweisungen für mich?"

Skanda lächelte ihm freundlich zu, während er überlegte. Schließlich sagte er: „Solange nicht geklärt ist, ob Indra und Orb Ria unter einem Zauber eines Dämons stehen, ordne ich an, dass sie bis auf Weiteres die Stadt nicht verlassen dürfen." Seine Stimme klang verhalten, doch sein Befehl ließ keinen Widerspruch zu.

Der Beamte wirkte bestürzt. „Ihr wollt Indra gefangen halten?"

Skanda winkte ab. „Von Gefangenschaft kann kaum die Rede sein, denn er darf sich in der Stadt weiterhin frei bewegen. Diese Weisung ist auch nur für eine begrenzte Zeit und dient unser aller Sicherheit."

„Natürlich, ich verstehe und werde Eure Weisung sogleich an alle Stellen weiterleiten." Der Beamte verbeugte sich ein weiteres Mal, bevor er davoneilte.

Skanda lächelte hochzufrieden. Er wollte schon die Ratshalle verlassen, da trat ein weiterer Beamter auf ihn zu. „Eure Hoheit", sagte er. „Hier ist eine Devi, die Euch zu sprechen wünscht. Sie sagt, es sei dringend."

„So, und wer ist sie?"

„Anjali ist eine der Köchinnen aus der Palastküche."

Was kann eine Köchin schon wissen?', dachte er, sprach diesen Gedanken aber nicht aus. „Also gut, sie soll es kurz machen."

Eine Devi trat vor. Sie wirkte eingeschüchtert und begann stockend, zu erzählen: „Eure Majestät, ich bin eine der Köchinnen aus …"

„Ja doch, das weiß ich bereits, kommt zur Sache."

Anjali schluckte, bevor sie weiter sprach: „Vor einigen Wochen kam Indra zu uns in die Küche hinunter. Er hat sich lange mit Rago unterhalten. Danach kam der Küchenchef zu uns und erklärte, dass Indra einen fähigen Koch suchte, der die Naga in der Kochkunst unterweisen könnte. Dafür brauchte unser König einen Freiwilligen, der bereit war, für einige Zeit unter dem Schlangenvolk zu leben, um ihnen einige einfache Gerichte zu erklären."

„Ja und weiter?", fragte Skanda ungeduldig.

„Ich habe mich daraufhin für diese Aufgabe gemeldet, weil ich dachte, dass dieses Abenteuer vielleicht eine willkommene Abwechslung für mich wäre." Anjali stockte, bevor sie weitersprach. „Es war schrecklich. Diese Wilden, ich hätte mir niemals vorstellen können, wie primitiv dieses Schlangenvolk lebt.

Zwar behandelten mich die Naga sehr freundlich, doch musste ich unter den primitivsten Bedingungen leben.

Ich schlief in einer Hütte, dessen Dach aus ineinander verwobenen Ästen eines lebenden Baumes bestand. Es regnete durch das Blattwerk und zahllose Insekten lebten in dem, was sie Häuser nannten.

Vom Kochen verstanden sie rein gar nichts, denn die Naga verschlingen ihre Beute lebend und im Ganzen. Es war so ekelhaft ihnen zuzusehen, wenn sie aßen."

Anjali unterbrach ihren Bericht und war den Tränen nah, doch Skandas ungeduldige Haltung veranlasste sie schnell weiterzuerzählen. „Mit meinen Unterweisungen musste ich praktisch bei null anfangen. Jede Selbstverständlichkeit musste ich ihnen erklären."

„Es interessiert mich wenig, ob die Naga etwas vom Kochen verstehen oder auch nicht. Gibt es irgendetwas an dieser Geschichte, das von Belang ist?"

„Ich komme jetzt dazu, Eure königliche Hoheit", erwiderte die Köchin und fuhr fort: „Ich habe so einiges erfahren, während ich unter ihnen lebte und denke, dass Ihr das wissen solltet.

Ich weiß zum Beispiel, dass Yama auch ihnen einige Asuranachkommen überlassen hat, denn auch sie besitzen den Samen des heiligen Baumes. Irgendwo in ihrem Reich wächst jetzt also der Nachwuchs der Dämonen heran. Wo genau, konnte ich aber nicht erfahren."

Zuvor hatte Skanda kaum zugehört, doch jetzt war sein Interesse geweckt. Er schenkte Anjali seine volle Aufmerksamkeit, als sie weiter sprach.

„Diese naiven Wilden schienen gar nicht zu begreifen, welche Gefahr Asura für unsere Welt darstellen können. Sie freuten sich nur über die Rückkehr des Soma und berichteten mir über ein großes Fest, das sie extra für den Herrn des Totenreichs ausgerichtet haben. Auch Indra soll bei diesen Feierlichkeiten zugegen gewesen sein. Er hat, so sagte man mir, zu diesem Anlass der Königin feierlich eine Tafel überreicht, damit es ihr in Zukunft möglich ist, mit ihm und auch mit Yama in Kontakt zu treten."

„In der Tat, das sind wichtige Neuigkeiten. Danke, dass du damit zu mir gekommen bist", sagte Skanda.

„Ich habe mich schon damals gefragt, warum Indra mit Yama gemeinsame Sache macht und ihn dabei unterstützt, neue Dämonen heranzuzüchten. Erst jetzt, nach dieser Debatte, habe ich verstanden, dass es so sein muss, wie Ihr sagt. Unser guter König muss unter einem bösen Zauber stehen."

Skanda nickte und zeigte dabei ein ernstes Gesicht. „Es war richtig, mit diesen Informationen zu mir zu kommen." Er winkte den Beamten zu sich heran. „Wir müssen die Kommunikation zwischen dem Totenreich und Nirva sofort unterbrechen."

„Ich kümmere mich darum, Eure Majestät." Der Amtmann verbeugte sich und wollte sich schon entfernen, doch Skanda hielt ihn auf.

„Warte! Auch die Nagakönigin hat keinen Anspruch auf unsere Technologie. Ihre Tafel soll ebenfalls deaktiviert werden."

„Wie Ihr wünscht." Der Staatsdiener verbeugte sich abermals und eilte davon.

Skanda wurde noch mehrere Male von Staatsdienern aufgehalten, die ihm Fragen stellten, die er ihnen nicht beantworten konnte. Deshalb vertröstete er sie auf einen späteren Zeitpunkt und ließ sie ratlos zurück.

Die Feierlichkeiten zu seiner Inthronisation waren für die kommende Woche geplant. Sie sollten drei Tage andauern. Auch dazu hatte man ihn mit Fragen bedrängt, doch da Skanda diesbezüglich keine besonderen

Wünsche hatte, überließ er es anderen, sich darüber den Kopf zu zerbrechen.

Als er am Abend endlich in sein Haus zurückkehrte und die Tür hinter sich schloss, war er erleichtert. Er ging ins Arbeitszimmer, um, wie an jedem Abend, seine Tafel auf den Schreibtisch zu legen. Sein Blick fiel auf einige Papiere. Sie waren vergilbt und rissig und hatten zuvor noch nicht dort gelegen. Sie erinnerten ihn an …

Mit vor Aufregung zitternden Fingern nahm er die Blätter auf, um sie sich näher anzusehen. Drei der Seiten zeigten Abbildungen von Fragmenten unbekannter Herkunft. Auf dem vierten Papier stand eine kurze Botschaft.

Ich beglückwünsche Euch aufrichtig zu Eurem verantwortungsvollen Amt.

Anbei findet Ihr Zeichnungen der Artefakte, die sich in Eurem Palast befinden. Ich kann sie für Euch zu einer mächtigen Waffe zusammenfügen.
Wenn Ihr das wünscht, besucht mich in zwei Wochen in der Taverne zum goldenen Affen.

Mit besten Wünschen, Vritra Ahi.

Zornig knüllte Skanda die Blätter zusammen und warf sie in eine Ecke. Wie war es möglich, dass der Gott des Chaos unbemerkt in sein Haus gelangen konnte?

‚Indra hat den Alarm abgeschaltet und Vritra Ahi hat diese Chance genutzt‘, dachte er. So war es für ihn ein Leichtes, in sein Haus einzudringen, ohne bemerkt zu werden. Indras Nachlässigkeit hätte viel schlimmere Folgen haben können. Jetzt, unter seiner Führung, würde sich einiges ändern.

Indra

Noch bevor die Abstimmung erfolgte, hatte Indra die Ratshalle verlassen und war zusammen mit Indrani und Matali in den Palast zurückgekehrt.

In seinen Privatgemächern herrsche eine bedrückte Stimmung, während sie auf das Ergebnis der Volksentscheidung warteten.

Nachdem das Ergebnis eingetroffen war, ergriff Matali als erster das Wort: „Immerhin haben noch siebenundvierzig Prozent für dich gestimmt, das ist doch mehr, als erwartet."

„Viele haben mir nur ihre Stimme gegeben, weil sie Skanda nicht als ihren neuen König sehen wollten. Skanda ist impulsiv. Er hält wenig von Diplomatie und versteht rein gar nichts von Staatsgeschäften. Nicht wenige wissen das."

„Er hat allerdings ein bemerkenswertes Talent, in anderen irrationale Ängste zu wecken und alle glauben zu machen, dass nur er wüsste, wie man diese Probleme lösen kann."

„Ja, leider." Indra legte seine Tafel auf den Tisch, lehnte sich zurück und schlug die Beine übereinander. „Im Moment können wir nichts weiter tun, als abzuwarten."

„Nach allem, was du für sie getan hast", sagte Indrani. „Das ist eine Schande." Sie seufzte schwer und war den Tränen nah.

Indra beugte sich vor und tätschelte ihr ermutigend das Knie. „Alles halb so wild mein Herz. Sieh es mal so, jetzt haben wir sehr viel mehr Zeit für uns. Im Übrigen glaube ich nicht, dass Skanda sich lange halten kann. Wir müssen nur Geduld haben und abwarten."

„Und was ist mit Yama?", fragte Matali dazwischen. „Glaubst du, dass er seelenruhig dabei zusehen wird, wie Skanda die Nachkommen auf dem Feld ermordet?"

„Ich denke, er wird es hinnehmen müssen. Yama ist viel besonnener, als ich ihm zugetraut hätte. Falls du befürchten solltest, dass er deswegen einen Krieg mit uns beginnen könnte, sage ich: Nein, das wird er nicht. Für seine Ziele reichen die Vereinbarungen aus, die er mit Manassa getroffen hat und die Nagakönigin ist ein verlässlicher Partner. Verlässlicher jedenfalls, als wir es sind, fürchte ich." Indra nahm noch einmal seine Tafel zur Hand. „Ich denke, ich sollte ihn und Manassa noch kurz über den Ausgang der Wahl informieren." Er tippte und runzelte kurz darauf die Stirn. „Ich kann weder ihn, noch Manassa erreichen. Skanda muss die Verbindung zu ihnen unterbrochen haben."

Fast gleichzeitig griffen Matali und Indrani nach ihren eigenen Tafeln, um Indras Vermutung zu überprüfen. Kurz darauf konnten sie seine Vermutung bestätigen.

„Dieser Mistkerl!", fluchte Indra und sprang auf.

„Es hat keinen Sinn, sich darüber aufzuregen, im Moment kannst du gar nichts tun", sagte Matali und erhob sich ebenfalls. „Ich werde jetzt gehen, schlaft gut. Vielleicht sieht morgen die Welt schon ganz anders aus."

Doch die Welt blieb die gleiche wie zuvor. Als Indra am nächsten Tag durch die Stadt ging, grüßten ihn nur wenige. Die meisten wichen seinen Blicken aus oder gingen ihm aus dem Weg.

Er überquerte gerade den Marktplatz, als hinter ihm jemand laut seinen Namen rief. Er drehte sich um und sah Orb, die außer Atem auf ihn zu gerannt kam. „Nanu, Orb", sagte Indra, „ich dachte, du wärest schon längst wieder auf das Feld zurückgekehrt."

„Ja, das wollte ich auch", bestätigte sie und hörte sich zornig an. „Doch am Hangar hielt man mich mit der Erklärung auf, dass ich bis auf weiteres die Stadt nicht verlassen dürfe. Das gleich gilt übrigens auch für dich, falls du das noch nicht weißt." Sie verschränkte die Arme vor ihrer Brust und sah ihn empört an.

„Davon wusste ich tatsächlich noch nichts", entgegnete Indra. „Das ist ja unerhört."

„Das kann man wohl sagen", stimmte Orb ihm zu. „Ich bin daraufhin sofort zu Skanda gegangen und wollte ihn zur Rede stellen, doch man ließ mich nicht zu ihm vor.

Ein recht blasierter Beamter sagte mir: *Das geschieht alles nur zu Eurer Sicherheit. Solange nicht feststeht, dass Ihr nicht durch einen Zauber manipuliert worden seid, dürft Ihr Euch nur noch in der Stadt bewegen.*

Arr, ich könnte schreien, über so einen Unsinn!"

Indra presste verärgert die Zähne zusammen. „Das geht eindeutig zu weit. Welcher Dummkopf sollte ihm diesen absurden Vorwurf schon glauben?"

„Offenbar gibt es genügend Leute, die seine Behauptungen ernst nehmen", erwiderte die Devi.

Indra seufzte schwer. „Ich fürchte, da können wir im Moment nur wenig tun", sagte er. „Sogar die Kommunikationswege zu Yama und Manassa sind unterbrochen."

Orb zog bestürzt ihre Tafel aus der Tasche, um selbst zu überprüfen, ob das Gesagte den Tatsachen entsprach. Kurz darauf runzelte sie die Stirn und steckte das Gerät wieder weg. Sie sah auf. „Das Schlimmste daran ist, dass sich alle meine Aufzeichnungen und Forschungsergebnisse noch in dem Schiff befanden. Wie ich erfahren habe, wurden sie konfisziert und an Ruma übergeben. Dabei ist er nicht einmal halb so kompetent wie ich auf dem Gebiet der Somaforschung." Orb kamen vor Wut die Tränen.

„Das weiß ich", sagte Indra und legte ihr tröstend eine Hand auf ihre Schultern.

Orb schniefte. „Was soll ich jetzt tun?"

„Abwarten. Der Vorwurf, dass wir durch einen Zauber Yamas beeinflusst wurden, wird sich sehr schnell als haltlos herausstellen und dann muss Skanda zwangsläufig alle gegen uns verhängten Sanktionen fallen lassen."

„Du klingst so gelassen. Ärgert es dich etwa nicht, dass Skanda durch das Streuen von Halbwahrheiten und Lügen die Macht an sich gerissen hat?"

„Und wie mich das ärgert", erwiderte der Gott. Er lächelte sie an und sah ganz und gar nicht verärgert aus.

Am Abend saß Indra mit seiner Familie zusammen und las ein Buch, um etwas abzuschalten, während Indrani mit Surya spielte. Als es klopfte und kurz danach eine Apsara die Wohnräume betrat, richteten sich alle sechs Augenpaare auf sie. „Entschuldigt bitte die Störung zu so später Stunde", begann sie und verbeugte sich ehrerbietig.

„Schon gut, Sri. Was gibt es denn?", fragte Indrani.

„Hier ist …" Die Apsara wurde beiseite gedrängt, als Skanda unaufgefordert eintrat.

„Ich habe keine Zeit für Höflichkeiten", sagte er, während er sie beiseiteschob.

Indra stand auf. „Skanda, welch eine Überraschung zu dieser abendlichen Stunde. Wie kann ich Eurer Majestät dienlich sein?" In seiner Stimme lag so viel Spott, dass man es kaum überhören konnte.

„In drei Tagen beginnen die Feierlichkeiten zu meiner Amtsübernahme", begann Skanda.

„Ja, das ist mir auch schon zu Ohren gekommen."

„Dann ist Euch wohl auch klar, dass ich anschließend einen Anspruch auf diese Räumlichkeiten habe."

„Aber der Palast ist doch groß genug", mischte sich Indrani ein, „und dies ist seit Jahrhunderten unser Zuhause."

„Es ist seit jeher das Vorrecht des Königs, den Palast zu bewohnen, und er allein entscheidet, wer bleibt und wer geht." Bei dem hochmütigen Tonfall in Skandas Stimme verlor Indra beinahe die Fassung. Er beherrschte sich nur mühsam, nicht jedoch seine Tochter.

„Du bist dumm!", schrie sie mit schriller Stimme und ballte vor Wut die Fäuste. Zornestränen standen in ihren Augen. „Du dummer Blödkopf, du!" Dann wandte Surya sich ab. Sie rannte in ihr Zimmer und schlug wutentbrannt, so fest sie konnte, die Tür hinter sich zu.

„Du solltest deiner Tochter bessere Manieren beibringen", schlug Skanda vor.

„Meine Tochter", entgegnete Indrani, „hat nur ihre Meinung zum Ausdruck gebracht, dass sie deine Handlungen für äußerst kurzsichtig hält. Ich schließe mich ihrer Meinung an. Mit Verlaub Eure königliche Hoheit, Ihr *seid* ein dummer Blödkopf." Mit hoch erhobenem Haupt folgte Indrani ihrer Tochter und ließ Skanda stehen.

Yama

„Skanda scheint ein Freund von schnellen Entscheidungen zu sein", sagte Jeng, als er bemerkte, dass die Kommunikation über die Tafel nicht mehr möglich war. Er fluchte.

„Wahrscheinlich weiß die Nagakönigin noch nichts von Indras Sturz", vermutete Varun.

„Dann sollten wir sie ins Bild setzen und herausfinden, was sie über die neue Situation denkt."

„Jetzt sofort?"

„Ja, aber zuvor schicke deinen Kundschafter zum Feld, ich möchte sehen, ob Orb bereits dorthin zurückgekehrt ist." Jeng schloss die Augen, nur so war es ihm möglich durch die Augen des Kundschafters zu sehen, genau wie Varun. Die Bilder waren verschwommen und unscharf. Noch immer musste er all seine Konzentration nach innen richten, um überhaupt etwas erkennen zu können. Inzwischen fiel ihm das jedoch immer leichter.

„Es sind fremde Devas auf dem Feld", berichtete Varun.

„Ich sehe sie auch. Es sind vier, oder?"

„Ja, nur Orb kann ich nirgends entdecken."

„Wahrscheinlich weiß sie nicht, was hier geschieht. Da sie nicht dort ist, vermute ich, dass man ihr verboten hat, ihre Arbeit fortzusetzen", sagte Jeng.

„Das gefällt mir nicht. Wie wäre es mit einem kleinen Überraschungsangriff?"

„Wir waren uns doch einig, dass wir ihnen das Feld kampflos überlassen werden, hast du jetzt etwa deine Meinung geändert, Varun?"

„Nein, aber je länger ich ihnen zusehe, umso mehr kribbelt es in meiner Substanz."

„Bevor du in Versuchung gerätst, lass uns lieber Manassa aufsuchen, um mit ihr die Lage zu besprechen." Varun sprang fast noch im gleichen Moment. Gleich darauf verlor die Welt alle Farbe, als er sich unsichtbar machte. Dann flog er am Rande des Dschungels entlang, auf der Suche nach einem Zugang, der hineinführte. „Verdammt, ich könnte schwören, dass an dieser Stelle das letzte Mal ein Weg war. Mir kommt es so vor, als würde sich dieser Dschungel ständig verändern."

„Das tut er ganz sicher, schließlich ist es ein lebendiger Wald. Möglicherweise helfen die Naga dabei aber noch etwas nach. Das wäre eine gute Möglichkeit einen Gegner zu verwirren."

Schließlich verlor Varun die Geduld und verschaffte sich gewaltsam Zugang, indem er sich durch das dichte Unterholz zwängte. Äst knackten laut und unüberhörbar.

„Halt! Wer ist da?", fragte eine Stimme über ihm.

Varun sah auf, konnte aber niemanden entdecken. „Yama wünscht mit Königin Manassa zu sprechen", sagte er, gleichzeitig wurde er wieder sichtbar.

Etwas bewegte sich im Blättergewirr und er erkannte die Konturen einer Naga. Es war Nissa, die jetzt vor ihm elegant zu Boden glitt. „Ich werde Euch zu ihr bringen", sagte sie. „Folgt mir."

Das Gesicht der Königin wirkte ausdruckslos, während sie dem lauschte, was Varun zu berichten hatte. „Das sind schlechte Neuigkeiten", sagte sie schließlich.

„In der Tat", bestätigte Varun und behielt dabei seinen Blick auf Manassa gerichtet, die von mehreren ihrer Beraterinnen umgeben war. Eine von ihnen beugte sich zu ihr vor und flüsterte ihr etwas ins Ohr.

Manassa nickte daraufhin und sagte mit ernstem Gesicht: „Ich und damit das gesamte Volk der Naga, stehe hinter der Vereinbarung, die wir mit Euch getroffen haben. Wir halten Wort und werden das Soma und die Asuranachkommen die sich mit dem heiligen Baum verbunden haben, mit unserem Leben beschützen."

„Ich danke Euch." Varun neigte sein Haupt, bevor er fortfuhr: „Es wird Euch, so hoffe ich, klar sein, dass die Devas auch Euch auffordern könnten, die Asurajungen zu töten, sollten sie von dieser Vereinbarung erfahren."

„Falls sie dies von uns fordern, werden wir uns weigern, dem nachzukommen und sollten sie mit Gewalt in unser Gebiet vordringen, werden wir uns zu verteidigen wissen." Die Königin wirkte entschlossen und aufrichtig, als sie das sagte.

„Ich hoffe, dass es nicht so weit kommen wird, doch ist es nicht auszuschließen, dass Skanda vor einer Auseinandersetzung mit Eurem Volk nicht zurückschreckt. Seine Handlungen sind von Furcht und Hass bestimmt. Die Vorstellung, dass Asura nach Nirva zurückgekehrt sind, ist für ihn unerträglich."

Die Königin neigte sich leicht zu ihm vor, der kostbare Schmuck, der ihren nackten Oberkörper zierte, gab dabei leise klimpernde Geräusche von sich. Noch immer zeigte ihr Gesicht keine Regung, doch ihr Blick war fest und ohne Furcht. „Keine heute lebende Naga erinnert sich noch an die Zeit, als die Asura frei auf Nirva lebten, doch wir besitzen zahlreiche Aufzeichnungen darüber. Für mein Volk ist alles, was auf Nirva lebt, ein Teil dieser Welt und wir sehen es als ihr zugehörig an. Einst gehörten auch Asura dazu und wir wussten, mit ihnen zu leben. In unseren Augen war es deshalb ein Unrecht, dass die Devas Euer Volk aus ihrer Heimat vertrieben haben. Doch weder bin ich dumm, noch naiv. Ich weiß, dass Dämonen aggressiv und unberechenbar sind. Ich weiß aber auch, dass Ihr anders seid. Ihr, Yama, habt alles, was ich zuvor über Asura zu wissen glaubte, infrage gestellt. Ich vertraue Euch und Eurem Wort, denn Ihr habt mir bereits bewiesen, dass ich Euch trauen kann."

Harkandas

Zum wiederholten Male versperrten mir neugierige Asura den Weg. „Geht beiseite!", befahl ich entnervt. Dazu kam, dass die Jungen mir einfach nicht gehorchen wollten. Ermahnungen halfen nur kurzzeitig, bevor sie erneut begannen, untereinander zu streiten, statt mir zu folgen. Ihr ständiges nervenzehrendes Gekreisch begleitete mich unablässig, sodass meine Laune sich immer weiter verschlechterte. Ich hatte gut Lust, ihnen zu zeigen, wer ihr Herr war, doch da Varun mir ausdrücklich verboten hatte, sie zu schlagen, war ich gezwungen, dem Folge zu leisten.

Ein Tross ausgewachsener Asura folgte mir nach, der sich stetig vergrößerte. „Habt ihr keine Aufgaben, denen ihr nachkommen müsst?", schnauzte ich sie an. Natürlich bekam ich keine Antwort darauf, was meinen

Zorn nur noch weiter anfachte. Ich zwang mich ruhig zu bleiben, einfach weiterzugehen und dabei die Jungen nicht aus den Augen zu verlieren, was viel schwieriger war, als ich erwartet hatte.

Es begann heftig zu regnen, Pfützen bildeten sich überall auf dem Weg. Sofort sprangen die Jungen ausgelassen und unverhohlen vergnügt in jede dieser Pfützen hinein. „Hört damit auf!", brüllte ich. Tatsächlich hielten sie in ihrem Treiben inne, aber nur für einen kurzen Moment, bevor sie meine Ermahnung wieder vergaßen.

Als wir uns den Randbereichen näherten und auf den ersten Lavastrom stießen, schnellte der Größte von ihnen an mir vorbei, direkt darauf zu.

„Feu, Feu!", rief er laut vernehmlich.

Das geschmolzene, rot glühende Gestein zog ihn offenbar an. Er betrat die dünne harte Kruste am Rande des Stroms und wollte zur Mitte, wo die Lava noch flüssig war. Doch bevor er sie erreichte, brach die Kruste ein. Unerbittlich riss der zähe Strom ihn mit sich. Das Junge schrie, kreischte und zappelte. Mit ganzer Kraft kämpfte es darum, nicht im zähflüssigen Gestein zu versinken.

Mit Genugtuung schaute ich ihm zu, und mit mir viele meiner Brüder. Ich fragte mich amüsiert, wie lange es wohl dauern würde, bis der Lavastrom ihn endgültig verschluckte.

„Willst du ihm nicht helfen?"

Erschrocken wirbelte ich herum. Da war er, der Vogel meines Herrn. Er saß auf der Mauer und starrte mich an. Ich wusste natürlich, dass ich zu keiner Zeit sicher sein konnte, dass er mich nicht sah, dennoch war ich überrascht.

„Er hat sich selbst in diese Lage gebracht", versuchte ich mich zu rechtfertigen, doch mein Herr ging nicht darauf ein.

„Ich habe dir befohlen, einen sicheren Ort für sie einzurichten, dazu gehört natürlich auch dafür zu sorgen, dass ihnen auf dem Weg dorthin kein Leid geschieht. Hilf ihm, oder soll ich kommen und das selbst tun!?"

Die Drohung in seinen Worten war kaum zu überhören, und ich beeilte mich, seiner Forderung nachzukommen. Der Kleine schrie und zappelte, als ich nach ihm griff und auf dem Weg wieder absetzte. Panisch versuchte es, möglichst viel Abstand zu mir zu gewinnen, doch mein Befehl hielt ihn davon ab, fortzulaufen und ließ ihn erstarren.

„Gut so", sagte der Vogel und hüpfte auf der Mauer näher zu mir heran. „Die Jungen sind unerfahren. Sie wissen noch nichts von den Gefahren, die hier überall lauern. Versuche dich, in sie hineinzuversetzen. Wenn du an seiner Stelle gewesen wärst, dann wärest du sicher auch froh gewesen, wenn jemand gekommen wäre, um dir zu helfen."

,Wenn ich es gewesen wäre? Was für ein absurder Gedanke', dachte ich. *,Genauso absurd, wie darauf zu hoffen, dass ein anderer käme, um mir zu helfen.'* Doch natürlich behielt ich meine Gedanken für mich.

Laut wiederholte ich Varuns Befehl: „Ich werde die Jungen wohlbehalten in ein sicheres Gebiet bringen, wo sie sich ungestört von den Älteren entwickeln können. Drei Asura werde ich für sie als Aufsicht auswählen und sie anweisen, darauf zu achten, dass ihnen kein Leid geschieht."

„Gut", sagte der Vogel. Er schien mit meiner Antwort zufrieden zu sein, denn er verschwand kurz darauf.

227

Skanda

Skanda jagte über die sanften Hügel der Ebene. In der Ferne kam bereits die Silhouette des Dschungels in Sicht. Als er dem Feld näherkam, drosselte er die Geschwindigkeit seines Himmelswagens und landete direkt neben dem Himmelsschiff der Botaniker, die er mit der Betreuung des Somafeldes beauftragt hatte. Ruma kam ihm von Feld her entgegen, als er den Wagen verließ.

„Eure Hoheit, es ist mir eine Ehre, Euch hier begrüßen zu dürfen", sagte der Botaniker und verbeugte sich.

Skanda lächelte. Er fühlte sich geschmeichelt. So viel Anerkennung hatte er zum letzten Mal während des Krieges erfahren, doch der Krieg war lange her. Umso mehr genoss er die Aufmerksamkeit, die ihm nun entgegen gebracht wurde. Als neuer König der Devas war er fest entschlossen, Großes zu vollbringen. Er würde sein Volk in ein goldenes Zeitalter führen, denn *er* würde sich nicht von schönen Worten blenden lassen, so wie sein Vorgänger. „Haben sich inzwischen noch weitere Asura von den Pflanzen getrennt?", erkundigte er sich.

„Als wir hier eintrafen, befanden sich keine Asura auf dem Feld, doch inzwischen haben sich drei von den Pflanzen abgesondert. Wir haben sie eingefangen und für weitere Untersuchungen in Boxen gesperrt."

„Gut", sagte Skanda zufrieden. „Wir wissen viel zu wenig von diesen Dämonen. Die Exemplare werden uns sicher einige neue Erkenntnisse liefern. Ich werde sie später mit zurück nach Meru nehmen und sie der

Forschung überlassen. Doch jetzt möchte ich erst einmal zum eigentlichen Grund kommen, weshalb ich hier bin."

„Ihr habt uns ja schon ausführlich über das Abkommen ins Bild gesetzt, das die Nagakönigin mit Yama abgeschlossen hat. Ich habe daraufhin einen meiner Mitarbeiter zu ihnen entsandt, der ihnen Eure Botschaft überbracht hat. Man versicherte ihm, dass die Königin bereit wäre, Euch anzuhören. Eure Majestät braucht sich dafür aber nicht extra in den Dschungel zu bemühen, denn Manassa ist geneigt, Euch entgegenzukommen. Sie erwartet Euch in zwei Stunden am Rande des Dschungels und wird Euch dort angemessen begrüßen."

Skanda nickte zustimmend und starrte Ruma mit einem maskenhaften Lächeln an. „Sehr schön, dann habe ich noch genügend Zeit mich über die Fortschritte zu informieren, die Ihr zweifellos gemacht habt."

Der Botaniker sah verlegen zu Boden, schließlich sagte er: „Ich habe mir die Arbeit meiner geschätzten Kollegin inzwischen in Ruhe ansehen können. Orb Ria hat gewissenhaft jeden Entwicklungsschritt des Soma und deren Wechselwirkung mit den Asura dokumentiert. Ihre Schlussfolgerungen sind stimmig. Sie gilt nicht umsonst als Kapazität auf dem Gebiet der Soma-forschung."

„Ja, ja", erwiderte Skanda ungeduldig, „kommt zur Sache, kann man die Bedingungen für das Wachstum der Pflanzen nun künstlich erzeugen oder nicht?"

„Es ist nicht unmöglich, das glaube ich jedenfalls, aber es ist weitaus komplizierter, als ich angenommen habe."

„Wie lange wird es dauern, bis Ihr ein Verfahren dafür entwickelt habt?"

„Das kann ich noch nicht sagen, wir werden dafür aber sicher mehrere Jahre benötigen."

„Jahre? Zuvor habt ihr mir versprochen, dass die Bedingungen für das Wachstum ganz einfach herbeizuführen wären", entgegnete Skanda ungehalten.

„Das habe ich auch geglaubt, bevor ich mir Orb Rias Aufzeichnungen angesehen habe, doch leider ..." Der Botaniker machte eine etwas hilflose Geste.

„Ich habe dem Volk aufgrund deiner Behauptung gesagt, dass es ganz einfach sein würde, das Soma auch ohne Asura nach Nirva zurückzubringen. Wie stehe ich jetzt da?"

„Es tut mir leid, Eure königliche Hoheit. Ich verspreche Euch, dass mein ganzes Team sich anstrengen wird, möglichst schnell ein positives Ergebnis herbeizuführen."

Zwei Stunden später flog Skanda zum Rand des Dschungels um sich mit Manassa zu treffen, so wie es zuvor vereinbart worden war. Ruma begleitete ihn.

Als er dem Waldrand näherkam, entdeckte er einen goldfarbenen Baldachin und darunter mehrere Naga. Er hielt darauf zu und drosselte gleichzeitig die Geschwindigkeit seines Himmelswagens.

Unter dem Baldachin lag eine Naga bequem auf einer reich verzierten Sänfte. Skanda war Manassa noch nie zuvor begegnet, doch die würdevolle Haltung, mit der sich die Naga jetzt erhob, sowie die Art, wie sie ihm entgegen sah, ließen leicht auf ihre königliche Abstammung schließen. Manassas goldgelbe Augen richteten sich auf ihn und ihre Pupillen zogen sich zu feinen Schlitzen zusammen, als sie ihn fixierte.

„Ich grüße Euch, König Skanda Murugan und heiße Euch herzlich willkommen", sagte sie mit erstaunlich angenehmer Stimme. „Ich war überrascht zu hören, dass Indra von nun an nicht mehr der König der Devas ist."

Sie lächelte und nahm ihre Tafel von einer Dienerin entgegen. „Indra schenkte mir dies", sagte sie, während sie das Gerät hochhielt. „Seit einiger Zeit kann ich die Tafel aber nicht mehr benutzen. Wäre sie noch intakt, hättet ihr mir Euren Wunsch nach einem Treffen auch direkt mitteilen können, ohne den Umweg durch einen Vermittler."

„Unerwartete Ereignisse erforderten den sofortigen Abbruch der Kommunikation."

„So? Wie bedauerlich." Die Königin wandte sich von ihm ab, um eine ihrer Dienerinnen heranzuwinken, die ein Tablett in Händen hielt, auf der eine Karaffe und drei Gläser standen. „Bei meinem Volk ist es Tradition, eine ganz besondere Erfrischung anzubieten, um hochgestellte Gäste zu ehren." Sie goss die Flüssigkeit in drei Gläser. Eines reichte sie an Skanda weiter, ein weiteres nahm Ruma entgegen, der sich höflich dafür bedankte. „Trinken wir auf den lange währenden Frieden zwischen unseren Völkern. Möge er noch lange weiter bestehen." Manassa hob ihr Glas und trank, während Skanda skeptisch an der Flüssigkeit roch. Ruma, der schon davon getrunken hatte, fing an zu würgen und zu spucken.

„Was ist das für ein Gesöff?", fragte Skanda. „Wollt Ihr uns etwa vergiften?"

„Dieses Getränk wird nur zu besonderen Anlässen oder zu Ehren besonderer Gäste gereicht. Man nennt es Szassna", erklärte die Königin, nervös zuckte ihr Schwanzende hin und her.

„Das Zeug ist ungenießbar und eine Beleidigung!" Empört warf Skanda ihr das Glas vor die Füße.

Ein Zischen erklang und warnendes Rasseln von mehreren Seiten. Manassa drehte sich zu den sie umgebenen Naga um und hob beschwichtigend die Hände, bevor sie sich erneut ihren Gästen zuwandte.

„Es tut mir leid. Keinesfalls wollte ich Euch beleidigen. Bitte verzeiht, ich wusste nicht, dass dieser Trank für Euch ungenießbar ist." Sie neigte vor König Skanda ihr Haupt.

Skandas Lippen wurden schmal. Er reckte sein Kinn vor und sagte: „Ich habe Eure Entschuldigung zur Kenntnis genommen. Kommen wir jetzt zu wichtigeren Dingen. Wie ich erfahren habe, habt Ihr mit Yama eine Vereinbarung getroffen, die es ihm erlaubt, Nachkommen auf Eurem Land heranzuziehen."

„Das ist richtig", bestätigte die Königin.

„Ihr leugnet es also nicht?"

„Warum sollte ich das?"

„Indra hatte nicht das Einverständnis des Volkes und deshalb auch kein Recht, Yama zu erlauben, den Nachwuchs der Asura nach Nirva zu bringen. Das ist der Grund, warum mein Volk ihn als König abgewählt hat."

„Das mag so sein, wie Ihr sagt, doch ich bin kein Deva und unterstehe Euren Gesetzen nicht. Deshalb steht es mir frei, mit Yama die Vereinbarungen einzugehen, die ich für richtig halte. Mein Volk steht geschlossen hinter mir. Und da Ihr von Recht sprecht frage ich Euch: Woher nahmt Ihr das Recht, die Asura aus Nirva zu verbannen? Letztlich war es doch Eure Schuld, dass durch diese Tat auch das Soma aus unserer Welt verschwand." Die Königin sah Skanda prüfend an.

„Asura sind bösartige, unberechenbare Kreaturen, die viele Devas ermordet haben, als wir noch nicht unsterblich waren."

„Doch jetzt braucht Ihr den Tod nicht mehr zu fürchten, was sorgt Ihr Euch also um die wenigen jungen Asura, die auf Nagagebiet heranwachsen?"

Skanda ballte die Fäuste. „Wir haben einen Jahrzehnte währenden Krieg gegen diese Dämonen geführt und wir konnten sie letztlich nur mit Hilfe der Hochgötter besiegen", schrie er aufgebracht. „Jetzt hat ein neuer Asura die Macht erlangt und der ist mindestens so mächtig und genauso gefährlich, wie es einst Mahisha war. Yama ist wortgewandt und beherrscht, wie sein Vorgänger, mächtige Zauber. Es ist egal, was für eine rührende Geschichte er Euch aufgetischt hat, es ist eine Lüge. Glaubt ihr im Ernst, dass sich Dämonen um das Leben oder Sterben eines anderen scheren? Das einzige Interesse, das Yama hat, ist seine Armeen aufzufüllen. Sobald das geschehen ist, wird der Krieg beginnen."

Manassa sah ihn für kurze Zeit forschend an, dann sagte sie gelassen: „Es ist Hass und Furcht, die aus Euch spricht. Dem Herrn des Totenreichs liegt sehr wohl etwas an den Kindern seines Volkes. Er hat sie mit großem Mut verteidigt, als wir das Feld angegriffen haben. Nachdem er es dann mit Hilfe seiner Asura von uns zurückerobern konnte, fürchtete ich, dass er an meinem Volk grausame Rache nehmen würde. Zu meiner Überraschung stellte ich aber fest, dass man mit Yama vernünftig reden kann, von gleich zu gleich.

Yama entspricht nicht den Beschreibungen eines Asura, wie ich sie aus unseren Überlieferungen kenne. Er ist ein besonnener, kluger Herrscher, ja, man könnte ihn sogar weise nennen. Im Übrigen war ich es und nicht er, der ihm das Angebot unterbreitete auch auf unserem Gebiet junge Asura heranzuziehen. Er vertraute uns die Kinder an, obwohl wir einen Tag zuvor noch Feinde waren. Schon damals fürchtete er, dass der Nachwuchs auf Devagebiet nicht sicher sein könnte. Er glaubte, dass die Jungen bei uns größere Überlebenschancen hätten, als bei Euch."

„Ihr lasst Euch von ihm täuschen", behauptete Skanda.

„Ihr seid es, der sich täuscht", entgegnete Manassa. „Mein Rat an Euch, großer König der Devas, lasst Euren Hass und alle Vorurteile beiseite und sprecht mit ihm unvoreingenommen."

„Damit er mich so blenden kann, wie Euch?"

„Nein, Ihr solltet mit ihm sprechen, weil Ihr nur so erkennen könnt, wer in Wahrheit vor Euch steht."

Skandas Himmelswagen hob sich in den blauen Himmel und flog zielstrebig auf das Feld zu. Skanda schwieg mit angespannter Miene, bis Ruma die Stille durchbrach. „Was habt Ihr jetzt vor, Eure Majestät?", fragte er und sah ihn dabei nervös von der Seite an.

„Ich werde eine Expedition in den Dschungel entsenden, die herausfinden wird, wo genau sich das Somafeld der Naga befindet. Zu reden gibt es ohnehin nichts mehr. Manassa hat ihren Standpunkt mehr als deutlich gemacht."

„Und wenn sie das herausgefunden haben?"

„Dann werden wir es vernichten, bis auf den letzten Asura, der sich darauf befindet. Aber das kann warten bis nach meiner Krönung", sagte er und warf Ruma einen bedeutungsvollen Blick zu. Dieser nickte, sagte aber kein Wort.

Als sie sich dem Feld näherten, sahen sie Rumas Mitarbeiter aufgeregt auf sie zu rennen.

„Was ist denn los?", erkundigte sich Skanda gleich, nachdem er das Gefährt verlassen hatte.

„Sie sind fort!"

„Wer?"

„Die Asurajungen, die wir eingefangen hatten, sind verschwunden. Spurlos. Wir haben die Boxen zum

Abtransport an das Schiff gestellt, und jetzt sind die Boxen fort", erklärte ein Botaniker.

„Habt ihr Naga hier in der Nähe gesehen?"

„Nein, Eure Hoheit. Wir haben nichts Ungewöhnliches bemerkt, nur …"

„Nur was?"

Der Botaniker sah betreten zu Boden. „Außer den Asura in ihren Boxen, fehlt noch das Spielzeug, das sich in einer Kiste befand."

„Spielzeug?"

„Wir vermuten, dass Orb Ria es für die Jungen hergebracht hat", sagte Ruma, „natürlich in der irrigen Annahme, dass Asurakinder mit unseren vergleichbar wären."

Skanda gab einen verächtlichen Laut von sich und spie aus. „Das war Yama", sagte er überzeugt. „Offenbar ist es ihm möglich, sich von Ort zu Ort zu teleportieren. Möglicherweise kann er sogar zwischen den Dimensionen selbst hin und her wechseln."

„Wie sollte er dazu fähig sein?", fragte Ruma skeptisch. „Indra wird ihm doch sicher keinen unserer Dimensionsgürtel überlassen haben?"

„Falls er das getan hat, ist das Hochverrat. Ich werde das überprüfen, sobald ich wieder im Palast bin."

„Soweit ich weiß, existieren nur noch drei dieser Gürtel oder irre ich mich?", fragte der Botaniker neben Ruma.

„Ja", bestätigte Skanda. „Alle drei befinden sich in der Waffenkammer des Palastes. Wenn Indra einen davon dem Feind überlassen hat, werde ich ihn dafür zur Rechenschaft ziehen."

Skanda suchte die Waffenkammer auf gleich, nachdem er in die Stadt zurückgekehrt war, doch sein Verdacht stellte sich als unbegründet heraus, kein einziger Gürtel fehlte.

Die Krönungsfeierlichkeiten begannen am nächsten Morgen mit einer Parade durch die Straßen der Stadt.

Skanda trug eine königliche Uniform mit all seinen errungenen Rangabzeichen und saß in einem eleganten, reich verzierten Wagen. Neben ihm hatten die höchsten Beamten des Staates Platz genommen.

Jubelrufe und Gesang ertönte überall, wo immer er im Wagen vorüberzog. Er winkte den Devas freundlich lächelnd zu und genoss den Jubel der Menge. Die Straßenzüge waren feierlich geschmückt mit Blumen und bunt bemalten Seidenfahnen, die fröhlich im Wind flatterten. Apsaras führten am Rande der Wege Freudentänze auf und sangen dazu. Musik erklang, wohin er auch kam.

Als die Parade den Platz vor dem Palast erreichte, verließen er und alle Übrigen den Wagen. Er stieg die Treppen hinauf, um einige Worte an sein Volk zu richten. Seine Rede war kraftvoll und erhebend, auch wenn er sie nicht selbst geschrieben hatte. Die Devas jubelten ihm begeistert zu.

Bis in die Nacht hinein gingen die Feierlichkeiten im Palast und auf den Straßen weiter.

Skanda hätte glücklich sein sollen, doch war er es nicht. An diesem Tag der Freude und höchsten Ehre lächelte er jedem pflichtbewusst zu, in Wahrheit aber fühlte er sich elend und vollkommen allein, denn Orb stand nicht an seiner Seite.

Am Morgen nach dem Ende der dreitägigen Feierlichkeiten betrat er zum ersten Mal sein Arbeitszimmer im Palast, das extra nach seinen Wünschen umgestaltet worden war. Alles, was an Indras Amtszeit erinnerte, hatte er entfernen und durch schlichtes, moderneres Mobiliar ersetzen lassen. Skanda sah sich zufrieden im Raum um. An den Wänden hingen nun Bilder von den ruhmreichen Schlachten der Vergangenheit. Sein Blick fiel auf den Schreibtisch, wo bereits einige Papiere lagen. Er ging hin, um sie aufzunehmen.

Vor Aufregung begannen seine Hände zu zittern, als er erkannte, was er da vor sich hatte. Es waren die Skizzen der Artefakte, die Vritra Ahi ihm hinterlassen hatte. Er hatte sie damals zerknüllt und in eine Ecke geworfen. Danach hatte er keinen weiteren Gedanken mehr an sie verschwendet. Diese Papiere jedoch wiesen keinerlei Knitterspuren auf. Die weißen Seiten wirkten wie neu. Skanda eilte zur Tür und fragte die beiden Wachen davor: „Hat heute schon jemand mein Arbeitszimmer betreten?"

„Nein, Eure Majestät", antworteten sie fast gleichzeitig. „Aber …", setzte einer der beiden an, brach den Satz jedoch ab."

„Aber was?"

„Ich glaube nicht, dass es von besonderer Bedeutung ist. Gestern Abend kam eine Apsara zu mir. Sie bat mich für Euch einige Papiere auf den Schreibtisch zu legen. Sie sagte, Ihr würdet darauf warten."

„Würdet ihr die Apsara wiedererkennen?"

„Natürlich, sie ist eine der Tänzerinnen aus dem Palast. Stimmt etwas nicht mit diesen Papieren?"

„Nein, nein", erwiderte Skanda, „damit ist alles in Ordnung, ich möchte nur wissen, wer sie ihr gab."

„Ich werde sie suchen gehen und zu Euch bringen." Der Wächter verbeugte sich knapp und eilte davon.

Skanda setzte sich an den Schreibtisch und trommelte ungeduldig mit den Fingern auf das lackierte Holz der Arbeitsplatte, während er wartete. Es dauerte einige Zeit, bis jemand zaghaft an die Tür klopfte.

„Herein!"

Eine Apsara trat ein und kam mit anmutigen Schritten auf ihn zu. „Ihr habt mich rufen lassen, Eure königliche Hoheit?"

„Ja, wie ich hörte, hast du gestern Abend einen Wächter dazu veranlasst, dies auf meinen Schreibtisch zu legen." Er hielt die Papiere hoch. „Weißt du noch, wer sie dir gab?"

„Natürlich. Euch zu Ehren und zur Freude der Götter, habe ich an den Tagen der Feierlichkeiten im Palast getanzt, und nachdem das Fest endete, bin ich mit meinen Freundinnen zum Blumensee gefahren. Wir wollten dort schwimmen und uns ein wenig erfrischen. Das machen wir sehr oft nach anstrengenden Tänzen."

„Ja doch und weiter?"

„Als ich das Wasser verließ, war da ein Mann. Es ist seltsam, aber ich kann ihn nicht genau beschreiben, doch war er sehr freundlich. Er bat mich darum, Euch einige Papiere zu überbringen. Er sagte, Ihr würdet darauf warten. Ich habe der Bitte entsprochen und sie noch am gleichen Abend der Wache vor Eurem Arbeitszimmer übergeben, der mir versprach, dass er sie auf Euren Schreibtisch legen würde, damit ihr sie gleich am nächsten Morgen dort finden könnt."

Skanda nickte. „Gut, das war alles, was ich wissen wollte. Du kannst jetzt gehen."

Die Apsara bewegte sich nicht. Sie sah ihn mit ihren schönen, mandelförmigen Augen groß an und fragte: „Habe ich etwas falsch gemacht?"

„Nein", entgegnete er und lächelte ihr freundlich zu. „Es ist alles in bester Ordnung."

Erleichtert erwiderte sie das Lächeln, bevor sie sich vor ihm verbeugte und den Raum verließ.

Kaum hatte sich die Tür hinter ihr geschlossen, sprang Skanda auf, um unruhig im Zimmer hin und her zu laufen. Immer wieder fiel sein Blick dabei auf die Papiere, die noch immer auf dem Schreibtisch lagen. Schließlich fasste er einen Entschluss. Ein kurzer Ausflug zum Artefaktenraum konnte sicher nicht schaden. Er steckte die Papiere ein und verließ den Raum.

„Wo werden die Artefakte aufbewahrt?", erkundigte er sich bei den Wachen vor der Tür.

„Folgt mir Eure Hoheit. Ich werde Euch hinbringen."

Sie gingen die langen Korridore entlang, bis der Wachmann vor einem schlichten Holztor stehen blieb. „Hier ist es", sagte er und ließ ihn ein.

Skanda schritt über die Schwelle, woraufhin es im Raum hell wurde. Auf dem glattpolierten Marmorboden konnte er sein eigenes Spiegelbild erkennen.

Er wandte sich zu der Wache um. „Warte bitte draußen", sagte er, dann verschloss er das Tor und stand für einige Zeit ratlos mitten im Raum.

In der hohen Halle befanden sich mehrere Schauvitrinen. Sie standen an den Wänden sowie in der Mitte des Raumes. In ihnen wurden Fundstücke aufbewahrt, die Archäologen im Laufe der Zeit auf Nirva gefunden und ausgegraben hatten. Niemand konnte genau sagen, wer die Erschaffer dieser Artefakte waren. Man vermutete jedoch, dass Götter aus längst vergangener Zeitaltern sie erschaffen hatten.

An den Wänden über den Vitrinen hingen Gerätschaften, von denen kein Deva wusste, wozu sie einstmals gedient hatten. Diese Stücke sah er sich als erstes an, denn sie wirkten zum Teil recht imposant. Doch keines dieser Artefakte glich den Zeichnungen auch nur im entferntesten.

Deshalb wandte er sich schließlich den Glasvitrinen zu. Er ging durch die Gänge von einer zur nächsten und betrachtete mäßig interessiert die Gegenstände, die dort ausgestellt waren. Manche umgab ein geheimnisvoller Schimmer, dem Glühen nicht unähnlich, das auch die Waffen der Devas besaßen. Bei einigen hatten Forscher Notizen beigefügt, die auf ihre Untersuchungsergebnisse zu den jeweiligen Objekten hinwiesen. Die meisten Gegenstände lagen jedoch einfach nur unbeschriftet da.

Nachdem Skanda sich alle Objekte in den Glasschränken angesehen und begutachtet hatte, war er sich sicher, dass sich keines der drei auf dem Papier abgebildeten Artefakte in den Glasvitrinen befand.

Seine Schritte hallten durch den Raum, als er zur Tür schritt, um sie zu öffnen. „Gibt es noch weitere Räume, in denen sich Gegenstände aus vergangenen Zeiten befinden?", erkundigte er sich bei dem Wächter.

„Soweit ich weiß, nein, Eure Majestät."

„Ich suche etwas Bestimmtes, kann es aber weder an den Wänden noch in den Vitrinen finden."

„Habt ihr auch in den Schubladen nachgesehen? Dort werden Kleinteile aufbewahrt. Wenn der Gegenstand, den ihr sucht, nicht sehr groß ist, befindet er sich wahrscheinlich dort."

„Schubladen?", wiederholte Skanda. „Ich habe keine Schubladen gesehen."

„Auf den Sockeln, auf denen die Vitrinen stehen. Soll ich sie Euch zeigen, Eure Majestät?"

„Nein, schon gut. Ich denke, jetzt werde ich sie auch selbst finden." Er schloss die Tür hinter sich und kehrte in den Raum zurück. Erst jetzt sah er, dass sich tatsächlich Schubladen am Fuß der Sockel befanden. Doch konnte die mächtige Waffe, die er suchte, tatsächlich so klein sein? Er zog eine Schublade nach der anderen auf und wurde bereits bei der dritten fündig. Vor ihm lag der erste Teil des Artefakts, das genau der Zeichnung auf dem Papier entsprach. Es war so klein, dass es in seine Handfläche passte. Einen geheimnisvollen, violetten Schimmer umgab es. Er spürte ein leichtes Kribbeln in seinen Händen, als er es aus dem Kästchen nahm, in dem es gelegen hatte. Mühelos umschloss er es mit einer Hand. Dem Kästchen lag ein Zettel bei, auf dem der Fundort vermerkt worden war: Gefunden im südlichen Drachengebirge. Längengrad 123, Breitengrad 50. Weitere Notizen fand Skanda nicht. Er steckte den Inhalt des Kästchens ein. Dann schloss die Schublade, um weiter nach den noch fehlenden Teilen zu suchen.

Es dauerte nicht lange, da stieß er auf das zweite Teil und gleich darauf, in der nächsten Schublade, auf das Letzte. Alle drei Artefaktteile leuchteten im selben violetten Ton und alle drei waren so klein, dass sie in seine Hand hineinpassten. Mit den Artefaktteilen der unbekannten Waffe kehrte er in sein Arbeitszimmer zurück und legte sie in eine Schreibtischschublade. Er verschloss sie sorgfältig. Vritra Ahi würde ihn erst in einer Woche erwarten.

Matali

Indrani öffnete Matali die Tür zu ihrem neuen Heim und ließ ihn herein. „Habt ihr euch schon eingelebt?", fragte er sie, als er eintrat.

Die Devi seufzte. „Es ist alles so beengt in diesem Haus, aber es wird uns nichts anderes übrig bleiben, als uns daran zu gewöhnen." Sie lächelte ihm tapfer zu. „Indra erwartet dich bereits. Du findest ihn im Wohnzimmer. Surya und ich werden zusammen in die Stadt gehen, dann seid ihr unter euch und könnt euch ungestört unterhalten."

Das Haus war behaglich eingerichtet. Viele Möbel, die zuvor in den privaten Räumen des Palastes standen, hatten auch in den neuen Räumlichkeiten einen Platz gefunden. Matali fand Indra gemütlich in einem Sessel sitzend im Wohnzimmer vor, so wie Indrani es gesagt hatte. Sein Freund stand zur Begrüßung nicht extra auf, sondern bat ihn, sich zu ihm zu setzen.

Matali kam der Aufforderung nach und machte es sich in einem Sessel bequem. „Wie geht es dir jetzt, wo du so viel Freizeit hast?", fragte er.

„Freizeit? Glaubst du im Ernst, dass ich nur müßig rumsitze und gar nichts tue?"

„Natürlich nicht, dazu kenne ich dich zu gut." Matali nahm das Glas entgegen, das Indra ihm reichte und lehnte sich im Sessel zurück.

„Hast du an den Krönungsfeierlichkeiten teilgenommen?", erkundigte sich Indra.

„Natürlich, so etwas lasse ich mir doch nicht entgehen." Er nippte an dem bittersüßen Trank, bevor er weitersprach. „Überall auf den Straßen wurde ausgelassen gefeiert und beim dreitägigen Festbankett hat sich Skanda nicht lumpen lassen. Allerdings fand ich, dass er dabei nicht besonders fröhlich wirkte." Über Indras Gesicht huschte ein dunkler Schatten. Matali ignorierte das. „Du hättest mitfeiern sollen, statt dich im Haus zu verstecken."

„Ich habe mich nicht versteckt", erwiderte Indra und schwieg.

„Wie ich hörte, ist Orb ebenfalls in ihrem Haus geblieben. Sie hat geschmollt, genauso wie du." Matali grinste breit und prostete ihm zu. „Auf Skanda! Möge seine Regentschaft kurz sein und schmachvoll enden."

Er trank, doch Indra schloss sich ihm nicht an. „Das finde ich gar nicht komisch", entgegnete er.

„Komm schon", sagte Matali. „Du glaubst doch auch nicht, dass Skanda sich auf dem Thron lange hält. Zweifellos ist er ein großartiger Krieger und dazu ein brillanter Stratege, doch ein Staatsmann ist er nicht. Während des Krieges habe ich oft an seiner Seite gekämpft. Da konnte ich mich stets blind auf ihn verlassen. Es musste aber immer alles nach seinem Kopf gehen. Wenn du mich fragst, sind Kompromisse nicht sein Ding. Er ist vollkommen unfähig einen anderen Standpunkt einzunehmen, als seinen eigenen."

Indra nickte. „Genau das ist auch meine Einschätzung", bestätigte er.

„Worum sorgst du dich dann?", fragte Matali. „Sicher wird es nicht lange dauern, bis auch andere das erkennen. Dann werden sie zu dir kommen und dich bitten, die Amtsgeschäfte wieder zu übernehmen."

„Es wäre schön, wenn ich das Ganze so gelassen sehen könnte wie du", entgegnete Indra. „Während ich hier in der Stadt festsitze, muss ich zusehen, wie Skanda all meine Bemühungen zunichtemacht."

„Was meinst du?"

„Gestern hörte ich, dass Skanda einen Trupp Devas in den Dschungel entsandt hat, um das Feld der Naga zu suchen und die Asura darauf zu vernichten."

„Bei allen Hochgöttern! Er muss verrückt sein!"

„Aus seiner Sicht ist dieses Vorgehen nur konsequent, aus meiner sehr kurzsichtig. Wie die meisten Devas hält er die Naga für primitive Wilde, doch das sind sie nicht, und genau das mussten die Devas, die unerlaubt in den Dschungel vordrangen, schmerzhaft erfahren."

„Die Naga haben sie besiegt?" In Matalis Stimme schwangen Überraschung und Unglauben mit.

„Natürlich wurden sie besiegt. Was glaubst du? Im dichten Blattgewirr des Dschungels sind Naga nahezu unsichtbar, sie verschmelzen mit ihrer Umgebung. Das Gift mit denen sie ihren Waffen präparieren, mag für uns zwar nicht tödlich sein, aber wenn wir damit in Berührung kommen, verlieren wir das Bewusstsein."

„Haben sie denn keine Rüstungen getragen?"

„Doch." Indra schmunzelte. „Auch Rüstungen haben Schwachstellen mein Freund. Diese wussten die Naga zu nutzen. Ihre Pfeile trafen drei Devas direkt ins Auge, die anderen erwischten sie an den Kniekehlen oder Armbeugen. Nachdem auch der Letzte von ihnen das Bewusstsein verloren hatte, haben sie den Trupp an den Waldrand zurückgebracht. Als sie wieder zu sich kamen, fanden sie nur einen Zettel, mit einer knappen Botschaft darauf. Sie lautete: KOMMT NICHT WIEDER!"

Matali pfiff durch die Zähne. „Das wird Skanda gar nicht gefallen haben."

„Sicher nicht", bestätigte Indra, „und genau das macht mir Sorgen, denn ich frage mich, wie weit er noch gehen wird, um seine Ziele durchzusetzen."

Skanda

Ein strenger Geruch lag in der Luft, als Skanda die Taverne zum goldenen Affen betrat. Es war eine Mischung aus Moschus und Schweiß, gemischt mit der Note eines schweren Parfums.

Obwohl es gerade erst auf den Abend zuging, war der Gastraum bereits gut besucht. Musiker spielten und Apsaras tanzten zur Freude der Gäste überall in den Gängen. Die Besucher waren zum Großteil Affenmenschen, an deren Gebiet die Taverne angrenzte. Skanda wusste nur sehr wenig über dieses Volk, denn er hatte sich nie besonders für die anderen Völker interessiert, die mit ihnen gemeinsam auf Nirva lebten.

Jetzt und aus der Nähe betrachtet, empfand er diese Geschöpfe als abstoßend primitiv. Der lange Schwanz ließ sie in seinen Augen wie Tiere erscheinen und nicht wie vernunftbegabte Wesen. Ihre kompakten Körper waren vollkommen behaart und muskulös.

Er drängte sich an den Umstehenden vorbei und sah sich in jedem Winkel des Gastraumes um. Vritra Ahi konnte er nirgends entdecken. Vielleicht hatte er sich im Tag geirrt? Nein, unmöglich.

„Hey! Du da!", rief jemand hinter ihm. Skanda erkannte den Wirt sofort an der Narbe, die sich quer über das Gesicht zog. Der Affenmensch hangelte sich über die Deckenbalken hinweg und hielt dabei genau auf ihn zu. „Willst du nur glotzen oder auch was bestellen?", fragte er ihn in einem ruppigen Tonfall.

„Ich suche nur einen Freund", erklärte Skanda.

„Wenn du nichts bestellen willst, kannst du draußen auf ihn warten."

„Ein Bier bitte", entgegnete er betont höflich, doch seinen Ärger über den unfreundlichen Gastwirt konnte er dabei kaum verbergen. Der Wirt wandte sich von ihm ab und ließ ihn stehen. Ohne darauf etwas zu erwidern, hangelte er sich über die Deckenbalken zur Theke zurück.

Einige Affenmenschen in seiner Nähe begannen, sich plötzlich lautstark miteinander zu unterhalten. „Götter? Das sind keine Götter! Nur weil sie unsterblich sind, halten sie sich für etwas Besonderes. Das sind sie aber nicht." Der Affenmann spuckte Skanda vor die Füße und funkelte ihn herausfordernd an.

Skanda erwiderte den Blick, gleichzeitig umschloss seine Hand instinktiv den Dolch an seiner Seite. Der Größte der Gruppe betrachtete ihn ausgesprochen feindselig. Jeder Muskel seines Körper spannte sich an, bereit, einen bevorstehenden Angriff abzuwehren.

„Ihr da!", rief der Wirt ihnen von der Decke aus zu. „Wenn ihr euch prügeln wollt, geht nach draußen. Ich meine dich, Maruti, hast du verstanden?" Er ließ sich neben Skanda herab.

Der so Angesprochene sah betreten zu Boden. „Jawohl, Chef. Wir wollten dir keine Schwierigkeiten machen." Als Maruti und seine Kumpane sich trollten, sah der Wirt ihnen noch nach, erst dann wandte er sich Skanda zu, um ihm das bestellte Getränk zu reichen. Der bedankte sich, als er es entgegen nahm und dem Wirt einige Münzen in die Hand drückte. „Maruti prügelt sich gerne", warnte ihn der Wirt, als sich seine Hand um die Münzen schloss. „Ich wette, die warten draußen auf dich."

Skanda nickte. „Das ist mir klar", sagte er. „Soll'n sie ruhig auf mich warten." Er setzte sich in eine freie Nische, trank sein Bier und hoffte darauf, dass Vritra Ahi bald erscheinen würde.

Einige Zeit später glitt eine Naga an seinen Tisch heran und setzte sich ihm gegenüber. Skanda musterte sie mit düsterem Blick. Sie lächelte daraufhin auf eine sehr anzügliche Weise. „Verschwinde!", sagte er, „ich bin an deine Art Gesellschaft nicht interessiert."

Die Schlangenfrau räkelte sich lasziv und zog einen Schmollmund. Der Schmuck auf ihren nackten Brüsten klimperte. „Seid Ihr etwa den weiten Weg hierhergekommen nur um mich jetzt abzuweisen, Eure Majestät?"

„Vritra Ahi?,,

„Höchstselbst", bestätigte die Naga und grinste breit, was nicht recht zu ihrem äußeren Erscheinungsbild passte.

„Was soll diese Albernheit?"

„Ich liebe nun mal die Abwechslung. Stabilität ist sooo langweilig, meint Ihr nicht auch?" Die gelben Augen sahen Skanda forschend an. „Habt Ihr die Artefakte dabei?"

„Ja", bestätigte Skanda. Er holte ein kleines Kästchen hervor und legte es auf den Tisch, ließ es aber nicht los. „Wenn das hier eine mächtige Waffe sein soll, dann ist sie verdammt klein. Woher soll ich wissen, dass Ihr mir die Wahrheit gesagt habt?"

„Klein mag sie sein", bestätigte der Gott des Chaos, „doch es kommt bei dieser Waffe nicht auf die Größe an, das versichere ich Euch."

„Wie kann ich sicher sein, dass Ihr Euer Wort halten werdet, wenn ich sie Euch jetzt überlasse? Vielleicht werdet ihr diese Waffe einfach behalten, nachdem Ihr sie instandgesetzt habt?"

„Ich gab Euch mein Wort und noch niemand konnte von mir behaupten, dass ich mein Wort nicht halte", erwiderte Vritra Ahi. „Ich werde diese Waffe instand setzen und Euch anschließend wie vereinbart, übergeben. Außerdem werde ich Euch in der genauen Handhabung unterweisen, wenn Ihr es wünscht. Was Ihr dann damit tut, bleibt Euch überlassen."

Skanda trommelte nervös auf dem Kästchen herum, während er überlegte. Dabei ließ er den Gott des Chaos nicht für einen Moment aus den Augen. Schließlich schob er das Kästchen zu ihm hinüber.

Vritra Ahi in seiner Nagagestalt lächelte, als er es an sich nahm. „Das war eine kluge Entscheidung. Ihr werdet sehen, dass Ihr mir vertrauen könnt", sagte er und stand auf.

Skanda erhob sich ebenfalls. „Wo wollt ihr hin?", fragte er.

„Die Reparaturen an der Waffe kann ich nicht an Ort und Stelle durchführen. Das seht Ihr doch ein? Ich werde dafür einige Zeit benötigen", erklärte der Gott. „Treffen wir uns also hier, sagen wir in drei Tagen wieder. Einverstanden?"

Skanda zögerte zuzustimmen. Seine Zunge fühlte sich plötzlich ganz taub an. Es war Vritra Ahi, der vor ihm stand, er war ein Feind aller drei Welten. Doch für seine Skrupel gab es keinen Grund. Vritra Ahi hatte ihm sein Wort gegeben, und er hielt immer sein Wort, dies war allgemein bekannt. Die Waffe würde also wieder in seinen Besitz übergehen, und er war fest entschlossen, sie nur zum Wohl seines Volkes zu benutzen. Deshalb stimmte er schließlich zu. „Also gut, dann treffen wir uns hier in drei Tagen."

Gleich nach dem Gespräch verließ Skanda die Taverne und ging zielstrebig auf seinen Himmelswagen zu. Die Affenmenschen, die ihn im Schankraum angepöbelt hatten, waren nirgends zu sehen.

Er wollte schon in den Wagen einsteigen, da traf ihn plötzlich ein Tritt mit voller Wucht in den Rücken. Geschickt fing er den Sturz ab und wirbelte zu dem Angreifer herum, gleichzeitig zog er den Dolch, den er an seiner Seite trug.

Der Affenmensch schlug sich provozierend auf seine breite Brust. Dabei hielt er kampfbereit eine gewaltige Keule in Händen. „Kämpf mit mir!", forderte er Skanda auf. „Dann werde ich sehen, ob es stimmt, was man von euch Devas sagt und selbst herausfinden, ob ihr tatsächlich so überlegene Krieger seid, wie alle behaupten."

„Zeig's ihm, Maruti", rief jemand.

Erst jetzt bemerkte Skanda die Affenmenschen, die hoch oben in den Baumkronen saßen und dem Spektakel mit gebührendem Abstand zuschauten.

Gelassen musterte Skanda seinen muskulösen Gegner. „Kehr lieber wieder auf den Baum zurück, von dem du herabgestiegen bist, bevor du bereust, dass du mich herausgefordert hast."

Als Erwiderung keckerte der massige Affenmann und schwang seine Keule hoch über den Kopf. Dann, mit einer geschickten Drehung, schlug er zu.

Skanda duckte sich und die Keule verfehlte sein Ziel nur um Haaresbreite. Rasch machte er einen Ausfallschritt und traf Maruti mit dem Knauf des Dolches unvorbereitet an der Schläfe.

Der Affenmann kreischte. Er packte Skanda am Nacken und schleuderte ihn rotierend von sich fort.

Die Zuschauer in dem Bäumen jubelten. Einer rief: „Mach ihn fertig, diesen eitlen Pfau!"

Skanda geriet in Wut und griff entschlossen an. Maruti wich nach hinten aus, dann sprang er ganz unerwartet mit einem Satz über ihn hinweg. Er schwang die Keule noch in der Luft herum und traf ihn mit voller Wucht in die Seite. Skanda fiel hart zu Boden.

„Bravo!", jubelte das Publikum. Maruti wandte sich seinen Bewunderern zu. Er genoss sichtlich die Beifallrufe aus der Menge. Dabei hob er seine Keule hoch über den Kopf. Skanda stand auf und stürmte auf ihn zu.

„Maruti, pass auf!"

Doch die Warnung kam zu spät. Skandas Dolch traf den Affenmann mitten ins Herz. Er war tot, noch bevor er zu Boden ging.

Stille.

Dutzende Augenpaare starrten ihn an.

Jemand schrie: „Er hat Maruti ermordet!"

So als hätte der Schrei einen Bann gelöst, erklangen weitere Rufe: „Mörder!"

„Ergreift ihn!"

„Haltet ihn auf!"

„Zu Hilfe!"

Eine Affenfrau stürzte an ihm vorbei auf den Toten zu und warf sich weinend an seine Brust. „Oh bitte nicht! Maruti.", klagte sie, während sie den toten Körper zärtlich hin und her wiegte. „Lass mich nicht allein, mein Liebster", stammelte sie dabei immer und immer wieder.

Durch die plötzlich veränderte Situation trat Skanda einige Schritte zurück. Doch fing er sich schnell. Er

wandte sich ab, stieg hastig in seinen Wagen ein und ließ
die Szenerie hinter sich, so schnell er konnte.

Indra

Indra schlenderte ziellos durch die Stadt. Er überquerte
gerade den Marktplatz, als plötzlich hinter ihm jemand
seinen Namen rief. Er blieb stehen, drehte sich um und
erkannte Jana, die auf ihn zugelaufen kam.

„Was gibt es denn?", fragte er.

„König Hanuman ist in der Stadt. Er wünscht mit Euch
zu sprechen."

„So?", erwiderte Indra überrascht. „Hat man ihn auch
darüber informiert, dass ich als König abgesetzt wurde?"

„Das weiß er bereits. Er ist gerade in einer Audienz bei
König Skanda. Er hat mich jedoch ausdrücklich darum
gebeten, Euch mitzuteilen, dass er Euch ebenfalls zu
sprechen wünscht."

„Gut, sag ihm, dass ich ihn in meinem Haus erwarte.
Bitte führe ihn dort hin." Jana verbeugte sich knapp und
eilte davon.

Zwei Stunden später öffnete Indra König Hanuman die
Tür und hieß ihn mit allen Ehren willkommen: „Sei
gegrüßt König Hanuman, Sohn von Anjana und Vaju.
Bitte, kommt herein."

Mit einem breiten, freundlichen Grinsen schloss
Hanuman ihn in seine Arme, Indra hatte dabei das
Gefühl, in einem Schraubstock gefangen zu sein.

„Nicht so förmlich, mein Freund. Ich freue mich, dich zu sehen", sagte der Affenkönig und stellte ihn wieder auf die Füße.

„Es ist mir eine Freude", entgegnete Indra. „Was führt dich zu mir?"

„Eine traurige Angelegenheit", erklärte der Affenkönig, wobei er bekümmert dreinsah.

„Setzen wir uns, dann kannst du mir alles erzählen." Indra führte ihn ins Wohnzimmer und forderte seinen Gast auf, sich zu setzen. Er selbst machte es sich in einem Sessel bequem.

König Hanuman begann sofort mit seiner Erzählung: „Am Rande zu meinem Reich, noch auf Devagebiet, steht die Taverne zum goldenen Affen. Davor ist vor zwei Tagen ein Mord geschehen, für den es viele Augenzeugen gab."

„Es tut mir leid, das zu hören", sagte Indra bestürzt. „Hat man den Mörder erkannt?"

„Ja", bestätigte Hanuman. „Es war ein Deva. Aus diesem Grunde bin ich nach Meru gereist, um Gerechtigkeit und Wiedergutmachung für seine Witwe zu fordern. Als ich hörte, dass du als König abgewählt wurdest, war ich zunächst überrascht, doch als ich den neuen König im Audienzsaal traf, konnte ich kaum glauben, wem ich da gegenüberstand. Er war es, der Maruti ermordet hat."

Indra richtete sich ruckartig auf. „Skanda? Bist du dir da sicher?"

„Oh ja. Ich habe ihn zur Rede gestellt. Er hat es nicht abgestritten. Er sagte, er sei angegriffen worden und hätte sich nur verteidigt." Hanuman sah Indra mit einem durchdringenden Blick aus seinen kleinen Augen an. „Du kennst mich und du kennst mein Volk", fuhr er fort. „Wir messen nun mal sehr gern unsere Kräfte. Maruti hatte Skanda vor aller Augen herausgefordert. Zu einem Wettstreit, nicht zu einem Kampf auf Leben und Tod. Doch als Maruti ihm den Rücken zukehrte, stach ihm Skanda einen Dolch mitten ins Herz, vor aller Augen. Als ich euren König darauf ansprach, sagte er lapidar, dass dieser *Affe* ihn eben nicht hätte herausfordern dürfen." Entrüstet bleckte der Affenkönig die Zähne, zwei spitze Eckzähne kamen dabei zum Vorschein.

Betroffen erwiderte Indra: „Das sind schlimme Nachrichten, die du da überbringst. Das alles tut mir sehr leid."

„Es ist ja nicht deine Schuld. Doch mir scheint, in Meru liegt vieles im Argen seit meinem letzten Besuch."

Indra nickte und sah Hanuman direkt in die Augen. „Da hast du wohl recht, mein Freund. Leider sind mir im Moment die Hände gebunden. Deshalb kann ich in dieser Angelegenheit nur wenig für dich tun."

„Die Wächterin, die mich hierher begleitet hat, sagte, dass du auf Skandas Befehl hin nicht mal die Stadt verlassen darfst. Ist das wahr?"

„Ja."

„Benötigst du meine Hilfe?"

„Nein, vielen Dank für dein großzügiges Angebot, aber ich komme zurecht." Indra räusperte sich, dann fragte er: „Weißt du zufällig, was Skanda in dieser Taverne wollte?"

„Nicht genau. Der Wirt erzählte mir, Skanda habe sich mit einer Naga getroffen und ihr ein Kästchen übergeben. Mehr weiß ich auch nicht."

„Eine Naga, sagst du? Seltsam." Indra beugte sich vor und strich sich nachdenklich über den Bart. „Ich vermute, er plant irgendetwas. Wenn ich nur wüsste, was das sein könnte."

„Während meiner Audienz sprach er von einer Bedrohung durch die Asura. Ich wusste nicht, was ich von seinem Gerede halten soll. Weißt du vielleicht mehr darüber? Planen die Asura etwa einen neuen Angriff auf Nirva?"

„Im Gegenteil", erwiderte Indra. Nach kurzem Zögern informierte er Hanuman über alle Ereignisse der letzten Zeit. „Und das erzähle ich dir nur, weil ich finde, dass du ein Recht darauf hast, es zu erfahren", sagte er abschließend.

„Und du bist sicher, dass man Yama vertrauen kann?"

„Ich kann deine Skepsis durchaus verstehen, auch ich habe ihm zu Anfang nicht vertraut, doch mittlerweile tue ich es." Indra schwieg für einen Moment, dann sagte er: „Es gäbe noch einiges, was ich dir über den neuen Herrn des Totenreiches berichten könnte, doch ich gab ihm mein Wort, darüber zu schweigen. Es ist Yamas Vorrecht selbst zu entscheiden, wem er sich offenbart und wem nicht. Ich bitte dich nur, mir in diesem einem Punkt zu vertrauen. Solange Yama in der Unterwelt herrscht und die Asura ihm dienen, brauchen wir keinen weiteren Krieg zu befürchten."

„Ich vertraue dir und deinem Urteilsvermögen", erwiderte König Hanuman. „Die Behauptung, dass Yama dich mit einem Zauber manipuliert hat, hielt ich von vornherein für absurd. Ich gebe dir mein Wort, falls Skanda einen Krieg gegen die Asura beginnen sollte, werde ich ihm jegliche Unterstützung durch meine Krieger verweigern. Mehr kann ich nicht für dich tun, alter Freund." Der Affenkönig stand auf. Auch Indra erhob sich.

„Du willst schon gehen?"

„Der Rückweg ist lang und ich möchte nicht über Nacht in dieser Stadt bleiben."

Harkandas

„Das ist ein guter Platz, den du für die Jungen ausgesucht hast", lobte mich mein Herr, während er zwei Boxen vor mir abstellte. „Darin befinden sich noch drei weitere", erklärte er und öffnete den Verschluss, um die Jungen freizulassen. Sie schossen heraus, noch ehe Varun die Klappe ganz beiseiteschieben konnte. Die übrigen jungen Asura begrüßten die Neuankömmlinge auf ihre ganz eigene Weise. Sie stürzten sich auf sie.

„Sie streiten immerzu", sagte ich zu meinem Herrn, während ich zusah, wie sie sich schlugen.

„Genau wie die Alten", erwiderte Varun.

„Die Alten streiten um Ränge oder Posten, die Jungen streiten um nichts."

„Glaubst du?" Mein Herr wandte mir seinen Blick zu. Sofort fühlte ich ein unangenehmes Brennen auf meiner Substanz. Inzwischen war mir dieses Gefühl mehr als vertraut. „Sie erproben ihre Kräfte", sagte er. „Genau wie die Alten wollen sie herausfinden, wer von ihnen der Stärkere ist. Ihnen fehlt etwas, womit sie sich beschäftigen können, nur deshalb streiten sie unentwegt miteinander." Er zog eine Kiste aus seiner Substanz hervor und stellte sie ab.

Neugierig schaute ich hinein und betrachtete die seltsam bunten Gegenstände, die sich darin befanden. Ich wagte es aber nicht näherzutreten, um den Inhalt noch genauer begutachten zu können.

Einer der Jungen, der Größte von ihnen, kam auf Varun zugestürzt. Dabei rief er immer und immer wieder ein und dasselbe Wort: „Ama! Ama!" Kaum bei ihm angekommen, hüpfte und sprang er freudig um ihn herum. Ich spürte großen Widerwillen in mir aufsteigen. Wie konnte dieser Winzling es wagen, sich vor meinem Herrn auf diese Weise aufzuführen? Varun blieb jedoch gelassen. Zu meinem Erstaunen, begrüßte er den Störenfried äußerst freundlich. „Hallo Snippy. Es freut mich zu sehen, dass es dir gut geht."

Snippy? War das etwa sein Name? Lächerlich!

Mein Herr wandte sich wieder der Kiste zu und kramte darin herum, bis er fand, was er suchte, dann drehte er sich zu mir um. Mit einem stabförmigen Gegenstand in seiner Hand zielte er auf mich. Es erschien ein roter Punkt auf meiner Substanz. Erschreckt wich ich ihm aus.

„Es ist nur ein Licht Harkandas", erklärte Varun und richtete den Gegenstand gegen sich selbst. Ich sah, wie das leuchtende Etwas über seinen Körper hinwegglitt. „Nimm du es", forderte er und hielt mir den Stab hin. Ich nahm ihn entgegen.

Genau diesen Moment nutzte der unverschämte, kleine Asura dafür, sich auf den Inhalt der Kiste zu stürzen, dabei kippte sie um und die Gegenstände fielen heraus. Ich erwartete, dass Varun in Wut geriet, doch wider meiner Erwartung blieb er gelassen und gab seltsam klingende Laute von sich. Snippy sah zu ihm auf und ahmte die Laute nach. ‚*Wie frech*', dachte ich, doch mein Herr schien sich daran nicht zu stören.

„Der Inhalt der Kiste ist für die jungen Asura gedacht", erklärte er mir. „Es sind Spielzeuge, Devas geben sie ihren Kindern."

„Spielzeuge?", wiederholte ich verständnislos.

„Ähnlich wie Pinyin, dienen Spielzeuge der Unterhaltung sowie der Freude am Spiel. Doch diese Gegenstände wurden extra für Kinder gemacht."

Snippy griff nach einer gelben Kugel und schien erfreut zu sein. Er hielt sie hoch und rief: „Ball!"

Varun beugte sich zu ihm herab. „Sehr schön Snippy. Gib ihn mir." Das Junge reichte ihm bereitwillig den Gegenstand. „Es gibt hier zu wenig Anregungen für sie, wir sollten uns deshalb ein wenig mit ihnen beschäftigen. Ich zeige dir wie." Er warf den Ball hoch und fing ihn wieder auf, dann sah er zu mir. „Fang, Harkandas!" Die gelbe Kugel flog auf mich zu und ich fing sie mühelos. „Jetzt wirf sie zu mir zurück", forderte er. Ich tat es. Er fing.

„Gut", sagte mein Herr zufrieden. Dann sah er den jungen Asura an. „Jetzt bist du dran. Hol den Ball, Snippy!"

Varun warf den Ball viel zu hoch und zu weit, für den jungen Asura. Snippy sprang, aber es gelang ihm nicht, ihn zu fangen. Er jagte ihm nach. Andere taten es ihm gleich und versuchten den Ball vor ihm zu erreichen. Kaum hatte es einer geschafft, den begehrten Gegenstand zu schnappen, da jagte ihm ein anderer den Ball wieder ab.

„Wie du siehst, kann man sie so recht lange beschäftigen", kommentierte mein Herr, während er ihnen zusah. „Hast du noch die kleine Lampe, die ich dir gab?", fragte er nach einiger Zeit.

„Ja, Herr." Ich zog sie aus meiner Substanz hervor.

„Gut, richte den Strahl auf die Gruppe, dort drüben am Mauerrand und versuche sie mit dem Lichtpunkt zu beschäftigen."

Ich zielte mit dem Lichtpunkt auf eines der Jungen, sobald es ihn entdeckte, versuchte es, ihn einzufangen. Ich führte den Strahl an der Mauer entlang, wo ihn weitere Asura sahen. Sie sprangen danach und purzelten im Eifer übereinander. Es war amüsant ihnen zuzusehen, wie sie versuchten etwas zu erhaschen, was einfach unmöglich war.

Nach einiger Zeit fragte Varun: „Macht es dir Freude, auf diese Weise mit ihnen zu spielen?"

„Ja, Herr."

„Gut, wenn du versprichst, dich ab und zu mit ihnen zu beschäftigen, kannst du das Lämpchen behalten."

Inzwischen hatte Snippy den Ball zurückerobert. Er lief damit auf Varun zu und legte ihn vor ihm auf den Boden ab. Mir war nicht klar, warum er das tat, doch mein Herr schien es zu wissen. Er nahm den Ball auf und warf ihn erneut. Wieder hetzte Snippy ihm nach.

„Wir dürfen sie hier nicht ständig sich selbst überlassen", erklärte er mir. „Die Kiste mit dem Spielzeug allein bietet nicht genug Abwechslung für sie, fürchte ich." Er leerte den Inhalt der Kiste auf den Boden und ich trat neugierig näher. „Wie ich schon sagte, es sind Spielsachen für Devakinder. Ob sie überhaupt für junge Asura interessant sind, wird sich noch zeigen."

Ich sah einige Dutzend Tierfiguren aus einem unbekannten Material, bunte Klötzchen aus Holz und viele andere Dinge, deren Zweck ich nicht kannte.

„Du kannst dir ruhig alles aus der Nähe ansehen", sagte Varun.

‚Sobald du weggehst, hätte ich das sowieso getan‘, dachte ich und trat näher heran. Ich griff nach einem birnenförmigen Objekt.

„Das ist eine Rassel", erklärte mein Herr.

„Wozu ist sie nütze?"

„Man erzeugt damit ein Geräusch, nur so zum Spaß. Dazu musst du sie schütteln!"

Ich tat es. „Das erinnert mich an das Geräusch, das die Naga mit ihrem Schwanzende erzeugen", sagte ich.

„Ja, tatsächlich klingt es ganz ähnlich", bestätigte Varun. Er griff nach einem weiteren Gegenstand, der wie eine kleine Leiter aussah. „Dieses Ding nennt man Xylophon", erklärte er, „es ist ein einfaches Musik-instrument." Er nahm einen Klöppel und schlug die einzelnen Sprossen an. Es erklangen Töne, zart, fein und wunderbar. Plötzlich fühlte ich mich nach Nirva zurückversetzt. Ich sah das Feld deutlich vor meinen Augen. Bunte Blumen blühten im Gras und wiegten sich im Wind. Nicht nur mir schien es so zu gehen, auch die Jungen waren mit einem Mal ganz still und lauschten. Dieses Wunderding musste ich haben, es war viel zu schade für die Jungen, die es durch ihre Streitereien nur kaputt machen würden.

Mein Herr schien meinen Gedankengang zu erahnen. „Wusstest du, dass wir ganz ähnliche Klänge auch in uns selbst erzeugen können?", fragte er.

Er schlug eine weitere Tonfolge an und wiederholte die Klänge mühelos in seiner Substanz. „Du kannst das auch. Versuch es!" Erneut schlug er Töne an, die plötzlich überall um uns herum erklangen. Wie selbstverständlich hatten die jungen Asura sie aufgegriffen, ohne dass Varun sie dazu aufgefordert hatte. Ihn schien das nicht zu stören. „Wie du siehst", sagte er, „ist es kinderleicht." Er reichte mir das kostbare Ding. „Nimm es, wenn es dir gefällt. Mir scheint, es fällt dir schwerer als ihnen, die Musik in dir selbst zu erzeugen." Mein Herr stand auf. „Ab und zu werde ich nach ihnen sehen. In der Zwischenzeit bist du für ihr Wohlergehen verantwortlich."

„Ja, Herr. Ich werde mich um sie kümmern", versicherte ich und wünschte mir nichts mehr, als dass er möglichst bald verschwand.

„Ich werde dich im Auge behalten", sagte er noch, dann wandte er sich ab und sprang fort.

Skanda

Skanda betrat die Taverne zum goldenen Affen und zwängte sich an einer Gruppe vorbei, die ihn feindselig anstarrte. Er hielt gradewegs auf den Wirt zu, der hinter dem Tresen die Gäste bediente.

Sobald der Schankwirt ihn sah, spuckte er auf den Boden und sprang über den Tresen hinweg auf ihn zu. „Du da!", schrie er. „Raus aus meinem Haus!" Der Affenmensch baute sich drohend vor ihm auf.

„Ich suche jemanden", erwiderte Skanda und wollte an ihm vorbei gehen, doch der Wirt versperrte ihm den Weg.

„Ich sagte, raus hier! Ich dulde keinen Mörder in meiner Taverne."

Skandas Gesichtszüge verhärteten sich. „Weißt du eigentlich, mit wem du sprichst?"

„Es ist mir egal, wer du bist, selbst wenn du einer der Hochgötter persönlich wärest. DU bist hier nicht mehr willkommen."

Skanda sah sich plötzlich von einer ganzen Horde Affenmenschen umringt und griff nach dem Dolch an seiner Seite. „Überlege dir, was du sagst. Dieses Haus steht auf Devagebiet und …"

„Ja", fiel ihm der Wirt ins Wort. „Die Taverne steht seit zweihundert Jahren an diesem Ort. Sie wurde von meinem Großvater erbaut. Die Genehmigung dafür hatte er damals vom Devakönig höchst selbst erhalten, als Lohn für seine Verdienste im Krieg."

„Du weißt es sicher noch nicht", entgegnete Skanda verächtlich, „deshalb kläre ich dich jetzt auf, Indra wurde als König abgesetzt." Er sah ihn und die Umstehenden scharf an. „Überlegt es dir gut, was du als Nächstes tun willst, denn du stehst vor dem rechtmäßig gewählten König der Devas. Die Genehmigung für diese Taverne kann ich dir jederzeit entziehen, wenn du dich mit mir anlegen willst, *Affe*."

Der Wirt ballte die Fäuste, dann trat er widerstrebend zurück, um ihn vorbeizulassen.

Auf Skandas Gesicht zeigte sich ein zufriedenes Lächeln, als er sich an ihm vorbeidrängte, um sich im Gastraum umzusehen. Er fand Vritra Ahi in seiner Nagagestalt in derselben Nische vor, die er vor drei Tagen verlassen hatte.

Der Gott räkelte und streckte sich provozierend, als er Skanda auf sich zukommen sah. „Seid gegrüßt, Eure Majestät", sagte er, mit einem spöttischen Unterton, den Skanda überhörte.

„Habt Ihr mir etwas mitgebracht?", fragte er.

„Selbstverständlich, ich halte immer mein Wort." Der Gott legte das Kästchen auf den Tisch. „Der Gegenstand wurde von mir repariert und ist jederzeit einsatzbereit. Ich werde Euch den Umgang damit genauestens erklären."

„Gut." Skanda setzte sich zu ihm.

Vritra Ahi öffnete das Kästchen und ein hell violetter Schimmer tauchte die Nische in sanftes Licht. Skanda beugte sich vor, um den Inhalt genauer betrachten zu können. Das kleine Objekt war oval, ein glatt geschliffener Kristall befand sich in seiner Mitte.

Skandas Hand schloss sich darum und er fühlte, wie es sich sanft an seine Handfläche schmiegte.

„Wie ich schon sagte, sind Devas nicht ohne Weiteres stark genug, diese Art von Waffen zu benutzen", erklärte Vritra Ahi. „Falls es Euch aber interessiert, diese nannte man einst Brahmanda Avhē."

„Den Allrufer?"

„Ganz recht", bestätigte der Gott. „Die Waffe mag unscheinbar aussehen, doch liegt in ihr eine große Macht verborgen, die Ihr nur nutzen könnt, wenn Ihr zuvor eine ausreichende Menge an Soma zu Euch genommen habt."

Skanda betrachtete das unscheinbare Ding in seiner Hand genauer. Es fühlte sich vertraut an, beinahe so, als wäre es nur für ihn erschaffen worden. „Also gut", sagte er, „angenommen ich hätte eine ausreichende Menge des Göttertrankes zu mir genommen, was dann?"

„Seid Ihr mit den Mudras[1] vertraut?"

„Mit einigen, aber nicht mit allen."

„Um die wichtigsten Funktionen der Waffe handhaben zu können, sind vor allem drei Mudras wesentlich. Da wäre zum Ersten die Geste der Furchtlosigkeit, das Abhaya Mudra." Vritra Ahi hob seine geöffnete Hand bis auf Brusthöhe und führte Skanda die Geste vor. „Wenn Ihr dieses Mudra auf die rechte Weise ausführt, wird sich ein undurchdringliches Schutzschild um Euch bilden."

„Schutz mag ganz nützlich sein", erwiderte Skanda, „aber wie greife ich einen Gegner an?"

Ein hauchdünnes Lächeln huschte über Vritra Ahis Gesicht, verschwand jedoch fast noch im gleichen Moment. „Dazu komme ich jetzt", sagte er und blickte

---

[1] Mudras: symbolische Handgesten (Handbewegungen, Handstellungen)

Skanda fest in die Augen, während er mit seiner Hand ein weiteres Mudra ausführte. Skanda kannte es.

„Das ist Vajira, die Geste des feurigen Donnerkeils."

Vritra Ahi nickte. „Bei richtiger Ausführung entsteht dadurch eine glühende Energiekugel in der Waffe, die jeden Gegner vernichten wird, auf den sie trifft."

Skanda legte seinen Daumen auf den Mittelfingernagel und streckte seinen Zeigefinger aus, um das Mudra nachzuahmen. „Gut und weiter?"

„Die letzte Geste, mit der Ihr Euch vertraut machen solltet, ist das Hakini." Der Gott legte die Fingerspitzen aneinander und hielt dann beide Hände wie ein Zelt über den Kopf. „Diese Geste lässt ein Energiefeld um Euch herum entstehen, das jeden Feind vernichten wird, der Euch anzugreifen versucht." Vritra Ahi lehnte sich zurück. „Im Grunde hat jedes uns bekannte Mudra eine Wirkung auf die Funktion dieser Waffe", sagte er. „Im Laufe der Zeit werdet Ihr sicher noch weitere entdecken und damit umzugehen lernen. Doch die drei Gesten, die ich Euch gerade gezeigt habe, sind sicher für Eure Zwecke am nützlichsten."

Gedankenverloren ruhte Skandas Bick auf dem Gebilde, das so wundersam in seinen Handteller passte. Ohne Vritra Ahi zu beachten, murmelte er: „Falls uns die Asura diesmal angreifen wollen, werde ich den Krieg dank dieser Waffe sicher schnell beenden können."

„Das ist gewiss", bestätigte der Gott des Chaos, „doch …"

Skanda dessen Augen noch immer auf dem Oval in seiner Hand ruhten, blickte auf und rieb sich die Stirn. „Doch was?", fragte er.

„Versteht mich nicht falsch", begann Vritra Ahi. „Keinesfalls möchte ich mich in Eure Angelegenheiten einmischen. Doch haltet Ihr es für klug, darauf zu warten, bis die Asura Euch angreifen werden?"

„Es ist nicht die Art der Devas, Angriffskriege zu führen, es widerspricht unserem Ehrgefühl."

„Das spricht für euer Volk. Doch mit Brahmanda Avhē in Euren Händen, kann sich Euch praktisch niemand mehr in den Weg stellen. Mit dieser Waffe könnt Ihr die Asura ganz alleine bezwingen. Ihr würdet als der größte Held Nirvas in die Geschichte eingehen."

„Ich werde die Asura nicht zuerst angreifen", erwiderte Skanda fest. „Den Allrufer werde ich nur im Falle eines Angriffs und allein zur Verteidigung Nirvas benutzen."

„Es gibt da allerdings noch etwas zu bedenken", warf Vritra Ahi ein und machte eine dramatische Pause.

„So? Und was?"

„Dass Yama kein gewöhnlicher Asura ist, habt Ihr sicher bereits erkannt. Unter anderem beherrscht er die Teleportation. Auf diese Weise kann er nach Belieben an jedem gewünschten Ort erscheinen. Zudem ist er sehr wortgewandt. Königin Manassa hat er durch seine Schmeicheleien bereits für sich einnehmen können und wer weiß, welches Volk seinem Zauber als Nächstes erliegt. Der Nachwuchs der Asura kann sich auf dem Gebiet der Naga ungestört entwickeln, und das, obwohl Ihr Eurem Volk versprochen habt, dem Einhalt zu gebieten. Zusammengenommen würde ich all dies bereits als einen Angriff bewerten. An Eurer Stelle, würde ich deshalb alles daransetzen, Yamas Einfluss auf die Völker Nirvas zu unterbinden."

„Ich kann dieser Argumentation durchaus folgen", sagte Skanda vorsichtig. „Dennoch, es wäre nicht im Sinne meines Volkes, die Asura als Erstes anzugreifen. Die Devas würden einem Angriffskrieg niemals zustimmen, und als ihr König vertrete ich ihre Interessen."

„Natürlich, ich verstehe Eure Skrupel durchaus." Vritra Ahi beugte sich vor, sodass der Goldschmuck auf den nackten Brüsten seiner Nagagestalt klimperte. „Doch manchmal muss ein König, um sein eigenes Volk vor Schaden zu bewahren, schwierige Entscheidungen treffen. Indra hat das oft getan, das wisst Ihr so gut wie ich." Er glitt aus der Nische heraus und wandte sich dann noch einmal zu Skanda um. „Ich überlasse es ganz Euch zu entscheiden, wann und gegen wen Ihr den Allrufer einsetzen wollt. Ich selbst werde mich jetzt aus Nirva zurückziehen, damit es nicht wieder heißt, *ich* würde mich in das Schicksal dieser Welt einmischen wollen."

Überrascht von dem plötzlichen Aufbruch sprang Skanda auf. „Wartet!"

„Ja?" Die gelben Augen der Naga betrachteten ihn mit einem kühlen abschätzigen Blick, dann lächelte Vritra Ahi und ließ nadelspitze Giftzähne aufblitzen.

„Warum das alles?", fragte Skanda.

„Warum ich für Euch Brahmanda Avhē instandgesetzt habe, wollt Ihr von mir wissen?"

„Ja."

„Nun ich bin, genau wie Ihr, kein Freund der Asura und speziell mit Yama habe ich eine offene Rechnung zu begleichen. Ich bin jedoch kein Krieger, weshalb ich die Waffe, die ich für Euch wiederhergestellt habe, auch nicht selbst benutzen kann. Meine ganze Hoffnung ruht auf Euch."

„Ich soll für Euch also die Drecksarbeit erledigen, Yama töten und dabei noch möglichst viele seiner Dämonen vernichten?"

„Ganz recht", bestätigte Vritra Ahi. „Schließlich heißt es doch: Der Feind meines Feindes ist ein Freund. Ist es nicht so? Ich jedenfalls vertraue darauf, dass Euch gelingt, was mir nicht möglich ist."

Orb Ria

Sie strich sich nervös eine ihrer rotblonden Locken aus dem Gesicht und zupfte ihre Kleidung zurecht, bevor sie klopfte, um nach einer angemessenen Wartezeit einzutreten. Skanda blickte kurz auf, bevor er sich wieder den Papieren auf seinem Schreibtisch zuwandte. „Komm ruhig näher, Orb", sagte er, ohne sie dabei anzusehen. „Warum wolltest du mich sprechen?" Während er das fragte, setzte er seine Unterschrift auf einige Dokumente.

„Es …", begann sie zögerlich, „es geht um …"

Skanda blickte auf. „Nun mal raus mit der Sprache. Ich habe viel zu tun und nicht, so wie früher, den ganzen Tag für dich Zeit."

Sie reckte das Kinn vor. König hin oder her, es war Skanda, der dort saß und niemand kannte ihn besser als sie. „Ich wurde inzwischen von den verschiedensten Experten und Ärzten auf Zauber oder anderen Manipulationen hin untersucht. Keiner von ihnen konnte deinen Verdacht bestätigen. Genau aus diesem Grund komme ich jetzt zu dir, weil ich dich bitten möchte, meine Aufenthaltsbeschränkung wieder aufzuheben, damit ich meine Arbeit fortsetzen kann. Wenn du es für nötig hältst, bin ich auch bereit, mit Ruma und seinem Team zusammenzuarbeiten."

Skanda lehnte sich in seinem Stuhl zurück und schüttelte entschieden den Kopf. „Nein, Orb. Eine solche Erlaubnis werde ich dir auf keinen Fall erteilen."

Orb zwang sich ruhig zu bleiben, obwohl sie bereits die Tränen fühlte, die aus Wut und Verzweiflung in ihr hochstiegen. Angespannt ballte sie die Hände zu Fäusten. „Aber warum denn nicht?"

„Weil du nicht den nötigen emotionalen Abstand zu den Asura und deren Nachkommen hast, deshalb verweigere ich dir jede weitere Arbeit auf dem Feld. Für mich ist es dabei unerheblich, ob die Ärzte eine Beeinflussung durch Yama nachweisen konnten oder auch nicht. Ich kenne dich in- und auswendig oder glaubte zumindest, dich zu kennen. Seit du aber Yama begegnet bist, bist du zu einer ganz anderen Devi geworden, die ich nicht wiedererkenne, das geht nicht nur mir allein so." Er öffnete eine Schublade und zog ein Schreiben heraus. „Hier habe ich einen Brief von deinen Eltern, in dem sie sich sehr besorgt zeigen. Soll ich ihn dir vorlesen?"

„Nein!" Orbs Augen blitzen vor Zorn.

„Deine Erzählungen über Yama haben sie zutiefst beunruhigt. Offenbar hast du ihnen den gleichen Unsinn erzählt, wie mir."

„Das ist kein Unsinn, es ist die Wahrheit!", schrie sie.

Skanda lachte laut auf. „Eine Wahrheit, die nur du und Indra zu glauben scheinen."

„Weil wir die einzigen Devas auf Nirva sind, die Yama gut genug kennen. Er ist keine Bedrohung, er ist freundlich und lieb. Solange er über die Asura herrscht, wird es keinen Krieg mit ihnen geben."

„Freundlich? Lieb? Hörst du dir eigentlich selbst zu? Wer hat je zuvor von einem Asura gesagt, dass er freundlich und lieb ist oder behauptet, dass er sich um etwas anderes scheren würde, als nur um sich selbst? Das ist verrückt, und genau das ist der Grund, warum ich dich vor dem Kontakt mit Yama oder einem anderen seiner Art beschützen muss."

„Mich musst du vor gar nichts schützen", erwiderte Orb mit vor Aufregung bebender Stimme. „Ich habe mich kein bisschen verändert und auch nicht den Verstand verloren, so wie du es offenbar glaubst, ganz im Gegenteil. Du bist blasiert und meine Eltern sind es auch. Ihr wollt mir einfach nicht zuhören, mich nicht so sehen, wie ich bin. In eurer Arroganz wollt ihr nicht zugeben, dass das, was ich erzähle, wahr sein könnte." Orb verstummte. In hilfloser Wut flossen ihr mit einem Mal Tränen über die Wangen. Sie wischte sie fort.

„Bist du fertig?", fragte Skanda. „Ich habe noch viel zu tun."

„Ich bin noch nicht fertig", fauchte sie. „So viele Jahre waren wir ein Paar. Ich glaubte, dich zu kennen, aber das tat ich nicht. Das wurde mir aber erst klar, nachdem du mich geschlagen und mich halb ohnmächtig auf dem Feld zurückgelassen hast. Da begriff ich, dass nicht ich es war, die du liebtest, sondern nur das Bild, das du dir von mir gemacht hast. Und als ich dort lag und in meiner Verzweiflung meine Tafel zur Hand nahm, war mein erster Impuls, Yama um Hilfe zu bitten." Sie schluckte den schweren Kloß in ihrem Hals hinunter, an dem sie zu ersticken glaubte. „Verstehst du?", fragte sie dann mit bebender Stimme. „Nachdem du gegangen warst, galt mein erster Gedanke ihm. Er kam und brachte mich in sein Haus. Er tröstete mich wie einen Freund. Er hörte mir zu. Da erkannte ich, dass er, anders als du, in der Lage war, mich so zu sehen, wie ich bin und er mich genau deshalb liebt."

Skanda sah sie fassungslos an. „Was sagst du da?"

„Dass Yama mich liebt und ich liebe ihn", sagte sie und reckte trotzig das Kinn vor.

Skanda sprang auf. „Bist du von Sinnen so einen Unsinn zu reden?", schrie er und schlug mit beiden Fäusten auf den Tisch, sodass dieser mit lautem Krachen entzweibrach. Orb wich erschreckt vor ihm zurück. „Ein solches Monster kann niemand lieben. Deine Worte beweisen umso mehr, dass ich die ganze Zeit recht hatte. Yama hat einen Zauber auf dich gelegt."

Sie lachte schrill auf. „Einen Zauber sagst du? Ja, aber einen ganz anderen, als du denkst."

„Ich werde dem persönlich ein Ende bereiten."

„Ach und wie?" In ihrer Stimme lag so viel Hohn, dass Skanda es nicht überhören konnte.

„Das wirst du noch früh genug erfahren", zischte er, sein Gesicht wirkte versteinert vor eiskalter Wut. „Jetzt raus aus diesem Zimmer und wage es nicht, mich noch einmal um eine Audienz zu bitten. Mit dir bin ich fertig, ein für alle Mal."

Als sich die Tür hinter ihr schloss, wusste Orb, dass sie einen furchtbaren Fehler gemacht hatte, doch es war zu spät, um daran noch etwas zu ändern.

Skanda

Als Orb die Tür zu seinem Arbeitszimmer schloss, fühlte sich Skanda einen Augenblick hilflos. Er wirkte gebrochen und war sehr traurig, doch sein Schmerz wurde bald verdrängt von rasender Wut. Er atmete schwer und das Zimmer begann, sich um ihn zu drehen.

In seinem Kopf hörte er Gelächter. Sie lachten über ihn, Orb und das Monster, das sie vorgab, zu lieben.

Kurz entschlossen zog er eine Schublade seines zerstörten Schreibtisches auf und holte das Kästchen mit dem Allrufer heraus. Er steckte es ein und ging dann zur Tür. „Sorgt dafür, dass mein Schreibtisch durch einen neuen ersetzt wird", befahl er den Wachen, dann eilte er den Flur hinunter auf die königliche Schatzkammer zu. Skanda hatte diesen Raum noch nie zuvor betreten, doch jeder Deva wusste, dass die letzten Reserven an Soma dort aufbewahrt wurden.

Der Schatzmeister blickte auf, als er ihn auf sich zukommen sah, dann erhob er sich von seinem Stuhl um ihn angemessen zu begrüßen. „Eure königliche Hoheit, welch eine Ehre. Womit kann ich Euch dienlich sein?"

„Ich möchte mir die verbliebenen Vorräte an Soma ansehen", verlangte Skanda.

„Aber gewiss doch", entgegnete der Beamte ehrerbietig. „Bitte folgt mir, Eure Majestät." Er gab einen Code in seine Tafel ein, woraufhin sich die Tür zur Schatzkammer geräuschlos öffnete. Dahinter kam ein langer Flur zum Vorschein, von dem sechs Türen abgingen. Vor einer der Türen blieb der Beamte stehen. Sie war mit einer kunstvollen Schnitzerei verziert, die einen Somabaum in voller Blüte zeigte. „Hier ist es, Eure Hoheit."

„Da wäre ich auch selbst drauf gekommen", erwiderte Skanda missgelaunt.

„Gewiss."

Das Schloss war durch einen weiteren Zahlencode gesichert. Der Beamte öffnete ihm auch diese Tür bereitwillig und Skanda trat ein. Die mit kostbaren Mosaiken aus Gold und Edelsteinen verzierten Wände interessierten Skanda wenig. In der Mitte des quadratischen Zimmers stand ein einzelner Tisch, darauf ein Gefäß aus mundgeblasenem Glas. Mehrere kleinere und größere Fläschchen standen darum herum.

Er trat näher, um sich den Inhalt des Vorratsgefäßes genauer ansehen zu können. Es war nicht mehr viel Soma darin, gerade mal zwei große Gläser voll, schätzte er. „Ist das alles?"

„Ja Eure Hoheit", bestätigte der Beamte, „aber wir werden ja bald unsere Vorräte wieder aufstocken können, nicht wahr?"

„Sicher", erwiderte er, „die Somabäume blühen bereits."

„Wie wunderbar. Dann wird uns der Trank bald wieder in rauen Mengen zur Verfügung stehen, genau wie in alten Zeiten."

Skanda nickte geistesabwesend und sagte: „Lasst mich für einen Augenblick allein."

„Natürlich, ich werde draußen warten, ruft mich, wenn Ihr etwas braucht."

Sobald der Beamte den Raum verlassen hatte, begann Skanda auf und ab zu laufen. Dabei schaute er immer wieder zu dem spärlichen Inhalt im Gefäß hinüber. Was war eine ausreichende Menge, um die Waffe benutzen zu können, fragte er sich. Und wie lange würde diese Wirkung anhalten? Das hatte Vritra Ahi ihm nicht verraten.

‚Es ist egal', dachte er. ‚Auch wenn dies unsere letzten Vorräte an Soma sind. Schon bald wird es eine neue Ernte geben, mit der wir jeglichen Verlust ausgleichen können.' Beherzt griff er nach der größten Flasche, die auf den Tisch stand, und füllte sie randvoll. Nur noch ein kleiner Rest an Soma verblieb danach im Gefäß. Er nahm eine weitere kleinere Flasche vom Tisch und füllte auch noch den Rest hinein. Später, wenn er

271

zurückkehrte, konnte er schließlich das nicht benötigte Soma wieder in das Gefäß zurückgießen.

Er verließ die Schatzkammer ohne die besorgten Fragen des Beamten zu beantworten, der ihm aufgeregt hinterhergelaufen kam, als er das Fehlen des Göttertrankes bemerkte, doch als König war er nicht verpflichtet, einem kleinen Beamten seine Handlungen zu erklären.

Skanda blickte durch eines der Fenster hinaus. Die Sonne stand fast im Zenit. Mittagszeit. Die meisten Devas suchten jetzt schattige Plätze auf, um der Mittagssonne zu entgehen. Sie aßen etwas und ruhten sich aus. Kaum jemand würde sein Fortgehen bemerken. Er eilte weiter zur Waffenkammer. Während er ging, nahm er seine Tafel zur Hand und sandte einen kurzen Befehl an den Leiter des Nachrichtendienstes: „Ich möchte, dass ab sofort alle Kommunikationswege innerhalb der unteren Welt für vierundzwanzig Stunden unterbrochen werden."

In der Waffenkammer angekommen, legte er seine Rüstung an und befestigte Kṛṣṇa, seine bevorzugte Waffe, an der Hüfte. Auf der Klinge des blau leuchtenden Götterschwerts waren eine Reihe von Zeichen und Symbolen eingraviert. Während des Krieges war Kṛṣṇa sein verlässlichster Begleiter gewesen. Auch jetzt wollte er nicht ohne dieses Schwert in die Schlacht ziehen. Für den Fall, dass der Allrufer nicht das hielt, was Vritra Ahi ihm versprochen hatte, wollte er es dabei haben, um sich im Notfall verteidigen zu können. So gerüstet betrat er in einen weiteren Raum, in dem drei Gürtel an einem Gestell an der Wand hingen.

Sansṛti nannte man sie, die Gürtel der Wandlung. Mit ihrer Hilfe war es einer Person möglich, zwischen den

Dimensionen hin und her zu wechseln und zu jedem beliebigen Ort zu gelangen. Skanda hatte noch nie zuvor einen derartigen Gürtel benutzt. Fast andächtig hob er ihn aus dem Gestell und legte ihn an.

Jetzt war er bereit. Er musste nur noch die genauen Koordinaten für seinen Sprung eingeben. Er zögerte. Ob es nicht doch klüger war, den Allrufer zuvor zu testen, bevor er sich damit in die Unterwelt wagte, um sich den Dämonen entgegenzustellen? Doch für einen solchen Test würde er Soma brauchen und dann hatte er vielleicht nicht mehr genug für einen Angriff.

Entschlossen gab er die Koordinaten zur Erde ein, um von dort aus durch die Tore in die untere Welt zu gelangen, denn er wusste, dass es unmöglich war, direkt in die Unterwelt zu springen ohne Yamas ausdrückliche Erlaubnis.

Lichtlos und düster lag der Zugang zur Unterwelt direkt vor ihm wie ein alles verschlingendes, schwarzes Loch. Skanda trug keine Lampe bei sich, das war auch nicht nötig, denn im Helm seiner Rüstung war ein Nachtsichtgerät integriert. Zusätzlich würde das Soma seine Sinne verschärfen.

Er setzte sich vor dem Eingang auf den Boden, um sich zu sammeln, dann trank er den Inhalt des kleineren Fläschchens aus und legte den Allrufer in seine Handfläche hinein. Eine Zeit lang geschah nichts, er saß einfach nur da und wartete.

Sein Atem vertiefte sich. Skanda wandte den Kopf, denn er hörte plötzlich Dinge, die er normalerweise nicht hätte hören können. Die leise trippelnden Schritte der Ameisen, die im Gras nach Nahrung suchten, sowie das hohe Fiepen der Fledermäuse, die über ihn hinwegflogen und Insekten jagten. Die lebendige Welt um ihn war jetzt in einen sanften Schimmer gehüllt.

Er stand auf und betrachtete Brahmanda Avhē in seiner Hand. Der Glanz, der ihn umgab, hatte sich deutlich verstärkt. Probehalber machte er die Geste des Abhaya Mudra, so wie es ihm Vritra Ahi gezeigt hatte. Es funktionierte. Ein milchig weißer, fast durchsichtiger Schutzschild bildete sich um ihn herum, gleichzeitig fühlte er eine ungeheure Macht durch seinen Körper strömen. Skanda lächelte. Voller Zuversicht schritt er auf den düsteren Zugang zu und trat ein.

Ein langer Gang führte hinab, tiefer hinunter in die erdrückende Finsternis. Skanda schritt wachsam voran. Nervös rückte er das Schwert an seiner Seite zurecht. Er hörte etwas und spürte ein leichtes Vibrieren in der Magengrube. Etwas kam langsam auf ihn zugekrochen. Dann sah er sie, die Asura die den Zugang zur Unterwelt bewachten. Es waren zwei.

Die Augenpaare der vollkommen schwarzen Geschöpfe fixierten ihn. Sie schienen in der Dunkelheit zu glühen, was ihren Furcht einflößenden Anblick verstärkte. Doch Skanda wusste, dass dieser Eindruck nur vom Einfluss des Somas herrührte und durch das Nachsichtgerät in seinem Helm verstärkt wurde.

Plötzlich riss eines der Kreaturen drohend den Rachen auf und entblößte messerscharfe Zähne. „Geh zurück!", befahl es ihm. Doch Skanda ging unerschrocken weiter.

Die Kiefer des Asura klappten zu. Das Geräusch hallte von den Wänden wieder. „Geh zurück", befahl es noch einmal. „Es ist dir nicht erlaubt, hierherzukommen."

Skandas Gesicht verzog sich zu einer hasserfüllten Grimasse. Er hob den Arm. Gleichzeitig sprang der Asura aus dem Stand auf ihn zu und reckte ihm seine Krallen entgegen. Skanda formte die Geste des feurigen

Donnerkeils, woraufhin sich eine Kugel aus Licht löste und auf den Dämon zuschoss.

Als sie ihn traf, zerstob er noch im gleichen Moment. Der zweite Asura gab einen markerschütternden Schrei von sich, bevor auch er zum Angriff überging und auf ihn zugestürzt kam. Skanda wich zur Seite aus, sodass sein Gegner an ihm vorüberschoss. Der Asura wirbelte in einer blitzschnellen Pirouette zu ihm herum, doch zu spät. Er zerbarst noch im gleichen Augenblick, als der Lichtblitz ihn traf. Skanda lachte laut und schallend. Nie zuvor hatte er sich lebendiger gefühlt wie in diesem Moment. Er fühlte die Energieströme in seinem Körper pulsieren. Es war ein erhebendes, berauschendes Gefühl, mächtig und stark, und er wollte mehr. Mit zittrigen Fingern öffnete er den Verschluss der zweiten Flasche und trank den Inhalt gierig aus. Danach warf er sie achtlos beiseite und ging weiter den Tunnel hinab, tiefer hinein in die Finsternis.

Während er ging, pulsierte das Soma machtvoll in seinen Adern. In seiner Handfläche begann Brahmanda Avhē wie eine kleine Sonne zu leuchten. ER war der Gott des Krieges und Krieg war es, zu dem er hinabstieg, um ihn zu entfesseln.

Harkandas

Hell tönten die Klänge des Xylofons überall um mich herum. Wieder und wieder schlug ich es an und war verzückt von seinem Klang. Aber ach, ich selbst brachte keinen einzigen dieser wundersamen Töne hervor. Warum konnte ich das nicht? Wo es doch Varun und den Jungen scheinbar so mühelos gelang? Mein Bemühen ließ mich verzweifeln, denn ich scheiterte jedes Mal, wenn ich es versuchte. Dabei wünschte ich mir nichts mehr, als so singen zu können, wie sie.

Hoch oben auf dem Turm, weitab von meinen Brüdern, vergaß ich die Welt um mich herum und verlor mich in den Melodien des Wunderdings, bis mich plötzlich schrille Schreie aus meiner Versenkung rissen.

Alarm!

Wir werden angegriffen?

Von wem?

Und wer würde es wagen?

Ich blickte hinab auf die tintenschwarze Welt unter mir und sah gleißende Lichtblitze, die die Schwärze durchschnitten. Sie leuchteten auf, um gleich darauf wieder zu verlöschen. Ich legte mein Spielzeug beiseite, stand auf und erhob mich in die Luft. Dann flog ich, so schnell ich konnte, auf die Lichterscheinung zu. Als ich näherkam, entdeckte ich eine Gestalt inmitten des Lichtersturmes. Ein Deva, so vermutete ich. Er stand im Zentrum des gleißenden Lichtes, das meine Augen schmerzen ließ, je länger ich es ansah. Die Asura, die ihn angriffen, um getreu nach Varuns Befehl, unser Reich zu verteidigen, starben auf der Stelle, sobald einer der Lichtblitze sie traf.

Eilig flog ich auf die Gestalt zu. Einen Angriff aus der Luft würde er wahrscheinlich nicht erwarten.

Als ich näherkam, sah ich viele meiner Brüder von allen Seiten heranstürmen. So umzingelt war es nahezu unmöglich, uns noch zu entkommen. Ich glaubte schon, dass eine Attacke aus der Luft nicht mehr nötig wäre, da entstand plötzlich eine gleißend helle Lichtkuppel um die Gestalt herum. Geblendet wandte ich mein Gesicht davon ab. Entsetzensschreie erklangen und dann ein seltsam rhythmisches Geräusch. Es klang wie: Ha, haha, haha, ha … Ähnliche Töne kannte ich bereits. Vor nicht allzu langer Zeit hatte Varun sie ausgestoßen, doch diese klangen anders, verzerrt und unheimlich.

Mich schauderte.

Meine Brüder stürmten auf den Feind zu. Ihre Übermacht war so überwältigend, dass ich nicht einen Moment daran zweifelte, dass sie den Angreifer nun endlich bezwingen würden. Doch als sie das Lichtgebilde erreichten, zerstoben sie, einer nach dem anderen und ich sah, wie sie sich auflösten, als hätten sie nie existiert.

Panik ergriff mich und blankes Entsetzen. Ich drehte ab, um möglichst viel Abstand zwischen mich und dieser entsetzlichen Erscheinung zu bringen. Auf einer Mauer ließ ich mich nieder und zerrte hastig die Tafel aus meiner Substanz hervor. Ungläubig starrte ich auf eine leere, glatte Fläche. Meine Tafel zeigte nichts an. Konnte es ein Zufall sein, dass sie ausgerechnet jetzt nicht funktionierte? Verzweifelt blickte ich zum Turm hinauf und überlegte. Mein Herr hatte das Gericht erst vor kurzem für eine Pause verlassen. Der Palast war erleuchtet. Er musste sich also noch in seinem Haus befinden. Ich flog auf und stieg höher, um dann zielstrebig auf den höchsten Turm zuzufliegen, von dem ich wusste, dass Varun ihn bewohnte. Je höher ich stieg und je weiter ich mich vom Kampfgeschehen entfernte, umso mehr fühlte ich einen unerträglichen Sog, der an meiner Substanz zerrte und immer stärker wurde. Sich dem direkten Befehl meines Herrn zu wiedersetzen, kostete mich unendlich viel Kraft. Der Sog schmerzte, doch mir war klar, wenn ich dem Befehl Folge leistete, wäre es mein sicherer Tod. Als ich endlich den Turm erreichte, der unter einer Energiekuppel gut geschützt lag, stellte sich mir ein anderes Problem. Mein Herr hatte mir ausdrücklich verboten, noch einmal gegen die Barriere zu schlagen und ihn in seinem Haus zu stören.

Es half alles nichts, ich musste Varun über den Angriff informieren. Ich flog nahe an das Energiefeld heran und schlug mit aller Kraft zu. Die Pein, die mich dabei durchfuhr, war unerträglich, dennoch trommelte ich immer weiter darauf ein. Funken stoben nach allen Seiten davon.

„Hör damit auf, Harkandas!"

Ich wandte den Blick und erwartete Varun zu sehen, doch war es nur sein Bote.

„Was soll dieser Radau?", fragte der Vogel.

„Herr, wir werden angegriffen und meine Tafel funktioniert nicht mehr." Fast schon erleichtert deutete ich auf die Lichterscheinung in der Ferne.

Der Vogel verschwand, an seiner Stelle erschien Varun an meiner Seite. „Warum verteidigst du dann nicht unser Reich, so wie es deine Pflicht wäre?", fragte er.

„Herr, dieser Feind ist übermächtig", erklärte ich. „Keiner von uns kann gegen ihn etwas ausrichten." Inständig hoffte ich, dass Varun mir nicht befahl, mich mit allen anderen dem Feind entgegenzustellen.

Lautlos schwebte mein Herr neben mir, während ich hektisch mit meinen Flügeln schlug. Für einen furchtbar langen Moment sah er mich schweigend an, dann sagte er: „Ich verstehe jetzt, was du meinst und werde mich selbst um dieses Problem kümmern. Geh! Sag jedem, dass niemand den Feind weiter angreifen soll. Alle sollen sich in Sicherheit bringen und möglichst viel Abstand zu ihm halten."

Zutiefst erleichtert wandte ich mich ab.

Um dem Befehl meines Herrn nachzukommen, stürzte ich dem Boden entgegen.

Yama

Aus sicherer Entfernung betrachtete Yama die Szenerie. Noch immer stürmten Asura auf den Feind zu und starben im gleißenden Licht, noch bevor sie den Gegner erreichen konnten. Varun sandte einen starken Ruf aus, der alle Dämonen in seiner Blickweite erreichte. Daraufhin wandten sich die Asura sofort von dem Angreifer ab und flohen panisch in alle Richtungen.

„Kannst du erkennen, mit wem wir es zu tun haben?", fragte Jeng.

„Nein, aber ich …" Varun brach den Satz ab, als die Lichtkuppel ganz plötzlich verschwand und drunter eine Gestalt sichtbar wurde. Mit ausgestrecktem Arm zeigte sie auf die Fliehenden und eine feurige Lichtkugel löste sich. Sie traf einen Asura hinterrücks auf der Flucht. Der Dämon starb augenblicklich. Ein lautes, bösartiges Lachen erklang. „Feiglinge! Kommt zurück und sterbt."

„Das ist Skanda!", rief Jeng entsetzt und verblüfft zugleich.

„Ja." Varun flog langsam auf den Deva zu und gab dabei einen dumpfen, zornerfüllten Laut von sich.

„Was für eine Waffe benutzt er da?", fragte Jeng.

„Das weiß ich auch nicht, etwas Ähnliches habe ich noch nie zuvor gesehen."

„Ist es dann klug, sich ihm entgegenzustellen?"

„Sollen wir uns etwa verstecken und tatenlos dabei zusehen, wie er mein Volk vernichtet? Lieber vertraue ich darauf, dass wir unsterblich sind. Doch ich werde nicht so dumm sein, diesem tödlichen Licht, das ihn umgibt, zu nahe zu kommen", versicherte Varun und flog weiter unbeirrt auf Skanda zu.

Als Skanda ihn schließlich entdeckte, sah der Deva ihm gelassen entgegen. Ein boshaftes Grinsen lag auf seinem Gesicht. „Hat der *Herr* dieses Reiches sich doch endlich dazu durchgerungen, sich mir entgegenzustellen? Oder ziehst du *Feigling* es vor, weiterhin deine Sklaven für dich sterben lassen?"

Varuns Substanz begann vor Zorn zu beben, doch es gelang ihm mühelos, seinen Zorn niederzuringen. Eine eiskalte Ruhe legte sich auf ihn und glättete das stürmische Meer. Um Zeit zu gewinnen, ging er auf Skandas Worte ein. „Du bist in mein Reich eingedrungen, in der Absicht, mein Volk zu ermorden. Ich bin hier, um mich dir entgegenstellen, ohne dass ich eine mächtige Waffe in Händen halte, wie du sie besitzt und du nennst mich feige?" Während er sprach, ließ Varun seinen Gegner nicht für einen Moment aus den Augen. Skanda hatte seine Hände auf Brusthöhe erhoben und dabei beide Handflächen nach vorn gerichtet. Ein kaum wahrnehmbares Energiefeld hatte sich um ihn herum gebildet. Varun sah ein ovales Gebilde, das sich an seinen Handteller schmiegte, als wäre es mit seiner Hand verwachsen.

Auch Jeng bemerkte es. *‚Da ist etwas in seiner Hand!'*

‚Ja, ich vermute, dass dieses Ding, das Schutzschild erzeugt, das ihn umgibt.'

‚Was wirst du jetzt tun?'

‚Ihn ablenken.'

Sein Kundschafter flog mit größtmöglicher Geschwindigkeit auf Skanda zu und prallte mit lautem Knall seitlich gegen den Schutzschild.

Der Gott, der sich ganz auf Varun konzentriert hatte, zeigte sich von dieser Attacke so überrascht, dass er herumwirbelte. Gleichzeitig zog er instinktiv sein Schwert. Im gleichen Moment schlug Varun zu. Skanda reagierte blitzschnell und parierte den Schlag.

Varun ließ dem Deva keine Zeit sich zu sammeln und setzte nach. Aus dem Konzept gebracht, wich Skanda zurück und verteidigte sich verzweifelt. Doch er war ein erfahrener Krieger, das musste Varun bald feststellen. Die Klinge der Götterwaffe huschte geschickt hin und her, während der Gott langsam sein Selbstvertrauen zurückgewann und selbst zum Angriff überging. In den Augen des Devas trat ein bösartiges Funkeln, als er nun seinerseits dafür sorgte, dass Varun zurückweichen musste. Skandas Kampfkunst ließ dabei nicht die geringste Schwäche erkennen.

Sie umkreisten sich wie Tänzer. Varuns wachsamer Blick war dabei immer auf den bläulichen Schimmer der Götterwaffe fixiert. Im tödlichen Tanz schlugen sie zu und entfernten sich wieder voneinander, ohne dass einer von beiden die Oberhand gewinnen konnte.

Varun wurde unruhig und stürzte zornig zum Angriff vor, doch Skanda wich geschickt aus. Er ließ die Attacke ins Leere laufen und hob seinen Arm. Ein feuriger Lichtblitz löste sich aus seiner Hand. Varun warf sich, gerade noch rechtzeitig, zu Boden, sodass ihn der Strahl um Haaresbreite verfehlte. Skanda lachte laut auf und schleuderte einen weiteren Lichtblitz auf ihn. Varun teleportierte sich fort und erschien, mit größerem Abstand zu seinem Feind erneut.

Der Deva nutzte die Gelegenheit und hob seine Hände auf Brusthöhe, woraufhin sich erneut ein Schutzschild um ihn bildete. „Du bist ein würdiger Gegner", gestand er, „doch besiegen kannst du mich dennoch nicht."

„So? Was macht dich da so sicher?"

„Die Waffe, die ich bei mir trage, macht mich unbesiegbar für Deinesgleichen. Aber das ist nicht alles. Auch die große Menge Soma, die in meinen Adern zirkuliert, wird mir Kraft geben, um dich zu besiegen."

Ganz unerwartet ergriff Varun eine für ihn unbegreifliche Heiterkeit. Er begann, laut zu lachen. Gleichzeitig spürte er in sich einen starken Impuls, sich mit Jeng zu verbinden und ein anderer Teil seines Selbst nahm seinen Platz ein.

„Was findest du daran so komisch, Dämon?", fragte Skanda.

Vollkommen gelassen und noch immer heiter erwiderte Yama: „*Du* magst vielleicht unter dem Einfluss von Soma stehen, aber *ich* bin sein Hüter."

„Was?"

„Liegt das für dich nicht auf der Hand? Dann lass es mich dir erklären. Zunächst frage dich selbst: Was ist Soma?"

„Ein Trank, der den Devas göttliche Kräfte verleiht."

„Falsch", erwiderte Yama. „Es ist viel mehr als das. Indra ist das bekannt und auch die Naga wissen um dieses Geheimnis, doch du scheinst nichts davon zu wissen, deshalb lass es mich dir erklären. Soma heißt der Gott, der sich in der Pflanze und im Göttertrank manifestiert. Nur durch diesen Trank ist es dem Gott möglich, auf die Geschicke aller drei Welten Einfluss zu nehmen. Jede Person, die den Göttertrank nutzt, wird durch den Willen Somas beeinflusst. Und da dies so ist, wird Soma nicht zulassen, dass du mich und die Asura vernichtest. Denn, wie du weißt, kann sich sein Samen nicht ohne den Schutz der Asurakinder entwickeln."

„Unzählige Dämonen sind bereits durch meine Hand gestorben und Soma hat das zugelassen", schrie Skanda ihm entgegen.

„Er konnte das nicht verhindern, weil du noch unter dem Einfluss eines weiteren Gottes stehst."

„Was?"

„Das Ding in deiner Hand, es ist ein lebendiger Gott, der seinen eigenen Willen hat."

„Vollkommener Blödsinn. Du willst mich nur mit diesem Gerede verwirren." Skandas Stimme klang fest, doch in seinen Augen entdeckte Yama eine Spur von Unsicherheit.

„Dein Hass hat dich blind gemacht. Doch noch ist es nicht zu spät, deinen Fehler einzusehen. Wenn du jetzt mein Reich verlässt, werde ich das, was geschehen ist, vergessen."

Skanda lachte gehässig und laut. „Das bezweckst du also mit diesem Gerede? Du Feigling glaubst, ich würde mich von deinen Worten beeindrucken lassen und einfach so gehen? Nein, ich werde erst die Unterwelt verlassen, wenn du tot zu meinen Füßen liegst. Und auf meinem Weg hinaus werde ich jeden Asura töten, der es noch wagt, sich mir entgegenzustellen." Pfeilschnell deutete Skanda mit einer Handgeste auf ihn. Eine Lichtkugel löste sich daraufhin aus dem Oval und kam direkt auf ihn zu, doch diesmal wich Yama nicht aus. Seine Substanz wurde glatt wie ein Spiegel und für einen kurzen, endlosen Augenblick erkannte Skanda sich selbst darin. Als der Lichtblitz Yama traf, verschwand er für den Bruchteil einer Sekunde in seinem Inneren, um gleich darauf von der spiegelglatten Substanz reflektiert zu werden.

Der Lichtblitz wurde zu Skanda zurückgeworfen und traf ihn unvorbereitet mitten ins Herz. Die Augäpfel des Gottes begannen, zu kochen. Seine Haut spannte sich unter der Hitze, sie platzte auf und verbrannte. Skanda schrie noch, vor Entsetzten und Pein, bevor er zu Boden fiel und wie tot liegen blieb.

Varun stand noch für einen langen Moment hoch aufgerichtet da, erstarrt wie ein steinernes Monument, dann wankte und fiel auch er.

Harkandas

Ich führte den Auftrag meines Herrn gewissenhaft aus und befahl jedem, auf den ich traf, sich von dem Eindringling fernzuhalten. Der Befehl verbreitete sich rasend schnell unter meinen Brüdern und wurde von jedem Asura weitergetragen. Schon bald gab es nichts mehr für mich zu tun. Ich wandte mich deshalb neugierig wieder dem Schauplatz des Kampfes zu. Hatte sich Varun tatsächlich dem übermächtigen Feind entgegengestellt, so wie er es mir zuvor gesagt hatte?

Ich flog näher an die Kämpfenden heran, hielt dabei aber einen sicheren Abstand zu ihnen ein. Varun und sein Gegner, standen sich einfach nur gegenüber. Sie kämpften nicht. Unterhielten sie sich etwa nur?

Ein kaum wahrnehmbarer Schimmer umgab den Gott, doch das alles vernichtende Licht, das ihn zuvor verborgen hatte, war fort.

In großer Höhe kreiste ich um den Ort des Geschehens. Ich wagte nicht, noch tiefer zu gehen, um genauer sehen zu können, was dort vor sich ging.

Plötzlich hob der Deva seinen Arm und eine flammende Kugel löste sich von ihm. Sie traf Varun mitten hinein in seine Substanz. Doch kurz darauf sah ich, wie die tödliche Kugel von meinem Herrn abprallte und auf den Feind zurückgeworfen wurde. Der Deva schrie und fiel.

Aufgeregt sank ich tiefer. Mein Herr hatte es tatsächlich geschafft, er hatte den Feind besiegt. Auch wenn ich nicht wusste, wie ihm das gelungen war, fühlte ich mich erleichtert, denn die Gefahr war vorüber. Während ich tiefer sank, sah ich, dass auch mein Herr wankte und schließlich zu Boden ging. Dort wo er gefallen war, lag jetzt ein anderer an seiner Stelle. Er bewegte sich und kroch auf den Deva zu. Ich sah, wie er ihm etwas aus den Händen nahm.

Um mir ein genaueres Bild von den Vorgängen machen zu können und um mich umzusehen, landete ich neben ihm. Der Mann am Boden schaute zu mir auf und ich sah instinktiv weg. Ich wusste, wer er war.

„Harkandas, hilf mir!"

Ich ignorierte seine Worte, wandte mich stattdessen dem Deva zu. War er tot? Ich stupste ihn an, er rührte sich nicht. Der Körper des Feindes war vollkommen verkohlt. Dort wo sich früher seine Augen befunden hatten, starrten mir jetzt nur noch leere, ausgebrannte Höhlen entgegen.

„Bitte, hilf mir, Harkandas", flehte der Mann wieder. „Versteck mich vor den anderen, solange Varun mich nicht beschützen kann."

Das war es also? Mein Herr war geschwächt. Nach dem Kampf war er gezwungen, sich in den Menschenkörper zurückzuziehen. Um sich zu erholen, musste er den Menschen ungeschützt zurücklassen.

Als mir klar wurde, welch einmalige Gelegenheit sich daraus für mich ergab, wendete ich mich ihm zu. Fast wie von selbst formten sich meine Arme zu gefährlich scharfen Klingen. Mit einem triumphierenden Gefühl holte ich zum Schlag aus.

„Tu das nicht, Harkandas!", flehte der Mensch.

Ich zögerte.

Meine Arme sanken herab.

„Bitte hilf mir", bat er wieder. „Verbirg mich in deinem Haus, solange bis sich Varun erholt hat."

„Du bist nicht mein Herr", erwiderte ich.

„Dienst du nicht Yama?"

„Ich diene ihm. Doch jetzt ist Yama geschwächt. Wenn ich dich töte, wird er nicht mehr zurückkehren können, dann werde ich Herr dieser Welt sein."

„Du kannst Yama nicht töten."

„Du bist nicht mein Herr", sagte ich noch einmal.

„Wenn es so ist, wie du sagst, warum kannst du mir dann nicht in die Augen sehen?"

Ich schwieg und hob trotzig den Blick. Seine Augen waren so blau wie der Himmel auf Nirva, klar und durchdringend. Der Blick brannte in mir. Meine Substanz bebte und zuckte, doch ich konnte meine Augen nicht mehr von ihm abwenden. Sein Wille hielt mich gefangen, doch ich hielt ihm stand.

„Wahrlich", sagte der Mensch schließlich, „du bist Varuns Stellvertreter und dieses Amtes würdig." Seine Worte lösten den Bann und ich konnte mich endlich von ihm abwenden. „Ich benötige Schutz", fuhr er fort. „Bitte bring mich in dein Haus."

„Es ist *mein* Haus und du bist *nicht* mein Herr. Deinem Befehl muss ich nicht folgen."

„Es war kein Befehl, es war eine Bitte."

Ich stand da und war mit mir uneins. Was sollte ich tun? War es nicht besser, ihn sofort zu töten? Eine solche Gelegenheit würde sich sicher kein weiteres Mal ergeben. Wann war es je so leicht gewesen, die Herrschaft zu erlangen?

Ich sprach diesen Gedanken laut aus. „Wenn ich dich töte, werde ich Herr dieser Welt sein."

„Du kannst mich nicht töten, weil ich Yama und damit unsterblich bin", erwiderte der Mann.

„Varun ist Yama, nicht du. Du bist nur der Mensch, den er in Besitz genommen hat, um Unsterblichkeit zu erlangen."

„Das ist nicht wahr. Als Varun meinen Körper in Besitz nahm und in mich eindrang, haben sich unsere beiden Seelen miteinander verbunden, vereint sind wir zu Yama geworden. Niemand kann uns trennen und niemand uns töten."

„Selbst wenn es stimmt, was du sagst, könnte ich dich so schwer verletzten, dass Varun nie mehr das Bewusstsein zurückerlangt."

„Ja, das könntest du tun", bestätigte der Mann, „doch ich wäre sehr enttäuscht, wenn du es tätest."

„Es wäre dumm, das nicht zu tun. Ich muss es tun, denn wenn Varun von diesem Gespräch erführe, wird er zu mir kommen und mich bestrafen."

„Hat Varun sich nicht gerade eben noch einem Feind entgegengestellt, um dich und alle anderen Asura zu beschützen? Ist das nicht der Grund, weshalb er jetzt geschwächt ist?"

„Varun gab den Befehl, die Unterwelt zu verteidigen. Sein Befehl hätte beinahe mein Leben gekostet."

„Und doch warst du stark genug, dich seinem Befehl zu widersetzen und es war nicht das erste Mal, dass du dich gegen den Befehl deines Herrn gestellt hast. Ich habe dich angesehen und du hast mir standgehalten. Jeder andere Asura wäre dabei gestorben. Von nun an sage ich dir, bist du frei. Frei von allen Zwängen. In Zukunft musst du dich nicht mehr dem Willen eines anderen beugen und seine Befehle befolgen. Ist es da noch nötig, mich zu töten?"

Ich bin frei? Konnte das wahr sein? Ich sah den Menschen an und er mich, da wusste ich, dass jedes seiner Worte stimmte.

„Hilf mir, Harkandas", sagte er noch einmal. „Du musst es auch nicht umsonst tun."

„Wie meinst du das?", frage ich vorsichtig.

„Wenn du mir hilfst, werde ich dir aus Dankbarkeit etwas schenken."

„Soma?"

„Soma kann ich dir nicht versprechen, aber vielleicht gibt es etwas anderes, was du dir wünschst?"

Ich überlegte. Während ich das tat, sah ich zum Palast hinüber, dabei wanderte mein Blick immer weiter hinauf, bis zum höchsten Turm. „Mein Haus, für dein Haus", sagte ich schließlich.

„Du willst, dass ich dir mein Haus schenke? Du wirst es nicht betreten können."

„Nein, nicht das", sagte ich, ungehalten über so viel Dummheit. „Ich werde dich in meinem Haus verbergen, bis sich Varun erholt hat, dafür bringt er mich anschließend in sein Haus. Ich möchte es mir von innen ansehen, das wollte ich schon immer."

„Abgemacht."

„Und du kannst für Varun sprechen?"

„Das kann ich."

„Ich glaube dir." Ohne ein weiteres Wort, trat ich an den Mann heran und griff zu. Meine Krallen bohrten sich in sein weiches Fleisch, er stöhnte und roter Saft trat heraus. *,Menschen sind so empfindlich'*, dachte ich und hob ihn hoch in meine Arme, dann flog ich auf. Seine Nähe war unangenehm, aber nicht so unerträglich, wie ich befürchtet hatte. Trotzdem flog ich, so schnell ich konnte, auf den Palast zu und landete vor meinem Haus. Dort ließ ich ihn zu Boden fallen.

Er stand auf und wandte sich zu mir um. „Ich danke dir, Harkandas", sagte er. „Das werde ich dir nicht vergessen." Dann ging er hinein und schloss die Tür hinter sich. Ich verharrte davor und wartete. Stunden vergingen. Meine Brüder kehrten zurück und nahmen ihre Tätigkeiten wieder auf. Ich wollte schon das Haus betreten, um nachzusehen, als sich die Tür öffnete und Varun heraustrat. Wortlos ging er an mir vorbei und sprang fort.

Indra

Wie üblich erregte Indra Aufmerksamkeit, als er am Nachmittag die Straße herunterging. War er auch nicht mehr König, so wusste doch ein jeder, wer er war. Er bog in eine Seitengasse ab, um auf weniger belebten Wegen zum Ratsgebäude zu gelangen. Dabei ignorierte er die Devas, an denen er vorüberging. Sie waren in hitzige Streitgespräche vertieft und hätten ihn offenbar gern nach seiner Meinung gefragt, wenn er nicht hastig weitergelaufen wäre. Sie starrten ihm nach, wobei sie verständnislos die Köpfe schüttelten.

Als er auf dem Ratsplatz eintraf, waren bereits viele Bürger versammelt, die sich, teils aufgeregt, teils besorgt miteinander unterhielten. Unter ihnen waren auch Matali und Orb, die ihn, als sie ihn sahen, zu sich heranwinkten. Die Devi wirkte blass und sah traurig aus, deshalb begrüßte Indra sie besonders herzlich.

„Ich bin froh, dich zu sehen", sagte sie. „Jeder hier erzählt etwas anderes. Klar ist nur, dass Skanda seit gestern Mittag spurlos verschwunden ist. Das heißt, er muss fortgegangen sein, kurz, nachdem ich mit ihm in seinem Büro gesprochen habe. Weiß du vielleicht mehr?"

„Dazu wird man mich sicher gleich auch im Rat befragen, doch es ist nicht sehr viel, was ich dazu sagen kann. Skanda wurde zuletzt von einem Beamten gesehen, der die Schatzkammern verwaltet. Er hat für ihn den Somaraum geöffnet. Nachdem Skanda den Raum verlassen hatte, stellte er fest, dass unser König den gesamten Vorrat an Soma mitgenommen hat. Danach hat er den Befehl erlassen, alle Kommunikationswege innerhalb der Unterwelt zu unterbrechen und anschließend die Waffenkammer aufgesucht. Man braucht kein Genie zu sein, um zwei und zwei zusammenzählen zu können. Es ist offensichtlich, wohin Skanda gestern gegangen ist, zumal auch ein Gürtel der Wandlung fehlt."

„Er kann doch unmöglich so dumm sein, sich mit allen Asura auf einmal anlegen zu wollen?", mischte sich Matali in das Gespräch ein.

„Genau danach sieht es aber aus", erwiderte Indra mit ernstem Gesicht. „Diese maßlose Selbstüberschätzung passt zu ihm, aber viel schlimmer als das ist, dass er meine jahrelangen Bemühungen damit zunichtemacht."

Orb, die ihm die ganze Zeit stumm zugehört hatte, begann plötzlich zu weinen. „Das ist alles meine Schuld", schluchzte sie. „Kurz bevor ich sein Büro verlassen habe, habe ich zu ihm etwas sehr Dummes gesagt, nur weil ich wütend auf ihn war."

„Egal, was auch immer du zu ihm gesagt haben magst, nichts, wirklich gar nichts rechtfertigt sein Vorgehen", entgegnete Indra und legte ihr tröstend einen Arm um die Schulter. „Du solltest dir keine Vorwürfe machen."

„Müssen wir uns jetzt auf einen weiteren Krieg vorbereiten?", fragte Matali.

„Das hoffe ich nicht. Aber wenn ich mir die aufgeheizte Stimmung im Volk so ansehe, zu der Skanda nicht unwesentlich beigetragen hat, bin ich mir nicht so sicher. Genau wie allen anderen, wird mir aber nichts anderes übrig bleiben als abzuwarten, was die Ratsversammlung beschließen wird."

Plötzlich entstand Unruhe und einige Devas wichen erschreckt vor etwas zurück, Schreie und Warnrufe erklangen. Indra wandte sich um und sah, wie sich die Luft auf der frei werdenden Fläche, immer mehr zu einer schwarzen Masse verdichtete. Nachdem Yama sich vollständig auf dem Ratsplatz materialisiert hatte, erklang sofort der Alarm und verbreitete sich in der ganzen Stadt. Indra fluchte leise und ging dann entschlossen auf den Herrn der Unterwelt zu, dabei hob er die Arme, um die Aufmerksamkeit der Bürger auf sich zu lenken.

„Bleibt ruhig!", schrie er ihnen zu.

Yama hielt etwas in seinen Armen und drehte sich ganz langsam um die eigene Achse, damit auch jeder den verkohlten Leib sehen konnte. „Ich bringe euch hier Euren König Skanda zurück", sagte er. Dabei legte er den Körper auf den Boden ab, kümmerte sich aber wenig um die entsetzten Gesichter der umstehenden Devas. Ungerührt fuhr er fort: „Er ist in mein Reich eingedrungen und hat viele, sehr viele meiner Asura ermordet. Hiermit!" Der Herr des Totenreichs hielt einen kleinen ovalen Gegenstand hoch und drehte sich erneut. „Ich habe mich ihm entgegengestellt und in einem fairen Zweikampf besiegt, so wie ich mich jedem Eindringling entgegenstellen werde, der ungebeten in mein Reich eindringt." Nach diesen Worten verschwand Yama genauso plötzlich, wie er gekommen war und ließ die Anwesenden verstört zurück.

Orb gehörte zu den ersten, die sich wieder fing. Sie hockte sich neben den verbrannten Körper, von dem ein durchdringender Gestank von verbranntem Fleisch ausging. „Was steht ihr so dumm rum und glotzt? Wir brauchen einen Arzt. Verständigt Dhan und schafft eine Trage herbei", schrie sie, dann ergriff sie Skandas Hand und fing an zu weinen. Schwarze Rußflocken lösten sich von seiner verkohlten Haut und wurden vom Wind davongetragen.

Dem Arzt genügte ein einziger Blick auf den schwer verletzten König bevor er sich dem Deva zuwandte, der mit einer Trage heraneilte. „Fass mit an", forderte er ihn auf, „wir bringen ihn in meine Behandlungsräume."

Kaum hatte Dhan mit Skanda den Platz verlassen, da wurden die Stimmen der Devas lauter.

Jemand aus der Menge forderte: „Rache für unseren König!" Zustimmendes Gemurmel erklang.

„Tod den Asura!", schrie ein anderer. Die Umstehenden beantworteten seinen Ruf mit Beifall und Jubel.

Indra stand im Zentrum des Geschehens und war plötzlich von einer zornigen Ansammlung von Bürgern umringt. „HÖRT AUF!", schrie er ihnen, so laut er konnte, zu. „Was ist bloß los mit euch? Woher kommt all dieser Hass?" Er sah in die Gesichter, erkannte Freunde und Verwandte. Ja, er kannte jeden von ihnen, und doch waren sie in diesem Moment, nichts als Fremde für ihn. Er fühlte sich wie ein Fremder an einem fremden Ort.

„Wir müssen uns für das rächen, was dieser Dämon unserem König angetan hat", sagte einer zu ihm. Viele nickten und stimmten ihm zu.

„Habt ihr Yama denn nicht zugehört?", fragte Indra sie aufgebracht. „Skanda war es, der in die Unterwelt eingedrungen ist. Er hat die Asura angegriffen. Natürlich haben sie sich verteidigt, das war ihr Recht. Genau so würden wir es machen, wenn jemand unsere Welt bedroht."

„Warum sollten wir ihm glauben? Asura haben nichts mit uns gemein!", schrie ihm jemand zornig mit hochrotem Kopf entgegen. „Sie sind nicht wie wir. Sie haben kein Recht, sich uns in den Weg zu stellen. Es sind Monster, grausame, hässliche Monster, die von uns vernichtet werden müssen."

Genauso zornig entgegnete Indra: „Woher nimmst du oder irgendein anderer das Recht, über Leben und Tod entscheiden zu dürfen? Nie zuvor haben wir Devas einen Angriffs- oder gar einen Vernichtungskrieg geführt. Wollt ihr jetzt damit anfangen? Wenn ja, wo soll all das enden? Ihr sagt, Asura sind nicht wie wir. Das mag so sein, aber haben wir deshalb das Recht, sie alle zu vernichten? Und was ist mit den andern Völkern, die auch nicht so sind wie wir? Sind nach den Asura, die Naga die Nächsten, die ihr vernichten wollt?" Bevor er fortfuhr, sah er sich in der Menge um. Einige Devas sahen daraufhin verlegen zu Boden. „Ich bin einer von euch und immer stolz darauf gewesen, ein Deva zu sein, doch jetzt schäme ich mich für euch alle. Ich sage es nur noch ein letztes Mal: hört auf mit diesem Hass. Es ist nicht zu spät. Noch können wir einen Krieg mit den Asura vermeiden. Falls ihr euch besinnen solltet, wisst ihr, wo ihr mich finden könnt." Nach dieser Rede wandte er sich von der Menge ab. Für ihn gab es nichts mehr zu sagen.

Yama

Drei Wochen waren seit Skandas Angriff vergangen. Seitdem hatte Yama nichts Neues in Erfahrung bringen können. Was ging in Meru vor?

Auch die Naga, denen er eine Woche nach dem Angriff weitere Nachkommen brachte, hatten keine Neuigkeiten für ihn. Aber immerhin funktionierte die Kommunikation innerhalb der Unterwelt wieder, wenn auch die Verbindung nach Nirva gestört blieb.

Yama hielt es für ratsam, keine weiteren Zwischenfälle zu provozieren und stillschweigend abzuwarten. Aus diesem Grund konzentrierte er sich ganz auf die Arbeit und hielt sich von Nirva fern.

Jeng wischte sich den Schweiß von der Stirn, reckte sich und stand auf. Ein Gerichtsdiener brachte gerade die letzte verurteilte Seele des Tages aus der Gerichtshalle.

„Ich finde, es ist an der Zeit, das Versprechen einzulösen, das ich Harkandas gab", sagte er zu Varun, während er ihnen nachsah.

„Ich sagte es dir schon einmal, ich halte das für keine gute Idee. Ohne meine Zustimmung hättest du ihm dieses Versprechen nicht geben dürfen."

Jeng seufzte. „Inzwischen rechnet er schon gar nicht mehr damit, dass wir unser Wort halten."

„Gut."

„Nein Varun, das ist nicht gut. Es wird ihn nur in seiner Überzeugung bestärken, dass man dem Wort eines anderen nicht trauen kann und das kann nicht in deinem Sinne sein."

„Er wird uns die gesamte Einrichtung zerstören", grollte Varun.

„Das kannst du nicht wissen, und selbst wenn er das tut, gibt es nichts in unserem Haus, das nicht zu ersetzen wäre."

„Um Harkandas hineinzubringen, müsste ich ihn in meine Substanz hineinziehen. Das wird ihm ganz sicher nicht gefallen. Selbst wenn ich ihm die Notwendigkeit dazu genauestens erkläre, wird er sich instinktiv wehren, dabei könnte er dich verletzen."

„Dieses Risiko müssen wir eingehen. Ich gab ihm mein Wort. Auf keinen Fall möchte ich Harkandas enttäuschen. Er ist der erste Asura, der mir in die Augen sehen kann."

„Und das ist äußerst beunruhigend."

„Wieso?"

„Du sagtest, dass er darüber nachgedacht hat, dich schwer zu verletzen und verletzt zu halten, sodass es unmöglich wäre, sich davon zu erholen. Das alles nur, damit er an unsere Stelle herrschen kann. Findest du das nicht beunruhigend?"

„Nein. Eben weil ich ihm in die Augen sehen konnte, bin ich darüber nicht beunruhigt. In diesem Moment habe ich erkannt, dass seine Worte nicht ernst gemeint waren. Zwar schien ihm ein solches Vorgehen folgerichtig zu sein, doch in Wahrheit wollte er regelrecht, dass ich ihm sein Vorhaben ausrede. Genau deshalb meine ich, dass er eine Belohnung verdient hat."

„Also gut, wenn du darauf bestehst, von mir aus, dann bringe ich ihn in unser Haus hinein."

„Jetzt gleich?", hakte Jeng nach.

Varun gab ein keckerndes Knurren von sich, antwortete aber nicht. Stattdessen nahm er die Tafel zur Hand, um herauszufinden, wo sich Harkandas zurzeit aufhielt. „Er ist in seinem Haus, das trifft sich gut." Varun sprang. Gleich darauf klopfte er an die Tür des kuppelförmigen Gebäudes. Sein Stellvertreter trat heraus und sah ihn irritiert an.

„Herr?"

Varun kam gleich zur Sache: „Mein Haus, für dein Haus. Sagt dir das was?"

Der Asura wirkte nervös, als er ihm antwortete. „Ich wollte es nur einmal von innen sehen, Herr. Ihr braucht nicht …"

Varun fiel ihm ins Wort. „Dir ist hoffentlich klar, dass meine Substanz die deine vollständig umschließen muss, wenn ich dich hineinbringen soll."

„Das weiß ich, Herr."

„Und du wirst das ohne Gegenwehr zulassen?"

Harkandas schwieg und sah unsicher zu Boden. Ungeduldig fuhr Varun fort: „Wenn du dazu bereit bist, bringe ich dich jetzt in mein Haus. Falls du es dir aber anders überlegt haben solltest, dann wage es nicht, mich noch einmal darauf anzusprechen."

„Ich bin bereit Herr", beeilte sich Harkandas zu sagen.

„So? Gut, dann mach dich so klein, wie es dir möglich ist", forderte er ihn auf. Der Dämon schrumpfte in sich zusammen. Gleichzeitig begann er, nervös zu vibrieren. Varun trat einige Schritte auf ihn zu, Harkandas wich zurück. Varun knurrte entnervt. „Bleib einfach ruhig stehen!", befahl er, dann trat er rasch an ihn heran, um ihn zu packen und sprang noch im gleichen Moment. Das Ganze ging so schnell vonstatten, dass Harkandas kaum Zeit blieb, in Panik zu geraten. Kaum im Haus angekommen, gab ihn Varun wieder frei. Harkandas taumelte zurück, dabei dehnte sich seine Substanz aus, während er panisch um sich schlug. Die Vitrine hinter ihm zerbarst mit lautem Krachen.

‚Ich habe es dir doch gesagt, er wird unsere gesamte Einrichtung zerstören‘, sagte Varun in Gedanken, während er auf die Scherben am Boden blickte. *‚Die Gläser, die uns Indra geschenkt hat, lassen sich nicht so einfach ersetzen.‘*

‚Es waren nur Gläser, ich kann ohne Weiteres aus anderen trinken.‘

‚Ich habe diese aber sehr gemocht‘, beschwerte sich Varun, laut sagte er jedoch: „Willkommen in meinem Haus, Harkandas. Ich fände es schön, wenn du den Rest der Einrichtung heil lassen könntest."

Der Dämon wirkte auf merkwürdige Weise schuldbewusst, als er zu seinem Herrn aufsah. Er stand da zwischen zerbrochenem Glas und rührte sich nicht.

„Du kannst dich ruhig umsehen", forderte Varun ihn schließlich auf. „Dafür bist du doch hergekommen oder etwa nicht?" Langsam löste sich Harkandas Erstarrung und er wagte zögerlich einen Schritt. Glas knirschte unter seinen Füßen.

‚Wir sollten die Scherben zusammenfegen, bevor er die Splitter überall im Haus verteilt‘, meinte Jeng.

297

,Nicht jetzt. Ich werde ihn keinen Moment aus den Augen lassen', erwiderte Varun.

,Gut, wie du willst, wie wäre es dann mit einer kleinen Führung für unseren Gast?'

Während ihrer kurzen Unterhaltung hatte sich Harkandas dem Bett zugewandt und betrachtete das Möbelstück ratlos.

„Das ist ein Bett", erklärte Varun, „Menschen schlafen darin."

„Sie schlafen? Was bedeutet das?"

Jeng lachte. ,Weißt du eigentlich, wie sehr er mich an dich erinnert?'

Varun ignorierte seine Worte, stattdessen erklärte er: „Menschen, Tiere, ja sogar Devas müssen schlafen. Sie legen sich hin und verlieren für einige Zeit ihr Bewusstsein. Das ist notwendig, damit sich ihr Körper und Geist erholen können."

„Und dieser Mensch, den Ihr in Besitz genommen habt, muss das auch tun?", erkundigte sich der Asura.

„Ja, auch er muss sich auf diese Weise erholen", antwortete Varun. ,Mir wäre es lieb gewesen, wenn er nichts davon erfahren hätte.'

,Und mir wäre es lieb gewesen, wenn er mich nicht deinen Besitz genannt hätte, aber daran lässt sich nun mal nichts ändern.'

Harkandas stand noch einige Zeit vor dem Bett, um es zu betrachten. Er befühlte den Stoff des Bettlakens und prüfte die Weichheit der Matratze, schließlich wandte er sich aber ab, um sich weiter umzusehen.

Er betrat die Küche und den Abort, während ihn Varun nicht einen Moment aus den Augen ließ. Es war offensichtlich, dass Harkandas dies unangenehm war, denn er warf seinem Herrn immer wieder nervöse Seitenblicke zu.

Als er an dem großen Wandspiegel vorüberging, erschrak er und reagierte im ersten Moment genauso wie bei einem Artgenossen, der ihm zu nahe gekommen war. Doch sehr bald erkannte er, dass er sein eigenes Spiegelbild betrachtete. Von seinem Anblick war er so fasziniert, dass er wie gebannt darauf starrte. Lange sah er sich von allen Seiten an, wobei er unentwegt seine Erscheinung veränderte. Das gefiel ihm offenbar so gut, dass er sich nur schwer davon lösen konnte. Schließlich wurde Varun ungeduldig. Er öffnete die Tür, die hinaus auf die Terrasse führte und sagte: „Ich habe nicht den ganzen Tag für die Besichtigung Zeit. Wenn du dir also noch den Außenbereich ansehen willst, solltest du dich möglichst bald von deinem Abbild lösen."

Nur widerwillig wandte sich Harkandas ab, um durch die Tür ins Freie zu treten. Erstaunt sah er auf. „Von hier aus kann ich die Kuppel nicht erkennen."

„Sie verwehrt jedem den Blick ins Innere, aber von hier aus kann man sie nicht sehen."

„Dieses Haus ist so groß", sagte Harkandas beeindruckt. „So viel Platz für einen allein, und so viele Dinge, die sich darin befinden"

„Ich selbst habe für die meisten Gegenstände keine Verwendung, denn das meiste wurde nicht für mich angeschafft."

„Der Mensch, den Ihr besitzt, benötigt all diese Sachen?", fragte Harkandas erstaunt.

„Ganz recht. Sie sind für ihn, er nutzt sie."

„Aber warum lasst Ihr das zu?"

„Sein Wohlbefinden ist eng mit meinem verknüpft. Wenn es ihm schlecht geht, leide auch ich, darum muss ich dafür sorgen, dass es ihm an nichts fehlt."

‚Herzlichen Dank, Varun. Du sorgst gerade dafür, dass ich mich wie ein Haustier fühle, um das du dich kümmern musst.‘

‚Wie soll ich es ihm deiner Meinung nach erklären?‘

‚Schon gut. Mir ist durchaus klar, wie schwierig das ist.‘

Harkandas unterbrach die für ihn unhörbare Unterhaltung mit einer überraschenden Frage: „Heißt der Mensch Jeng?"

‚Wie kann er von deinem Namen wissen?‘

‚Das weiß ich auch nicht. Frag ihn.‘

„Woher kennst du diesen Namen?", hakte Varun nach.

Harkandas antwortete nur zögernd: „Die Seele, die ich damals zum Tempel begleitet habe, hat von ihm erzählt."

„Meinst du, Alepou?"

„Ja, so hieß er. Ich hatte den Namen vergessen, weil ich ihn nicht für wichtig hielt, doch jetzt fällt er mir wieder ein."

„Ich kannte Alepou und es stimmt, der Name des Menschen, mit dem ich den Körper teile, heißt Jeng."

Es war offensichtlich, dass Harkandas sehr an dem interessiert war, was Varun ihm erzählte, denn er schenkte ihm zum ersten Mal, seit er das Haus betreten hatte, seine volle Aufmerksamkeit. „Er sagte mir, dass Ihr und auch Jeng sein Freund gewesen seid. Er hat mir erklärt, was dieses Wort bedeutet. Er sagte …" Lautes Piepen unterbrach Harkandas mitten im Satz.

Varun zog die Tafel hervor und las stumm die an Yama gerichtete Botschaft. Nachdem er sie gelesen hatte, sagte er: „Wie es scheint, ist es ab jetzt wieder möglich, Nachrichten aus Nirva zu empfangen. Indra ersucht hochoffiziell um eine Audienz." Er gab eine knappe Antwort in die Tafel ein, dann wandte er sich wieder seinem Stellvertreter zu. „Ich werde Indra die Audienz gewähren und ihn im Gericht empfangen. Ich möchte, dass du bei der Besprechung dabei bist. Das heißt, dass die Besichtigung meines Hauses jetzt beendet ist."

Ohne das Varun ihn dazu auffordern musste, schrumpfte Harkandas in sich zusammen und machte sich klein. „Ich bin bereit und ich verspreche, diesmal ruhig zu bleiben."

Tatsächlich trat Harkandas gefasst von ihm zurück, als Varun ihn, nach dem Sprung, in der Gerichtshalle freigab. Er ließ ihn stehen und nahm seinen Platz auf dem Richterthron ein. Nach einem Augenblick der Stille sagte er. „Stell dich zu meiner Rechten, damit wir Indra geschlossen entgegensehen können."

Sie brauchten nicht lange zu warten, bis Indra die Halle betrat. Der Gott hatte eine prachtvolle, vergoldete Rüstung angelegt, jedoch fehlte die Waffe, die er üblicherweise an seiner Seite trug. Das erkannte Varun, während der Gott mit energischen Schritten auf ihn zukam. Beim Thron angekommen blieb er stehen und beugte demütig sein Knie. „Ich, Indra, gewählter König der Devas und Herr des Himmels, bin zu Euch gekommen, um im Namen meines Volkes um Vergebung zu bitten und um Abbitte zu leisten, für die Verbrechen die mein Vorgänger König Skanda Murugan an Eurem Volk begangen hat." Nach diesen Worten schwieg Indra. Die Stille, die dadurch eintrat, hallte an den Wänden wieder. Demütig sah er zu Yama auf wie eine Seele, die das Urteil des Totenrichters erwartete.

„Tausenddreihundert und sechs Asura starben durch Skandas Angriff. Glaubt Ihr im Ernst, dass eine einfache Entschuldigung da ausreichend wird?"

„Keineswegs", erwiderte Indra und erhob sich. „Wie ich schon sagte, bin ich gekommen, um Abbitte zu leisten. Ich bin beauftragt, Euch im Namen meines Volkes eine Entschädigung anzubieten."

Auch Varun erhob sich. „So? Und wie soll die Entschädigung für den Verlust von so vielen Leben nach Meinung Eures Volkes aussehen?"

„Ich habe unser Friedensangebot hier", sagte der Gott und zog ein Pergament aus seiner Rüstung hervor. „Nach fast dreiwöchiger, zäher Debatte im Rat konnten wir uns schließlich auf eine, wie ich finde, angemessene Wiedergutmachung einigen. Allerdings sind daran auch einige Bedingungen geknüpft. Wenn Ihr erlaubt, werde ich sie Euch vorlesen."

„Ich höre!" Varun setzte sich wieder und lehnte sich zurück.

Indra räusperte sich, bevor er das Pergament ausrollte und laut vorlas: „Erstens: Wir, das Volk der Devas, sind bereit, die Insel Khavāṣpa an die Asura abzutreten. Sollte Yama dem Vertrag zustimmen, wird sie dauerhaft in den Besitz der Asura übergehen.

Zweitens: Wir, das Volk der Devas, überlassen den Asura zwei Dimensionsstore als dauerhafte Leihgabe, um es ihnen in Zukunft zu ermöglichen, nach Belieben zur Insel Khavāṣpa zu gelangen oder von dort in das Totenreich zurückzukehren.

Drittens: Wir, das Volk der Devas, übergeben den Asura einen Teil der Somasamen, damit in Zukunft die Sorge für ihre Nachkommen allein ihrer Verantwortung obliegt.

Diese Zugeständnisse sollen eine Wiedergutmachung sein für den Schaden, der durch das unrechtmäßige Eindringen Skandas und seinen Angriff auf das Volk der Asura entstanden ist. An diesen Vertrag sind jedoch einige Bedingungen geknüpft, auf die wir, das Volk der Devas, bestehen.

Zum Ersten: Die Insel Khavāṣpa wird zukünftig von uns als ein Teil der Unterwelt angesehen werden, welche die Asura nach ihren Vorstellungen verwalten können. Doch jeder Vorstoß in andere Gebiete werden wir, das Volk der Devas, als einen kriegerischen Akt werten, der diesen Vertrag mit sofortiger Wirkung ungültig macht.

Zum Zweiten: Die Asura verpflichten sich dazu, einen dauerhaften Handelsposten auf der Insel Khavāṣpa aufzubauen und zu unterhalten. Er soll allen Völkern Nirvas offen stehen.

Zum Dritten: Damit sich die Somabäume wieder auf Nirva ausbreiten können, verpflichten sich die Asura dazu, mit allen Völkern dieser Welt Handel zu treiben und die jungen Somabäume zu einem akzeptablen Preis abzugeben, sobald sich der Asuranachwuchs von den Jungpflanzen getrennt hat.

Sollte Yama, der als Herr der Unterwelt für alle Asura spricht, den Vertragsbedingungen ohne Einschränkungen zustimmen, tritt der Vertrag ab sofort in Kraft und ist für beide Parteien bindend." Indra verstummte und sah Yama erwartungsvoll an.

Varun setzte sich aufrecht hin und überlegte lange mit geschlossenen Augen, erst dann sagte er: „Euer Angebot scheint mir in der Tat angemessen zu sein. Wo liegt diese Insel? Kann ich sie mir vor meiner Entscheidung ansehen?"

Indra zog eine Karte aus seiner Rüstung hervor und entfaltete sie, dann zeigte er darauf und sagte: „Sie liegt hier, sehr abgelegen und recht isoliert im Sidantara-Meer." Yama trat näher, um sich die Stelle ansehen zu können, auf die Indra zeigte. „Khavāṣpa ist eine relativ große Insel, sie ist unbewohnt und sehr fruchtbar, weshalb sie für die Somapflanzen ideale Startbedingungen bietet."

„Ich werde sie mir mit meinem Kundschafter aus der Nähe ansehen. In der Zwischenzeit hat mein Stellvertreter vielleicht noch einige Fragen, die wir ihm beantworten können. Harkandas, was hast du von dem verstanden, was Indra vorgetragen hat?"

Der Dämon trat näher und warf einen flüchtigen Blick auf die Karte, bevor er antwortete: „Die Devas schenken uns eine Insel. Damit wir sie betreten können, geben sie uns zwei Weltenportale."

„Richtig", bestätigte Yama. „Gibt es auch etwas, dass du nicht verstanden hast?"

„Ja, Herr. Ich weiß nicht, was es bedeutet, Handel zu treiben und auch nicht, was ein Handelsposten ist."

Yama wandte sich wieder Indra zu. „Wie Ihr seht, sind manche Dinge, die Ihr als Selbstverständlichkeit betrachtet, für einen Asura vollkommen unverständlich. Vielleicht möchtet Ihr ihm diese Begriffe erklären?"

Indras Lippen kräuselten sich amüsiert. „Natürlich", sagte er, „das mache ich sehr gern." Er wandte ich Harkandas zu und erklärte: „Als Handel bezeichnet man den Austausch von Gütern, entweder Ware gegen Ware oder Ware gegen eine Dienstleistung. Man kann dafür aber auch ein zuvor vereinbartes Zahlungsmittel festlegen, mit dessen Hilfe man dann die begehrten Güter erwirbt."

„Hast du jetzt verstanden, was gemeint ist, Harkandas?", fragte Yama.

„Nein, Herr", erwiderte der Dämon und sah seinen Herrn ratlos an.

„Gut, dann werde ich es dir so erklären, dass du es verstehen kannst. Aber zuerst habe ich eine Frage an dich: Was tust du, wenn du einem Asura begegnest, der etwas hat, was dir gefällt?"

„Wenn er schwächer ist als ich, nehme ich es ihm weg, Herr."

„Ganz recht, auf diese Weise gehen wir vor, deshalb ist einem Asura der Begriff Handel auch fremd. Wenn du es ihm aber nicht einfach wegnehmen kannst, was dann?"

„Wenn der andere stärker ist als ich, dann bleibt es in seinem Besitz, solange bis jemand kommt, um es ihm wegzunehmen."

Yama nickte ihm bestätigend zu. „Genau das ist unsere Art. Wenn wir etwas begehren, nehmen wir es uns, wenn wir können. Die Völker Nirvas gehen aber ganz anders vor, um an begehrte Güter zu gelangen. Sie nehmen es anderen nicht einfach weg, sondern tauschen Waren untereinander aus, auf friedlichem Wege. Dieses Vorgehen nennt man Handel. Wenn wir dem Vertrag zustimmen, wird die Insel in unseren Besitz übergehen. Doch wenn wir sie behalten wollen, müssen wir auch die Bedingungen akzeptieren, die daran geknüpft sind. Die Asura sind deshalb gezwungen, sich diesen Sitten anzupassen und werden die Regeln des Handels lernen müssen. Die Devas wollen von uns die jungen Somabäume haben, nachdem sich der Nachwuchs von ihnen getrennt hat, dafür möchten sie uns im Tausch etwas anderes anbieten."

Ganz plötzlich schien der Dämon zu verstehen. „Sie bekommen die Bäume und wir bekommen den Göttertrank?"

„Nein", sagte Indra und schüttelte energisch den Kopf. „Zumindest nicht in nächster Zeit. Die Vorräte an Soma sind aufgebraucht. Es wird noch Jahre dauern, bis wir mit dem Göttertrank Handel treiben können. Ich bin mir aber sicher, dass es andere Güter gibt, die euer Volk begehrenswert findet."

„Ja, das denke ich auch. Für mein Volk werden sich bald ganz neue Perspektiven eröffnen", entgegnete Yama und nickte. „Ich habe mir die Insel inzwischen ansehen können und bin mit der angebotenen Wiedergutmachung einverstanden."

Erleichtert lächelte Indra. „Ich danke Euch im Namen meines Volkes und hoffe, dass dieses Abkommen zu dauerhaften Frieden zwischen uns führen wird."

„Arrr, Schluss mit dem Getue", polterte Varun plötzlich los. „Dieses *Ihr* und *Euch* bleibt mir noch im Halse stecken. Wie lange denkst du diesmal, König zu bleiben?"

Indra grinste breit. „Für recht lange, hoffe ich. Die vergangenen Wochen waren hart. Zuerst dürstete es meinem Volk nach Rache, für das, was du ihrem König angetan hast. Ich habe alles in meiner Macht stehende getan, um sie von diesem Vorhaben abzubringen. Es war schwer, sie davon zu überzeugen, euch nicht anzugreifen. Doch schließlich begriffen sie, dass Skanda uns alle hintergangen hat. Nachdem ihnen das klar wurde, haben sie mich als ihren König mit großer Mehrheit wiedergewählt.

Als eine meiner ersten Forderungen nach der Inthronisation bestand ich auf eine Wiedergutmachung für die Verbrechen, die Skanda begangen hatte. Sicher kannst du dir vorstellen, dass diese Forderung zunächst nicht auf große Akzeptanz gestoßen ist. Doch die Tatsache, dass Skanda für seinen Kriegszug die letzten Vorräte an Soma aufgebraucht hat, sowie die Furcht vor einen weiteren, zermürbenden Krieg, hat sie letztlich überzeugt, mir freie Hand zu lassen."

„Und was wird aus eurem ehemaligen König?", fragte Varun.

„Er liegt noch immer schwer verletzt auf der Krankenstation im Koma. Dhan sagt, dass er daraus auch nicht so bald erwachen wird. Wenn er erwacht und gesund wird, werden wir ihn wieder in unsere Gemeinschaft aufnehmen. Doch er hat das Vertrauen, das man ihm entgegenbrachte, verspielt und wird für seine Vergehen büßen müssen. Sein guter Ruf als herausragender Krieger und Held vieler Schlachten wird vergessen sein. Das ist unsere Art seinen Amtsmissbrauch und seine Verbrechen zu bestrafen. Um wieder ein angesehener Bürger unserer Gemeinschaft zu werden, muss er praktisch bei Null anfangen und sich die Achtung der anderen erst wieder mühsam verdienen."

„Verstehe", sagte Varun. „Bevor ich den Vertrag unterschreibe, möchte Jeng noch etwas anderes mit dir besprechen." Er zog sich zurück, damit Jeng Indra mit einem freundlichen Lächeln in seine Arme schließen konnte. „Ich danke dir", sagte er, „für alles was du für uns getan hast."

„Ist es nicht das, was Varun immer wollte?", entgegnete Indra. „Von nun an steht den Asura der Himmel wieder offen, auch wenn ihre Freiheit auf eine Insel begrenzt sein wird."

„Es ist mehr, als wir zu hoffen wagten. Gerade nach Skandas Angriff haben wir mit dem Schlimmsten gerechnet. Ich freue mich, dass sich jetzt alles zum Guten wendet. Wie geht es Orb? Hat sie etwas über mich gesagt?" Jeng sah Indra forschend an.

„Ihr geht es gut. Sie hat ihre Arbeit auf dem Feld wieder aufnehmen können."

„Grüß sie bitte von mir und sag ihr, dass ich sie gerne wiedersehen möchte."

„Warum sagst du es ihr nicht selbst?"

„Aber ich dachte …", Jeng brach mitten im Satz ab.

„Als Totenrichter und Herr der Unterwelt genießt Yama diplomatische Immunität. Es ist dir daher erlaubt, dich überall auf Nirva frei zu bewegen, so wie es jedem Gott gebührt." Indra sah ihn offen an. „Orb fürchtete, dass du sie, nach allem was geschehen ist, nicht mehr zu sehen wünschst. Sie wird erfreut sein, wenn sie hört, dass dies nicht der Fall ist. Übrigens erlaube ich dir auch den freien Zugang nach Meru. Es wäre allerdings weise, wenn Yama nur als Jeng die Stadt betreten würde. Wenn Varun sich vollständig in dich zurückzieht, wird unser Sicherheitssystem nicht aktiviert werden, da bin ich mir sehr sicher. Auf diese Weise wirst du dich vollkommen anonym in der Stadt bewegen können und kein Aufsehen erregen."

„Ich werde deinen Rat beherzigen", versprach Jeng.

„Gut." Nachdenklich sah Indra zu den Asurastatuen hinüber, die die Decke der Halle stützten, bevor er fortfuhr: „Da gibt es noch etwas, über das ich mit dir sprechen wollte. Als du Skanda nach Meru zurückbrachtest, hast du uns kurz die Waffe gezeigt, die er bei seinem Angriff benutzt hat. Erlaubst du, dass ich sie mir noch einmal aus der Nähe ansehe?"

Aufgeregt fuhr Harkandas dazwischen: „Herr, gib ihm die Waffe nicht, er wird sie gegen uns benutzen."

„Ich kann deine Besorgnis verstehen", entgegnete Jeng, „doch deine Befürchtungen sind unbegründet." Er zog etwas aus der Substanz hervor und legte den Gegenstand in Indras Hände.

Indra betrachtete daraufhin das ovale Gebilde von allen Seiten. „Schon, als du es uns auf dem Ratsplatz gezeigt hast, kam es mir bekannt vor. Jetzt bin ich mir sicher, dass ich zumindest einige Einzelteile davon kenne. Sie wurden im Artefaktenraum aufbewahrt."

„Ich habe Skanda genau beobachtet, als ich gegen ihn kämpfte. Er hat drei Handgesten verwendet, um die Waffe zu aktivieren." Jeng führte ihm die Mudras vor.

Indra nickte. „Ich kenne sie. Das Abhaya ist eine Bitte um Schutz, Vajira ist die Geste des feurigen Donnerkeils, die dazu verwendet wird, um seine Kräfte kurz vor einem Angriff zu konzentrieren und die letzte Geste ist das Hakini."

„Ich vermute, dass er das Soma benötigte, um die Waffe nutzen zu können", meinte Jeng.

„Schon möglich. Wie war es dir gelungen, ihn zu besiegen und so schwer zu verletzen?"

Jeng sah gedankenverloren zu Boden, bevor er antwortete: „Manchmal, in schwierigen Situationen, geschieht es, dass sich meine und Varuns Seele vollständig durchdringen. Dadurch entsteht ein vollkommenes Gleichgewicht zwischen uns und unsere so gegensätzlichen Persönlichkeiten verbinden sich zu einem anderen Wesen, das weit mächtiger ist, als wir es allein wären. Dieses Wesen hat sich Skanda entgegengestellt. Es hat die feurige Lichtkugel, die uns vernichten sollte, auf Skanda zurückgeworfen und ihn so besiegt."

Indra nickte. „Du bist der Avatar[1] eines Hochgottes. Etwas in der Art habe ich bereits vermutet. Hast du eine Ahnung, um welchen Gott es sich handeln könnte?"

„Nein." Jeng schüttelte den Kopf. „Aber das zu wissen, ist auch nicht wichtig. Viel wichtiger ist, dass dieses Wesen davon überzeugt war, dass durch die Waffe ein anderer Gott wirkt, der Skanda manipuliert hat. Allein sie zu benutzen hielt er für gefährlich. Warum, weiß ich aber nicht."

---

[1] Als Avatar bezeichnet man im Hinduismus die Inkarnation einer höheren Gottheit, in eine niedrigere Existenzebene.

Indra strich mit der rechten Hand durch seinen Bart und machte ein ernstes Gesicht. „Was du da sagst, ist besorgniserregend. Ich würde das Objekt gerne für weitere Nachforschungen mit zurück nach Nirva nehmen. Vielleicht kann ich dort mehr darüber erfahren. Ansonsten werde ich warten müssen, bis Skanda aus dem Koma erwacht, dann werden wir vielleicht mehr wissen."

„Du darfst sie ruhig mitnehmen, sie kam schließlich aus deiner Welt, aber bitte versprich mir, sie gut zu verwahren, damit sie nicht noch einmal in falsche Hände gerät."

„Ich werde sie unter sicherem Verschluss halten", versprach Indra und steckte die Waffe ein, dann warf er einen kurzen Blick auf seine Tafel. „Leider muss ich dich bald verlassen", sagte er. „Ich habe noch weitere Termine, denen ich nachkommen muss. Doch zuvor sollte Yama noch den Vertrag unterzeichnen, damit er rechtsgültig wird. Dies ist ein historischer Augenblick und ich hoffe, dass es auch der Beginn einer Freundschaft zwischen uns sein wird."

Harkandas

Die Sonne stieg auf aus der Nacht. Unten im Tal traten meine Brüder in einen neuen Morgen. Ich sah von meinem Aussichtspunkt aus auf ein bewegtes Meer, dessen hohe Wellen kraftvoll ans Ufer brandeten. Zu meiner Rechten, blickte ich auf schroffe, dicht bewaldete Berge und grüne Ebenen hinab.

Mein Herr stand neben mir und fragte: „Gefällt dir, was du siehst, Harkandas?"

„Ja, Herr", antwortete ich, „es ist schön."

„Siehst du da vorne die Bucht?", fragte er weiter und wies mir die Richtung. „Dort werden wir einen Hafen und ein Handelszentrum errichten. Die Ebene da drüben ist ideal, um Felder für unsere Nachkommen anzulegen."

Ich deutete meinerseits auf die Berge und sagte: „Dort oben auf dem höchsten Gipfel wird mein Haus stehen. Es wird groß und prächtig werden."

„Warum möchtest du es ausgerechnet so hoch oben bauen lassen?"

„Von dort aus kann ich die gesamte Insel überblicken", antwortete ich. „Außerdem wird es für meine Brüder nicht einfach sein, es zu erreichen."

„Verstehe."

Mehr sagte er nicht dazu. So wusste ich, dass er gegen mein Vorhaben nichts einzuwenden hatte.

Für einige Zeit standen wir schweigend nebeneinander, bis mein Herr plötzlich die Stille durchbrach.

„Ich hätte gern ein kleines Häuschen dort drüben am Meer, damit ich zusehen kann, wie die Wellen mal sanft, mal stürmisch, an den Strand rollen. Das würde mir sehr gefallen."

„Warum?", fragte ich.

Daraufhin wandte sich mein Herr mir zu und sah mich an. Ich erwiderte den Blick frei und ohne Angst. Ich wusste, dass es der Mensch war, der auf meine Frage antwortete.

„Weißt du, Harkandas", sagte er. „Bevor mich Varun in Besitz genommen hat und lange bevor Varun und ich zu Yama wurden, lebte ich auf einer Insel wie dieser. Ich war sehr glücklich dort, und ich liebte das Meer. Dieser Ort erinnert mich an meine Heimat. Es fühlt sich beinahe so an, als würde ich nach Hause kommen."

Ich antwortete ihm nicht, doch ich dachte: ,*Ja, genauso fühlt es sich an.*' Und es war eine große Freude in mir. Ich war glücklich wie nie zuvor in meinem Leben.

Danksagung

Zum Schluss möchte ich mich noch bei all den Menschen bedanken, die zur Entstehung dieses Romans, durch ihre konstruktive Kritik und Fehlerbehebungen beigetragen haben. Da ich selbst auch bereits einige Bücher meiner Kollegen betagelesen habe, weiß ich, wie viel Mühe, Aufwand und Arbeit dies macht. Mein besonderer Dank gilt deshalb Susanne Eisele, die mir mit der Korrektur des Buches und ihrer konstruktiven Kritik wieder sehr geholfen hat.

Genauso herzlich möchte ich bei meinen Freunden Volkmar Hache und Petra Löber für ihre Unterstützung und Ermutigungen danken.

Meinem lieben Mann Olaf danke ich für seine unendliche Geduld, da er sich monatelang meine Gedanken und allzu oft auch meine Selbstzweifel anhören musste.

Lesen sie wie alles begann:

Sabine Dau

Der verhüllte Gott
Yamas Aufstieg

„Auch in der Dunkelheit sollte man sehen können, sonst sieht man die Welt nur halb."

Eine Insel ist die einzige Welt, die Jeng kennt. Sorglos und leicht ist das Leben dort, bis ein Dämon in seinen Körper eindringt und alle Menschen mordet, die er liebt. Unbarmherzig schleift er ihn mit sich in eine entsetzlich fremde Welt. Verzweifelt versucht Jeng, sich gegen den Dämon zu wehren und seinen Körper zurückzuerobern.

Kann er den Dämon besiegen? Oder muss er von nun an mit ihm leben?

Ein Fantasy-Roman, der tief in die Mythologie Indiens eindringt.

Dau, Sabine: „Der verhüllte Gott-Yamas Aufstieg" Books on Demand, erschienen Juni 2015
ISBN: 9783734791888; ASIN: B00YSMVB6I

14.99€   E-Book: 3.99€

Sabine Dau

Der Herr des
Totenreichs
Yama-Hades-Osiris

Der junge Grieche Alepou begegnet auf der Akropolis in
Athen einem seltsamen Fremden, der, wie sich herausstellt,
der Herr des Totenreichs ist.
  Im Laufe der Zeit entwickelt sich zwischen beiden, eine
tiefe Freundschaft, die auch in den Wirren der Perserkriege
bestehen bleibt und weit über den Tod hinausgeht.

Vor dem geschichtlichen Hintergrund der Perserkriege im
antiken Griechenland wird eine spannungsreiche Geschichte
erzählt, deren tiefe Wahrheit die Fantasie anregt. Der
Reichtum an Gedanken berührt sowohl die Philosophie
Platos als auch die Mystik des alten Ägypten. Und stellt
Fragen, die auch in der heutigen Zeit wichtig sind:
Wodurch wird ein Mensch menschlich? Und wann hört er
auf, ein Mensch zu sein?

Ein philosophischer Fantasy-Roman
15.99€ E-Book: 3.99€

Erschienen Anfang November 2015.
BoD – Books on Demand, Norderstedt
ISBN: 9783739200385; ASIN: B017LXWM8G

Sabine Dau

Hüter des Soma

Yamas Kinder

Selbst Wesen die weder Mitgefühl noch Liebe
kennen, haben ein Recht zu leben. Davon ist Yama, der
Herr des Totenreichs zutiefst überzeugt. Um das
Überleben der dämonischen Asura zu sichern,
unterbricht er sogar die Suche nach seinem
verstorbenen Freund, der durch das Totenreich wandert.

Doch um den drohenden Untergang der Dämonen zu
verhindern, muss er einen Pakt mit den von ihnen
gehassten Göttern eingehen. Wird Yama sein
Versprechen halten und den brüchigen Frieden
zwischen ihnen und den Völkern des Himmels
bewahren?

Ein philosophischer Fantasy-Roman
9.99€ E-Book: 2.99€

Erstveröffentlichung Anfang Januar 2017
BoD – Books on Demand, Norderstedt
ISBN: 9783743143111; ASIN: B01N23DL7S